Ildikó von Kürthy

Blaue Wunder

rororo

Foto: Ali Kepenek

Ildikó von Kürthy, Jahrgang 1968, ist Journalistin beim «Stern» in Hamburg. Ihre drei Bestseller «Mondscheintarif» (rororo 22637), «Herzsprung» (rororo 23287) und «Freizeichen» (rororo 23614) wurden mehr als 3 Millionen Mal verkauft und in vierzehn Sprachen übersetzt.

Ildikó von Kürthy

Blaue Wunder

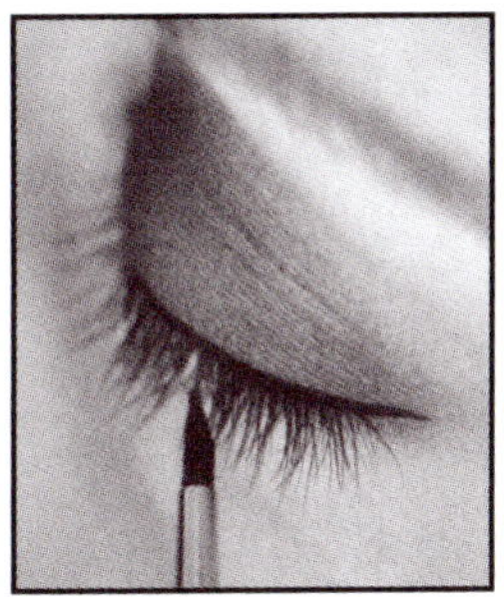

Roman

Rowohlt Taschenbuch Verlag

2. Auflage Dezember 2005

Veröffentlicht im Rowohlt Taschenbuch Verlag,
Reinbek bei Hamburg, November 2005

Umschlaggestaltung any.way, Hamburg
nach einem Entwurf von PEPPERZAK
(Foto: David Cuenca/Photoselection)
Layout Angelika Weinert
Lithographie Susanne Kreher GmbH, Hamburg
Satz aus der Minion PostScript, QuarkXPress 4.1
bei KCS GmbH, Buchholz/Hamburg
Druck und Bindung Clausen & Bosse, Leck
Printed in Germany
ISBN 13: 978 3 499 23715 7
ISBN 10: 3 499 23715 6

Schon wieder: für meinen Sven ♥

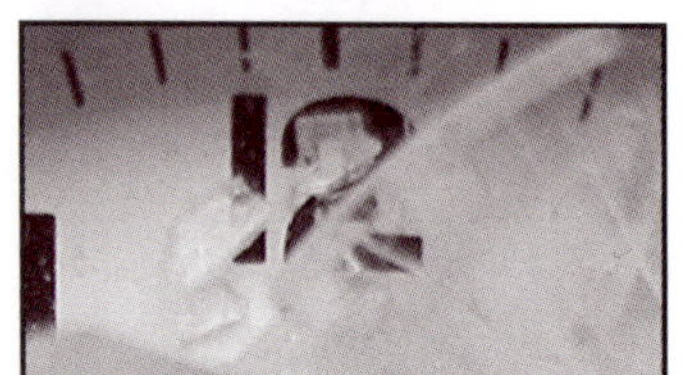

«Warum den Mann, den man liebt, gleich zu Anfang überfordern?»

Entweder mache ich mir Sorgen oder was zu essen. So war das eigentlich immer in meinem Leben. Appetit, außer auf alles, was gesund ist, und Probleme, meist in Form von Männern, die Sachen sagen wie: «Elli, es liegt nicht an dir, ich bin einfach noch nicht bereit für eine neue feste Beziehung» – das waren jahrelang meine zuverlässigsten Weggefährten. Jetzt haben mich diese beiden Begleiter urplötzlich verlassen. Ich habe keinen Hunger und keine Probleme mehr. Schwer zu glauben.

Ich betrachte wohlwollend meine Oberschenkel und die fremde Stadt, die mir zu Füßen liegt. Wahrscheinlich ist es schon nach zehn und eigentlich zu kalt, um hier draußen im Dunkeln zu sitzen. Aber ich kann nicht genug bekommen von dem Anblick. Keine Stadt noch meine Schenkel haben jemals besser ausgesehen. Der Blick von hier oben reicht bis zur Alster. Die Baumkronen enden weit unter meinem exklusiven Hochsitz, und ich kann in helle, edle Wohnungen mit Parkettboden und indirekter Beleuchtung schauen. Über mir gibt's nur noch Himmel. Und eigentlich, wenn ich an dieser Stelle mal so rührselig sein darf, ist für mich derzeit überall Himmel.

Vor vierzehn Tagen, sieben Stunden und vierunddreißig Minuten hat sich mein Leben verändert. Das weiß ich deshalb so genau, weil meine Uhr bei dem Unfall stehen geblieben ist. Und bei dem Unfall habe ich mich verliebt. In einen Mann mit rötlichen Haaren und Dachterrasse. Unbekanntes Terrain für mich, das eine wie das andere. Vor schierer Aufregung habe ich in kürzester Zeit massiv an Umfang verloren, habe Oberschenkel wie zuletzt als Sechzehnjährige, als ich noch regelmäßig Sport trieb, und einen Körperfettanteil wie zu Zeiten, als man den noch gar nicht messen konnte. Alles ist gut. Ich bin glücklich. Und das ist mir schon lange nicht mehr passiert.

«Hast du einen besonderen Wunsch?»

Ich tauche träge aus meinen Dachterrassen-Gedanken auf.

«Mmmmh, ich bin gerade so glücklich. Irgendwas mit möglichst vielen Toten wäre schön.»

«Elisabeth, du bist wirklich seltsam. Aber großartig seltsam. Bin in zehn Minuten wieder da. Bis gleich!»

Die Tür fällt ins Schloss, und ich lausche seinen Schritten im Treppenhaus hinterher.

Niemand, außer meinem Erdkundelehrer, hat mich je ungestraft Elisabeth genannt. Aber auf einmal gefällt mir sogar mein eigener Name. Auf einmal gefällt mir alles. Ich bin eine völlig verrückte Verliebte, und ich denke, dümmlich vor mich hin lächelnd, an die Armee dunkelblauer und dunkelgrauer Pullunder, die in seinem Schrank hängt.

Ich konnte Pullunder noch nie leiden. Ich finde, darin sieht jeder Mann aus wie der Bundespräsident, wenn er morgens im Frühstücksraum von Schloss Bellevue zusammen mit seiner Gemahlin für den Fotografen einer Frauenzeitschrift so tut, als schenke er sich gerade Kaffee nach. Mit Martin und seinen Pullundern ist das aber komischerweise ganz anders. Sie verleihen ihm zwar eine seriöse Ausstrahlung, wirken aber dennoch an ihm wie Reizwäsche, erregend und seine natürliche Männlichkeit hervorhebend.

Oder nehmen wir sein Autokennzeichen: HH-WC 2. Das ist natürlich völlig indiskutabel. Und die Tatsache, dass sein Vater mit HH-WC 1 rumfährt, macht die Sache nur noch schlimmer.

Aber bei meinem Liebsten empfinde ich diese Autonummer als überlegene, selbstironische Anspielung auf seine berufliche Tätigkeit, von der er sich dadurch liebevoll distanziert. Martin ist Juniorchef eines Sanitärgroßhandels. Sein Vater ist, durch das Kennzeichen WC 1 unschwer zu erahnen, der Seniorchef. Tja, mein neuer Freund ist Herr über Mischbatterien und Toilettenspülungen.

Was soll ich sagen? Auch kein Beruf, den ich in der Spalte «Welcher Arbeit sollte Ihr Traummann nachgehen?» eingetragen hätte. Aber wie egal einem so was alles wird, wenn das Herz vor Liebesglück weich und milde gestimmt ist. Mit einem Mal überlegst du, warum dir nicht längst aufgefallen ist, wie faszinierend das Sanitärbedarfgewerbe im Grunde genommen ist. Und du fragst dich, warum es dir bisher entgehen konnte, wie zauberhaft Haare mit einem leichten Rotstich im Licht der Morgensonne glänzen.

Mir ist völlig klar, dass ich den Verstand verloren habe. Natürlich habe auch ich in Frauenzeitschriften gelernt, dass die erste Phase der Verliebtheit Serotoninmangel im Gehirn verursacht. Dass Wahrnehmung und Verhalten gestört sind und die Symptome insgesamt einer ernsthaften psychischen Störung ähneln. Aber mir ist egal, ob ich krank bin, wenn die Begleiterscheinungen – an dieser Stelle sei das Zauberwort Appetitlosigkeit erwähnt – allesamt so attraktiv sind. Ich meine, ich kann mich nicht erinnern, wann ich das letzte Mal gesagt habe: «Ich bin satt.» Schon gar nicht, während ich vor einem Teller Lasagne gesessen habe. Wann bin ich das letzte Mal lächelnd aufgewacht? Wann habe ich das letzte Mal auf dem Klo gesungen? Wann hat eine Tafel Vollmilchschokolade mit ganzen Nüssen in meiner Gegenwart länger überlebt als ein paar Stunden? Das sind doch Beschwerden, die man möglichst ein Leben lang behalten will!

Ich sollte mir eine Decke holen, aber ich bin zu faul und zu glücklich, um jetzt die Treppe zum Wohnzimmer runterzusteigen. Nehme lieber noch ein Schlückchen Wein, bestimmt ein guter.

Ich stelle mir vor, wie Martin den Abendrothsweg entlanggeht. Fünfhundert Meter bis zur Kreuzung. Wie er die sechsspurige Hoheluftchaussee überquert. Wie er die Videothek betritt und keine Ahnung hat, dass mein Zimmer direkt darüber liegt. Warum hätte ich ihm davon erzählen sollen? Diese Bleibe ist sowieso nur eine Übergangslösung, wie ich hoffe. Und Martin hat nie nachgefragt. Als wir uns kennen lernten, hatte ich meine genaue Adresse nicht parat, und als wir uns besser kennen lernten, schämte ich mich für meine genaue Adresse ein bisschen.

«Ich wohne vorübergehend bei einer Freundin, bis ich was Eigenes habe.» Damit hatte er sich zufrieden gegeben. Dass es sich bei der Freundin um einen untersetzten und massiv neurotisch veranlagten halbtürkischen Homosexuellen handelt, hatte ich vorsichtshalber verschwiegen. Auch hatte ich nicht erwähnt, dass ich nur sechshundert Meter Luftlinie von Martins Dachgeschosswohnung entfernt lebe, aber dennoch in einer anderen Welt, nämlich auf achtzehn Quadratmetern, im ersten Stock. Mein Zimmer ist das nach vorne raus, mit Doppelverglasung und Aussicht auf die zwei Busspuren und die Aral-Tankstelle gegenüber.

Warum den Mann, den man liebt, gleich zu Anfang überfordern? Man erzählt ja auch nicht beim ersten Date, dass man einen eingewachsenen Zehennagel hat, vier Jahre vergebliche Therapieerfahrung und einen Vetter, der bei Jeanette Biedermann Schlagzeuger ist. Solcherlei die knospende Beziehung unnötig belastenden Informationen muss man behutsam dosieren. Außerdem hege ich die heftige Hoffnung, dass meine

Geheimniskrämerei in absehbarer Zeit von ganz allein unnötig werden wird.

Nicht, dass ich diese Hoffnung zu diesem Zeitpunkt irgendeinem Menschen gegenüber laut ausgesprochen hätte, aber für mich stellen sich die Tatsachen derzeit folgendermaßen dar: Unsere Liebe ist groß und seine Wohnung auch, und in den letzten zwei Wochen war ich sowieso kaum in meinem eigenen Zimmer. Natürlich habe ich gelesen, dass man eine junge Beziehung nicht mit zu hohen Erwartungen überfrachten soll. Aber was soll ich machen? Soll ich die Lässige spielen, die an ihrer Unabhängigkeit und ihrem Beruf hängt? Die die ganze Sache lieber langsam angehen lassen und sich zunächst allein durchschlagen möchte? Soll ich, wenn er mir anbietet, bei ihm einzuziehen, sagen: «Danke, Liebling, aber ich will mich nicht ins gemachte Nest setzen»?

Verdammt, was ist so schlimm an gemachten Nestern? Warum darf man es nicht gut haben, ohne dass man es vorher schlecht hatte? Ich habe keine Lust auf Umwege. Warum acht-

zehn Stunden Wehen aushalten, wenn mit einem Kaiserschnitt alles in dreißig Minuten erledigt ist? Ist doch wahr. Mich hat der Blitz getroffen. Ich will alles überstürzen. Ich will unvernünftig sein. Ehrlich, ich würde nichts lieber tun als auf dieser Dachterrasse bis an mein Lebensende Solitärpfanzen in Terrakottagefäße topfen und umschulen von Reisebürokauffrau auf Spätgebärende.

Ich schaue nochmal in die Weite mit einem Blick, wie ich ihn von den Hauptdarstellerinnen aus ZDF-Filmen kenne, die ‹Wagnis des Begehrens› oder ‹Sommerliebe an der Küste Cornwalls› heißen, und nehme mein Tagebuch vom Tisch. Eigentlich könnte ich die Zeit nutzen, um ein paar Zeilen zu schreiben. Ich habe früher nie Tagebuch geführt. Ehrlich gesagt, habe ich die Tagebuchschreiberinnen aus meiner Klasse sogar verachtet. Vielleicht, denke ich heute, habe ich sie auch beneidet, weil sie ganz anders waren als ich. Ich wollte im Grunde genommen nämlich auch ganz gerne ganz anders sein als ich.

Tagebuchmädchen, das waren die, die geflochtene Zöpfe und Kniestrümpfe trugen, die Glanzbilder auf dem Pausenhof tauschten, erröteten, wenn eine Lehrerin sie direkt ansprach, und sich ihre Poesiealben untereinander ausliehen, in die sie dann reinschrieben:

> ***«Sei wie das Veilchen im Moose, sittsam,***
> ***bescheiden und rein,***
> ***und nicht wie die stolze Rose, die immer***
> ***bewundert will sein.»***

Ein einziges Mal war auch mir ein Poesiealbum ausgehändigt worden. «Könntest du mir übers Wochenende was reinschreiben?», bat mich schüchtern Monika Gassmann aus der Parallelklasse. Ich fühlte mich wahnsinnig geehrt, gab mir entsprechend

Mühe und malte auf mehreren Doppelseiten das, was mich gerade am meisten beschäftigte. Was da wohl etwas unglückselig zusammentraf, war meine mangelnde zeichnerische Begabung und mein damaliges Interesse für Asseln, Milben, Zecken – nun, Ungeziefer im Allgemeinen eben. Ich besaß etliche Bildbände, die mir als Zeichenvorlage dienten.

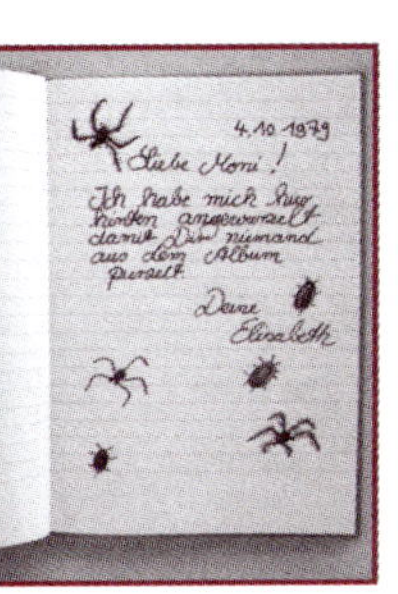

Danach hat mir niemals wieder jemand sein Poesiealbum gegeben, und ich beschloss, Mädchen doof zu finden. Und jetzt bin ich selbst ein Mädchen mit Tagebuch. Martin hat es mir gleich bei unserer zweiten Verabredung geschenkt. «Damit du die unvergessliche Zeit, die du hoffentlich vor dir hast, auch wirklich nie vergisst.» Ich hatte versucht, ihn irgendwie viel sagend anzuschauen, und mich gleichzeitig gefragt, worauf er wohl anspielte. Würde die nächste Zeit unvergesslich werden, weil ich gerade zum ersten Mal in meinem Leben in eine Großstadt gezogen war? Oder weil Martin und ich sie zusammen verbringen würden? Weil wir als Paar glücklich bis ans Ende unserer Tage sein würden?

Man erkennt hier deutlich, dass mich der gesunde Menschenverstand bereits vor dem ersten Kuss verlassen hatte. In jedem Fall erschien mir Martins Geschenk als deutlicher Hinweis auf seine ebenfalls in Wallung geratenen Emotionen. Ich nahm es dankbar an und verdrängte meine uralte Antipathie gegen Tagebücher sofort und vollständig. Ich hätte mit Martin Glanzbilder getauscht, wenn er es von mir verlangt hätte.

Es hat mich voll erwischt. Und das, obwohl ich ausnahmsweise mal nicht auf der Suche gewesen bin und mir glaubhaft eingeredet habe, dass ich noch nicht wieder bereit sei für eine neue feste Beziehung. Das jedenfalls hatte ich vor nicht allzu langer Zeit dem letzten Mann zu verstehen gegeben, von dem ich mich nach einer unerquicklichen Kurzbeziehung getrennt hatte.

Aber jetzt mal ganz ehrlich, wer glaubt eigentlich den Quatsch von wegen «Ich bin noch nicht bereit für eine neue feste Beziehung»? Der erste Kerl, der mich mit diesem Satz abserviert hat, war siebzehn und hatte meines Wissens nach vorher noch nie eine Beziehung gehabt. Der zweite, der mir mit dieser fadenscheinigen Begründung ankam, war erstaunlicherweise achtundvierzig Stunden später von seinen Bedenken geheilt und ließ sich auf eine sehr neue und sehr feste Beziehung mit Melanie K. ein.

Warum sind Männer in dieser Hinsicht nicht ehrlich? Warum sagen sie uns nicht, was sie wirklich stört? Warum sagen sie: «Es liegt nicht an dir», wenn sie in Wahrheit denken: «Deine gnubbeligen Knie kann ich nicht ansehen, ohne an den deformierten Schädel des Elefantenmenschen zu denken!» Na gut, vielleicht muss man es nicht ganz so roh ausdrücken und es schonender formulieren. Man könnte zum Beispiel sagen: «Ich bin einfach noch nicht bereit für eine neue feste Beziehung.»

Im Prinzip ist es natürlich trotzdem unfair, wenn dir nie jemand die Wahrheit sagt und dich dadurch der Möglichkeit beraubt, dich zu verändern. Oder zumindest über eine Veränderung nachzudenken. Ständig erklären einem die Männer, es läge nicht an einem. Du wunderst dich dein Leben lang, warum einer nach dem anderen Reißaus nimmt, und auf dem Sterbebett beichtet dir der Geistliche, dass du echt immer ganz fiesen Mundgeruch hattest. Nur mal jetzt so als krasses Beispiel, um deutlich zu machen, was ich meine.

Ach, wie ist das herrlich, über blöde, gemeine, unehrliche Männer nachzudenken, die einem das Leben schwer machen entweder durch ihre Anwesenheit oder aber, nicht weniger quälend, durch ihre Abwesenheit. Jetzt, wo ich keine Probleme mehr habe, liebe ich es, über die Probleme nachzudenken, die ich mal hatte. Das ist wie zu groß gewordene Hosen anprobieren: ein erhebendes Gefühl.

Wobei, ich will meinem bisherigen Leben gegenüber nicht ungerecht sein. Es ist nicht so, als hätte ich immer nur Pech gehabt. Zum Beispiel meine Beziehung mit Toni, die war leidenschaftlich und dennoch harmonisch. Jedenfalls für ein paar Tage. Bis mir klar wurde, dass ich es mit einem abnorm eifersüchtigen Menschen zu tun hatte.

Vorher hatte ich männliche Eifersucht selten erlebt, und wenn, dann als schmeichelhaft empfunden. Wie erhebend, dass sich da jemand vorstellen konnte, dass ich auch noch woanders Chancen hatte! Ich änderte meine Meinung, als Toni meine neuen Holzclogs in seiner Sitzbadewanne verbrannte, weil seiner Meinung nach der Verkäufer im Bioladen versucht hatte, bei der Übergabe des Zwölfkornmüslis meine Hand unsittlich zu berühren.

Zwei Monate lang ertrug ich haltlose Vorwürfe und Unterstellungen, ließ mich beschatten und kontrollieren. Dann platzte mir der Kragen, und ich dachte: «Wenn ich sowieso wie eine Betrügerin behandelt werde, wäre es rational betrachtet sinnvoller, auch eine zu sein.» Und, so bezähmte ich mein schlechtes Gewissen, schließlich war es ja Toni selbst gewesen, der mich auf den Bioladen-Verkäufer aufmerksam gemacht hatte.

Drei Wochen später war ich wieder allein stehend, dafür aber ausgestattet mit profunden Kenntnissen über die Zubereitung von Tofu und Dinkel.

Ich betrachte immer noch völlig entrückt mein wunderschönes, in rotes Leder gebundenes Tagebuch. Was schreibe ich denn mal? Ich könnte ein Liste machen mit Sachen, die ich dringend an mir ändern muss. Ich könnte aber auch die Liste nochmal durchgehen, die ich letzte Woche geschrieben habe, auch mit Sachen, die ich dringend an mir ändern musste. Mal sehen, der erste Punkt war: «Regelmäßig mindestens dreimal die Woche Sport mit Pulsfrequenz nicht über 135.» Nun, dazu war ich irgendwie noch nicht so richtig gekommen. Zählt Sex eigentlich als Sport, und wenn ja, wie ermittelt man dabei möglichst unauffällig die aktuelle Pulsfrequenz? Ein interessanter Gedanke. Ich schreibe in Schönschrift:

30. APRIL

Zeit: zwanzig Uhr dreißig
Ort: Dachterrasse
Stimmung: Ab morgen ist Wonnemonat Mai und ich bin mit dabai! (hi, hi, hi, neige zu Albernheit in meiner Verfassung)
Weitere Aussichten: ewige Liebe in der Endetage plus Idealgewicht, außer während der Schwangerschaften

Liebes Tagebuch!!!
Am liebsten würde ich es jedem erzählen, dem Metzger, dem Busfahrer, arglosen Passanten, den Kolleginnen im Büro. Besonders der fiesen Heike, die mich so von oben herab behandelt. Ich freue

mich auf den Tag, an dem Martin mich von der Arbeit abholen wird, mit diesem großen, dunklen Auto, das aussieht, als sei es ausschließlich gebaut worden, um Diplomaten und Regenten darin zu befördern. Dann werde ich sagen: «Weißt du, Heike, mein Freund ist Geschäftsmann. Er findet es zwar überflüssig, dass ich arbeite, aber solange es Spaß macht, sage ich immer, ist das doch wie ein bezahltes Hobby, nicht wahr? Tschüs.»
Aber leider muss ich Martin zuliebe meinen Mitteilungsdrang noch etwas bremsen. Er möchte noch nicht, dass es alle wissen. Das mit uns. Und so habe ich es nur Erdal erzählt und Petra, der ich jeden Tag geistesumnachtete Mails und mehr oder weniger aussagekräftige Digitalfotos nach Goa schicke, die ihr von den winzigsten, in meinen Augen aber dennoch irrsinnig interessanten Details unserer Liebe berichten sollen. «Er muss alle zwei Wochen zum Nachschneiden, weil seine Haare über den Ohren so schnell wachsen», «Er isst gerne Marmeladenbrötchen zum Frühstück» oder «Sein Rasierwasser ist alle» – all das halte ich für absolut mitteilenswert. Hey, ich war zwei Jahre Single. Jedenfalls, wenn man die Kurzzeitbeziehungen nicht mitrechnet. Jetzt bin ich zweiunddreißig und habe den Mann fürs Leben gefunden! Das zu verheimlichen ist, als dürfe man über sechs Richtige plus Zusatzzahl nicht sprechen. Aber Martin will noch eine Weile warten, bis er seinen Freunden und seiner Familie von mir erzählt. Sie würden, meint er, womöglich etwas befremdet sein, weil das mit uns alles so schnell gegangen ist. Besonders seine Mutter sei eine sehr konservative Frau, die er nicht unnötig verstören wolle. Und außerdem sei es doch wunderbar und aufregend und viel intimer, die ersten Wochen nach unserem Kennenlernen nur zu zweit und wie im Geheimen zu verbringen.
Erdal findet das ziemlich komisch. Aber man muss sich vorstellen, habe ich ihm zu erklären versucht, dass diese hanseatischen Kaufmannsfamilien wohl ein ganz anderes Verhältnis zueinander

haben als unsereins. Martin zum Beispiel fährt jeden Sonntag zum Kaffeetrinken zu seinen Eltern, und einmal im Jahr macht er mit seiner Mutter eine Woche Urlaub. Trotzdem erzählt er zu Hause so gut wie nichts Persönliches über sich. So sind sie, diese Hanseaten.
Erdal hingegen hält es für krank, interessante Informationen nicht weiterzugeben, egal, an wen. Er ist eben eine richtige Frau.

Ich klappe fröstelnd das Tagebuch zu. Mensch, jetzt wird's mir aber richtig kalt. Martin braucht ganz schön lange. Aber ich finde es sogar toll, auf ihn zu warten. Ich will gerade aufstehen, um nach unten zu gehen, als mein Handy zweimal piept.

Neue Kurzmitteilung eingegangen. Absender: AMORE MOBIL.

Ich hatte mir diese kleine Sentimentalität beim Speichern von Martins Nummer geleistet. Zum einen ist sein Nachname nicht so schön, und zum anderen war der Speicherplatz für «Amore» schon viel zu lange leer gewesen. Wahrscheinlich steht mein armer Liebster ratlos in der Videothek und weiß nicht, ob in «Natürlich blond 2» genügend Tote mitspielen. Ist der süß, denke ich, und öffne die SMS.

«Was ist denn jetzt los?», schaffe ich gerade noch zu denken. Und dann geht die Welt unter.

«Ob jemand zu Schaden gekommen ist? Das will ich meinen!»

«Ich kann einfach nicht glauben, was du da sagst! Das ist das absolut Entsetzlichste, was ich jemals gehört habe! Bin ich froh, dass mir das nicht passiert ist! Elli, Liebchen, du tust mir so unendlich Leid!»

Selbst in meinem Zustand fällt mir auf, dass die Worte, die mein schwuler Mitbewohner da für mich findet, nicht wirklich trostspendend sind. Es wäre mir lieber, er würde versuchen, die ganze Sache etwas herunterzuspielen, und Dinge sagen wie: «Na, so schlimm ist es nun auch wieder nicht» oder «Warte mal ab, es ist ja noch nicht aller Tage Abend». Oder dass er einen Satz begänne mit: «Also das Positive daran ist ja ...» Stattdessen läuft Erdal aufgeregt durch die Küche, rauft sich die Haare und kippt ein Glas Rotwein nach dem anderen runter, ganz so, als habe nicht mich, sondern ihn selbst dieser Schicksalsschlag getroffen.

Seltsamerweise bin ich nicht unglücklich. Das liegt wahrscheinlich am Schock. So wie bei Leuten, die sich aus Versehen irgendwas amputieren, einen Finger oder von mir aus auch gleich den ganzen Arm. Ich habe gelesen, dass diese Unglückseligen zunächst keinen Schmerz empfinden, sondern nur komplett verwundert auf ihre Wunde starren und sich nicht erklären können, wo der betroffene Körperteil eigentlich abgeblieben ist.

So geht es mir. Ich sehe eine Frau mit blutendem Herzen auf einem Klappstuhl sitzen, die nichts fühlt – außer Unverständnis und Mitleid mit ihrem Mitbewohner, der sich gerade ein halbes

Fläschchen Baldrian forte in den Wein kippt, um seine Nerven zu beruhigen.

«Elli, bitte, du darfst dich jetzt nicht aufregen. Du musst cool bleiben. Lass uns alles nochmal ganz in Ruhe durchsprechen.»

Erdal lässt sich schwer atmend auf den zweiten Klappstuhl fallen. Mir fällt auf, dass ich ihn mir noch nie richtig aufmerksam angeschaut habe. Na ja, nach meinem Einzug haben wir uns auch nicht häufig gesehen. Bin ja ständig unterwegs gewesen mit … mit – ach, nicht daran denken.

Erdal Küppers hatte ein Zimmer über die Mitwohnzentrale angeboten, für mich gerade zur rechten Zeit. Die Zentrale von «Erdmann-Reisen», dem Reiseveranstalter, bei dem ich arbeite, hatte eine Rundmail an alle Filialen in Deutschland geschickt, ob jemand kurzfristig in Hamburg einspringen könne, zunächst für vier Wochen, mit Option auf Verlängerung.

Von meinem Chef genervt, hatte ich mich in einem Anflug von Tollkühnheit gemeldet und war drei Wochen später bei Erdal in ein seltsam möbliertes Zimmer gezogen. Bis heute habe ich nicht genau kapiert, was Erdal eigentlich beruflich macht. «Dies und das», hat er mir wenig hilfreich erklärt. Jedenfalls steht er nie vor halb elf auf, und was immer er dann tut, so richtig viel kann er damit nicht verdienen, sonst müsste er wohl kaum für zweihundert Euro ein Zimmer untervermieten.

So wie die Dinge jetzt liegen, werde ich wohl sehr bald wieder ausziehen.

«Ich gehe zurück nach Hause, Erdal. Ich brauche meine gewohnte Umgebung. Sonst halte ich das nicht aus.»

«Woher kommst du eigentlich?»

«Aus Hiltrup.»

«Das liegt da ganz hinten an der polnischen Grenze, oder?»

«Nein, im Münsterland.»

«Ach so. Also weißt du, ich an deiner Stelle würde nicht so schnell aufgeben.»

«Was meinst du denn damit? Du hast doch als Erstes Rotwein und Baldriantropfen in dich reingeschüttet, als ich's dir erzählt habe. Nimm's mir nicht übel, aber deine Reaktion hat mich nicht gerade aufgebaut.»

«Das tut mir Leid, wirklich. Ich steigere mich immer gleich in alles so rein. Ich kann nichts dafür. Deswegen musste ich auch deinem Vorgänger kündigen. Ehrlich, ich ziehe nie wieder mit einem Schwulen zusammen. Der hat sich die Schamhaare in der Küche rasiert! Darüber habe ich mich so aufgeregt, dass ich einen Asthmaanfall hatte und den Notarzt rufen musste. Mit dem gehe ich übrigens noch manchmal ins Bett. Aber egal. Elli, bitte, du bist nicht in der Verfassung, schwerwiegende Entscheidungen zu treffen. Erzähl mir bitte erst alle Einzelheiten und ohne ständig ‹Dieses miese Schwein!› dazwischenzurufen. Ich habe nur die Hälfte kapiert. Wer ist zum Beispiel Stumpi? Was hat es mit der Unkrautharke auf sich? Und ist eigentlich jemand zu Schaden gekommen?»

«Ob jemand zu Schaden gekommen ist? Das will ich meinen!»

Ich versuche, mich zu beruhigen und auf die Ereignisse der letzten beiden Stunden zu konzentrieren.

Ich saß glücklich auf der Dachterrasse, als ich eine SMS von Martin bekam. Ich glotzte völlig verwirrt auf den Text. Gesendet am 30. April um 22.23 Uhr von *AMORE MOBIL*: «**bringe jmd. mit. geschäftl. wichtig. bleib auf terrasse. hole dich, wenn fertig. bitte!**»

Komische Nachricht. Offensichtlich in großer Eile und einem leichten Anflug von Panik geschrieben. Ich hatte schlimmste Befürchtungen. Was waren das für Geschäfte? Warum sollte ich mich auf der Dachterrasse verstecken? War Martin in irgendwelche schmutzigen Machenschaften verwickelt? Wurde er vielleicht erpresst? Schutzgeld? Die Toiletten-Mafia?

Mir wurde auf einmal richtig kalt, und ich sah mich nach einer Waffe um. Ich fand eine winzige Unkrautharke und stellte mich ganz dicht ans Geländer. Martin würde seinen ungebetenen Besuch bestimmt ins Wohnzimmer führen, und da die Fenster offen standen, konnte ich vielleicht von hier oben die Unterhaltung mitverfolgen, um Martin zu Hilfe zu eilen, sollte das notwendig werden. Gerade versuchte ich mich an den Hodenquetschgriff zu erinnern, den ich vor vielen Jahren mal in einem Selbstverteidigungskurs gelernt hatte, als ich hörte, wie sich die Wohnungstür öffnete.

Dann eine schrille Stimme. Die Killerin war eine Frau! Na toll, da würde ein Hodenquetschgriff ja nicht viel ausrichten. Auf eine weibliche Gegnerin hatte man mich in dem Kurs nicht vorbereitet. Ich lehnte mich möglichst weit über das Geländer. Sehen konnte ich niemanden, aber von der Unterhaltung hörte ich jedes Wort:

«Wo ist sie? Nun sag's mir schon. Ich sehe doch, dass du Besuch hast!»

Allmächtiger, die beiden Gläser auf dem Wohnzimmertisch! Ich befand mich in akuter Gefahr!

«Jetzt führ dich doch nicht so auf. Und sprich vor allem leiser. Mein Vater war eben hier, um mit mir über die neue Kampagne zu sprechen, und ich nehme nicht an, dass er neuerdings auch auf deiner Fahndungsliste steht, oder?»

Fahndungsliste? Oh, das klang blutig! Aber Martin hatte mich gerettet, mich verleugnet, um mich zu beschützen. Also nahm ich mir vor, wenn wir beide hier heil rauskommen würden, würde ich ihm gleich morgen einen Heiratsantrag machen. Was für ein mutiger Mann!

«Haha, verarschen kann ich mich allein. Wahrscheinlich steht sie jetzt auf der Dachterrasse und lacht sich kaputt.»

Hargh! Mir gefror das Blut in den Adern. Mit der Dachterrasse hatte das gefährliche Killerweib da unten natürlich Recht, aber von Kaputtlachen konnte keine Rede sein. Was, wenn sie hochkommt und mich hier findet, frierend und mit nichts als einer Unkrautharke bewaffnet?

«Auf der Dachterrasse? Astrid, ich bitte dich, du machst dich ja lächerlich. Schau doch einfach selbst nach, wenn du mir nicht traust.»

«Sehr witzig, du blöder Arsch. Du weißt genau, dass ich Höhenangst habe, oder hast du das schon vergessen? Du scheinst sowieso ziemlich gut zu sein im Vergessen.»

«Astrid, müssen wir uns das wirklich antun? Du wolltest doch die ganze Sache beenden, und jetzt tauchst du hier auf und tust so, als sei nichts geschehen.»

So langsam bekam ich meine Zweifel, dass es sich hier tatsächlich um eine geschäftliche Auseinandersetzung handelte. Ich hatte Angst vor dem, was ich da möglicherweise mitbekommen würde. Einen kurzen Moment dachte ich, es wäre vielleicht klüger wegzuhören, weil sich mein Leben sonst in einer mir nicht besonders angenehmen Art verändern würde. Aber da lehnte ich mich bereits noch weiter vor, um auch nur ja kein Wort zu verpassen. Wie eigentlich meistens bei mir siegte die Neugier über die Vernunft mit K.o. in der ersten Runde.

Die Stimme der Frau namens Astrid hatte jetzt den Ton einer über Kopfsteinpflaster scheppernden Blechbüchse.

«Ich habe gar nichts beendet! Alles, was ich gesagt habe, war, dass ich ein wenig Abstand bräuchte, um mir über meine Gefühle klar zu werden. Das ist doch wohl verständlich. Was erwartest du denn? In vier Wochen, am Tag nach dem Wolkenball, willst du bekannt geben, dass du nach Bielefeld gehst, um dort ein eigenes Geschäft zu eröffnen. Und dass ich mitkomme, setzt du einfach voraus? Du spinnst doch! Und dann erlaube ich mir, zwei Wochen drüber nachzudenken, und schwups, hat Herr Martin Gülpen schon vergessen, dass er eine Verlobte hat. Du bist ein echtes Schwein!»

Wolkenball? Bielefeld? Verlobte? Ich starrte eindringlich die Unkrautharke an, als könne sie in meinen verworrenen Gedanken Ordnung schaffen.

Martins Stimme war schwerer zu verstehen. Er sprach leise und eindringlich, als würde er versuchen, eine Kuh mit Koliken zu beruhigen.

«Ich hatte den Eindruck, du hättest deine Entscheidung getroffen. Und zwar gegen Bielefeld und gegen uns. Und das habe ich akzeptiert.»

«Das hast du akzeptiert? Na bravo, Mister Obertolerant! Ich will aber nicht, dass du meine Entscheidung akzeptierst. Ich will, dass du mich überredest. Mich bekniest. Mich anflehst, mit dir zu kommen. Kapierst du das nicht? Das Letzte, was ich will, ist, dass meine Entscheidungen von dir akzeptiert werden, du blöder Idiot! Wenn du akzeptierst, dass ich nicht mit nach Bielefeld komme, liebst du mich auch nicht richtig!»

«Astrid, deine verquere Art zu denken, versteht doch kein Mensch!»

Nun, ich hegte wirklich keine großen Sympathien für Astrid mit der Blechbüchsenstimme, aber ich fand ihre Argumentation eigentlich in allen Punkten logisch und nachvollziehbar. Auch ich habe es stets als außerordentlich beleidigend empfunden, wenn meine Entscheidungen ohne Widerrede akzeptiert wurden.

Man bekommt bei Männern manchmal das Gefühl, sie stimmen einem nur zu, um ihre Ruhe zu haben. Da ist es ganz egal, ob du zum Abschluss einer mehrstündigen Beziehungsdiskussion sagst: «Meinst du nicht auch, wir sollten uns lieber trennen?» oder «Meinst du nicht auch, wir sollten morgen heiraten?» Die Antwort ist in jedem Fall: «Mmmh, von mir aus.»

Ich will gar nicht daran denken, wie viele der derzeit lebenden Männer Singles sind, bloß weil sie im entscheidenden Moment zu faul waren, ein Widerwort zu geben, und wie viele derzeit verheiratet sind, einzig aus dem Grund, weil sie mechanisch genickt haben.

Mir schien, dass Blechbüchse Astrid ähnliche Ansichten vertrat und über Martins Antwort richtig sauer war, denn jetzt klang es ganz so, als habe sie das Tablett mit den geschliffenen Karaffen auf den Parkettboden geschmissen, höchstwahrscheinlich nicht aus Versehen.

«Astrid, wenn ich eins hasse, dann Gefühlsausbrüche, bei denen auch noch was kaputtgeht. Erinnere dich bitte, dass dir deine Haftpflichtversicherung bereits mit Kündigung gedroht hat. Lass uns wie Erwachsene darüber reden.»

Astrid stieß ein hysterisches Lachen aus. Das wäre auch meine Reaktion gewesen. Dass ich nicht lache: wie Erwachsene darüber reden! Das ist der Satz, den ich mehr als alles andere auf der Welt hasse. Männer benutzen ihn gerne dann, wenn Frauen Gefühle zeigen. Negative Gefühle, versteht sich. Komischerweise pocht kein Mann jemals aufs Erwachsensein, wenn man ihm von Liebe überwältigt ins Öhrchen raunt, wie supersexy er sei. Nein, gegen diese Sorte Emotionen haben sie nichts. Unerwachsen finden sie nur die Gefühle, mit denen du ihnen auf die Nerven gehst. Ganz plötzlich ist Sachlichkeit ein hohes Gut, wenn du ihn nicht impulsiv anbetest, sondern impulsiv kritisierst. Das ist ungerecht und unmöglich, denn mir ist keine Frau bekannt, die in der Lage ist, ihm vor Liebesglück im Supermarkt an der Käsetheke stöhnend den Hintern zu kneten und wenig später bei einer Auseinandersetzung zu sagen: «Mein Lieber, ich schlage vor, diese Angelegenheit völlig frei von Emotionen zu diskutieren.»

Ich horchte angestrengt ins Wohnzimmer hinunter, um nichts von Astrids Reaktion zu verpassen. Seltsam, aber ich hatte in dem Moment noch gar nicht das Gefühl, dass das, was da einen Stock unter mir geschah, etwas mit mir zu tun hatte. Ich lauschte den beiden so gespannt wie einem Kriminalhörspiel, bei dem du nicht weißt, wer als Nächstes umgebracht wird. Mehrere Minuten hörte ich nur lautes Schluchzen, begleitet von beschwichtigendem Gebrummel. Ich war wirklich in Gefahr abzustürzen, so weit wie ich mich über das Geländer beugte. Dann wurden die Stimmen wieder lauter.

«Und da ist wirklich niemand auf der Dachterrasse?»

«Stumpi, was für ein Unsinn, natürlich ist da niemand.»

«Was meinst du, soll ich heute Nacht hier bleiben?»

Ich sah mich auf der Terrasse übernachten. Hatte er sie tatsächlich «Stumpi» genannt? Meine Güte, die beiden mussten sich wirklich schon länger kennen. In was war ich da nur reingeraten? Bis vor drei Wochen war ich noch eine durchschnittlich unglückliche Single-Frau aus Hiltrup im Münsterland, und jetzt war ich eine überdurchschnittlich unglückliche Frau auf einer Dachterrasse in Hamburg, deren Freund sich gerade ein Stockwerk tiefer mit seiner Verlobten zankte.

Bei billigen Komödien im Fernsehen habe ich mich oft gefragt, wie sich eigentlich derjenige fühlt, der sich im Schrank verstecken muss. Was geht in dem armen Deppen vor, der verheimlicht wird? Und wer war eigentlich in diesem Schauspiel die Betrogenere? Astrid, die nicht weiß, dass sie betrogen wird? Die nicht weiß, dass Elisabeth Dückers, 32, Reisebürokauffrau und frisch und sehr verliebt in Martin G. Gülpen, 42, Juniorchef eines Hamburger Sanitärgroßhandels, auf der Dachterrasse überm Geländer hängt und jedes Wort hören kann? Oder war

Elli Dückers die Doofe, die versteckt wird von ihrem Geliebten, von dem sie nicht wusste, dass er verlobt ist? Die von einem Happy End träumte, während eine andere bereits an der Gravur für den Ehering feilte?

Nun, wie ich die Sache auch drehte und wendete, es fiel mir zunehmend schwer, mich als eindeutige Siegerin zu fühlen. Es gab nur eine Chance, das Ruder rumzureißen und noch dazu einen schweren grippalen Infekt zu vermeiden: Ich musste da sofort runtergehen, noch viel mehr und viel wertvollere Sachen kaputtmachen als die scheppernde Astrid, genannt Stumpi. Dann etwas total Cooles sagen und anschließend würdevoll und ohne einen Blick zurück die Szenerie verlassen.

«Großartig! Und hast du das auch gemacht?»

Ich zucke zusammen. Ich habe Erdal ganz vergessen. Er hat bereits die zweite Tüte Nervennahrung geöffnet, Chio Chips nach texanischer Art. Für alle Fälle hält er bereits sein Asthmaspray bereit.

«Ob ich das gemacht habe? Natürlich nicht. Ich bin nicht geschaffen für große Auftritte. Die imposanteste Szene, die ich je jemandem gemacht habe, war, als ich meiner Schwester vorsichtig vorschlug, sie möge endlich aufhören, meine Zahnbürste zu benutzen, um ihre von Tusche verklebten Wimpern auseinander zu kriegen.»

Erdal erbleicht. Er ist etwas eigen mit allem, was mit Hygiene zu tun hat, insbesondere mit Hygiene im Nassbereich. Erdal ist meines Wissens nach die einzige Privatperson mit einem sich selbst nach jedem Toilettengang desinfizierenden Klo.

Er sieht lustig aus, denke ich, als ob es in diesem Moment nichts Wichtigeres zu denken gäbe.

Ich hatte mir Erdal Küppers noch nie richtig angeschaut. Schließlich war er schwul und ich bis gerade eben so schwer wie frisch verliebt. Erdal sieht mit seinem schwarzen Haar und dem ständigen Bartschatten total türkisch aus. Er ist nicht groß, dafür aber sehr breit und, nun ja, ein wenig beleibt, was die Körpermitte angeht. Würde ich ihn nicht kennen, würde er mir wahrscheinlich Angst einjagen, allerdings nur so lange, bis ich seine Stimme gehört hätte. Erdal hat die totale Kinderstimme, hoch und zart und dünn, ein geradezu absurder Kontrast zu seinem Aussehen. Als er zum ersten Mal was zu mir sagte, dachte ich, er will mich auf den Arm nehmen. Ich bin heute noch froh, dass ich ihn nicht gebeten habe, endlich mit dem Quatsch aufzuhören und normal mit mir zu sprechen. Wahrscheinlich hätte ich das Zimmer dann nicht bekommen, weil Erdal so empfindlich und schnell beleidigt ist. Man glaubt, den Kerl könne nichts umhauen, aber ich weiß, dass er sich vor Kummer betrunken hat, als sich die «No Angels» trennten.

Ich mag ihn, denke ich. Er könnte eine gute Freundin werden. Er schaut mich an wie einen Thriller, der gerade in die blutigste Phase kommt.

«Nein», sage ich kleinlaut, «ich habe keine Szene gemacht. Ich habe still und verzweifelt abgewartet, bis Astrid endlich abgehauen ist.»

«Oh.»

Erdal versucht, seine Enttäuschung nicht zu zeigen – was ihm überhaupt nicht gelingt.

«Ach, mach dir nichts daraus, als ich Max nach zwei Monaten mit einem anderen Kerl unter der Dusche erwischt habe, wollte ich auch meinem zweiten Impuls folgen und das Badezimmer zu Kleinholz machen.»

«Und?»

«Ich bin dann doch meinem ersten Impuls gefolgt und weinend vor dem Waschbecken zusammengebrochen. Die beiden haben mich dann eine Stunde lang beruhigt und getröstet. Aber sag, musstest du auf der Dachterrasse übernachten?»

«Martin hat dieser Astrid die gemeinsame Nacht ausreden können. Die beiden haben sich wohl versöhnt. Zum Abschied sagte sie: ‹Bis morgen. Ich schau dann am Nachmittag mal vorbei.›»

«Und dann? Hast du ihm die Augen ausgekratzt?»

Ich lächle gequält.

«Nein. Ich habe versucht, mich zu beherrschen. Ich wollte cool tun und sachlich sein, eben ganz anders als die blöde Astrid. Das war doch meine einzige Chance. Ich wollte ihn beeindrucken, indem ich keine Szene mache. Das ist mir auch einigermaßen gelungen. Meine Beherrschtheit hat ihn mehr unter Druck gesetzt, als es ein gekonnter Nervenzusammenbruch getan hätte. Manchmal glaube ich, Männer tun bloß so, als würden ihnen unsere Gefühlsausbrüche auf die Nerven gehen. Dabei sind Frauen, die Porzellan zerstören, im Grunde genau das, was Männer kennen, was sie erwarten und wo sie sich heimisch fühlen. Eine Frau, die kein Drama macht, obschon sie allen Grund dazu hätte, ist Männern zutiefst unheimlich. Ich denke, Martin konnte einfach nicht damit umgehen, dass ich nicht hysterisch geworden bin.»

Erdal nickte bedächtig.

«Du magst Recht haben, Elli. Als ich noch mit Jan zusammen war, wurde ihm erst klar, was er mir mit seiner schrecklichen Unordentlichkeit angetan hatte, als ich mich schreiend auf den Boden warf. Ja, auf einmal konnte der Herr aufräumen! Aber da war es für uns beide schon zu spät. Hat sich dieser Martin eigentlich bei dir entschuldigt?»

Als Martin wieder auf der Dachterrasse erschien, hatte ich ihn so lässig wie möglich mit der Frage empfangen: «Oh, ist deine

Geschäftsbesprechung schon zu Ende? Ich hoffe, ihr seid euch handelseinig geworden?»

Seine Antwort hatte echt geklungen.

«Elli, es tut mir Leid. Hast du alles mit angehört? Astrid hat vor dem Haus auf mich gewartet, und sie bestand darauf, mit hochzukommen. Also habe ich dir aus purer Verzweiflung die SMS geschickt. Du musst mir glauben, ich hatte keine Ahnung, dass Astrid davon ausgeht, dass wir noch zusammen sind. Für mich war die Sache absolut vorbei, wirklich.»

«Warum gehst du nach Bielefeld?»

Es gelang mir, relativ desinteressiert zu klingen.

«Weil ich keine Lust habe, die nächsten zwanzig Jahre der Juniorchef zu sein, der mit dem Kennzeichen WC 2 durch die Gegend gurkt. Ich übernehme Anfang Juni eine kleine, aber ausbaufähige Sanitärhandlung in Bielefeld. Mein Vater weiß noch nichts davon. Ich will es ihm und unseren Geschäftspartnern erst am Sonntag nach dem Wolkenball bekannt geben. Deswegen habe ich dir auch nichts davon erzählt. Außerdem wollte ich dich nicht verschrecken. Wenn ich dir an unserem ersten Abend gesagt hätte, dass ich in einem Monat die Stadt verlasse, hättest du dich wahrscheinlich nicht auf mich eingelassen.»

«Nun, das mag sein, und es wäre ja auch sicherlich die richtige Entscheidung gewesen, wie sich jetzt herausstellt. Mich stört an dir allerdings weniger, dass du nach Bielefeld gehst. Dass du eine Verlobte hast, wäre der Grund gewesen, warum ich mich nicht auf dich eingelassen hätte.»

Ich hatte ein kleines, süffisantes Lächeln versucht. Martin stand stumm vor mir, den Blick auf seine Schuhspitzen gerichtet, die Hände in den Taschen. Ich wünschte, alles wäre anders, so wie es vor einer Stunde noch zu sein schien. Es ist so schlimm, wenn die Gefühle auf einmal nicht mehr der Situation entsprechen, in der man steckt. Das ist wie ein Temperatursturz im Sommer. Du trägst ein trägerloses Top, und der Regen, der dir auf die Schultern klatscht, ist eiskalt. Ich schaute mir diesen Mann an, und mein Verstand riet mir, sofort und wortlos zu gehen. So was durfte man sich nicht gefallen lassen! Was hier geschehen war, war ein Trennungsgrund, und zwar ohne Diskussion. Jede Freundin, die in so einer Situation auch nur eine Sekunde lang gezögert hätte, hätte ich wüst beschimpft und für eine dumme Pute gehalten.

Ich zögerte eine Sekunde. Gab es irgendeine Möglichkeit, das Unvermeidliche zu vermeiden? Es gab eine, eine ganz kleine, und ich hoffte so sehr, dass er sie ergreifen würde.

«Du wirst dich entscheiden müssen, Martin, und zwar sofort. Wenn du lieber ein Verlobter bleiben möchtest, der sich um die Hausratsversicherung Gedanken macht, gehe ich, und du siehst mich nie wieder.»

Ich war mindestens so erschrocken wie Martin, als ich mich diese filmreifen Sätze sagen hörte. Meine Güte, ich hatte alles auf eine Karte gesetzt! Und das, wo ich doch sonst ein großer Freund pseudodiplomatischer und langfristiger Zwischenlösungen bin. Ich hielt den Atem an. Jetzt lag alles in seiner Hand.

«Das ist für mich alles nicht so einfach, Elli, du bist vollkommen unerwartet in mein Leben getreten, reingedonnert wäre wohl das richtigere Wort. Zu einer unmöglichen Zeit! Ich habe total den Kopf verloren. Aber weißt du, ich kenne Astrid seit dem Studium, sie hat mir diese Wohnung besorgt, sie duzt meine Mutter, sie geht mit ihr zum Yoga, sie ...»

«Hör sofort auf mit diesem Mist! Von mir aus kann deine Verlobte mit deiner Mutter zur Darmspiegelung gehen. Ich will nur wissen, was du denkst und wie du dich entscheidest.»

Und auf einmal wusste ich, dass ich jetzt einen Satz hören würde, den ich schon lange nicht mehr gehört hatte und den ich nie wieder hatte hören wollen. Martin trat einen Schritt auf mich zu, zuckte die Achseln und blickte zerknirscht an meiner linken Schulter vorbei in den Hamburger Nachthimmel.

«Glaub mir, Elli, es liegt nicht an dir. Aber ich bin wohl einfach noch nicht wieder bereit für eine neue feste Beziehung.»

«Ganz ehrlich unter Freunden: Zwei, drei Kilo weniger würden dir nicht schaden.»

Mein Gesicht erinnert mich an irgendjemanden. Ich schaue grübelnd in den Spiegel. Ach ja, richtig! Ich sehe original so aus wie der Hund meiner Tante väterlicherseits. Es ist kein schönes Tier. Eher so die Richtung kurioses Sabbergesicht mit Triefaugen und Tränensäcken bis zur Nase. Ich frage mich, warum Schauspielerinnen vom Weinen keine roten Augen bekommen. Warum ihr Gesicht nicht fleckig wird und dellig wie ein unentschlossener Hefekuchen. Denen perlt eine Träne nach der anderen dekorativ über die Wangen, statt wie bei unsereinem erst die Wimperntusche mitzureißen, sich dann im Mundwinkel zusammenzutun und schließlich als schmuddeliger Schnodder vom Kinn zu tropfen.

Verdammt, ich habe lange nicht mehr so elend und verheult ausgesehen. Das letzte Mal muss vor etwa zwei Jahren an meinem dreißigsten Geburtstag gewesen sein. In der Nacht vorher hatte ich, einem weiblichen Urinstinkt folgend, meinen Freund verlassen, meine Wohnung entrümpelt und mich im Internet über günstige One-Way-Flüge nach Neuseeland informiert. Ich hatte das Gefühl nicht mehr ertragen, dass sich in meinem Leben höchstwahrscheinlich nicht mehr viel ändern würde. Ich betrachtete meinen Hintern und rechnete hoch, dass die von der Schwerkraft bedrohten Teile meines Körpers vielleicht noch fünf, maximal zehn gute Jahre vor sich haben würden. Und die sollten im Münsterland an der Seite von Gregor Bispinck versauern? Gregor, der meinem Vater als kleiner Junge beim Umgraben geholfen hatte und der mir, einen Tag vor meinem dreißigsten Geburtstag, einen Zettel mit vielen Zahlen vorlegte, Überschrift: «Warum es sich lohnt, wenn wir heiraten!»

Tollkühn hatte ich mich gegen diese Zukunft entschieden. Zumal mir damals ein Heiratsantrag mindestens ebenso viel wert schien wie eine tatsächliche Hochzeit. Und erst ein abgelehnter Heiratsantrag! Warum vor den Altar treten, wenn ich den Mann doch sowieso sicher hatte und mit der Schilderung meiner Weigerung mächtig was hermachen konnte? In der Tat. Meine Kolleginnen im Reisebüro erklärten mich abwechselnd für komplett verrückt oder total wagemutig.

Doch mein Ruhm war nur von kurzer Dauer. Ein halbes Jahr später heiratete Gregor eine andere. Sanne erwartet mittlerweile ihr zweites Kind, Gregor hat das Baugeschäft seines Vaters übernommen und spielt eine aktive Rolle im Gemeindeleben. Meine Mutter hat mir bis heute nicht verziehen. Und von meinen Kolleginnen musste ich mir die eine oder andere hämische Bemerkung gefallen lassen. Haben sie Recht? Ich schaue ja selbst voll Neid auf solche unkomplizierten, geradlinigen Lebenswege. Wo immer alles klappt. Wo die Kinder dann kommen, wenn man sie haben will. Wo die Oma unentgeltlich auf die Enkel aufpasst, wo der Schwiegervater hilft, wenn im Garten eine Hecke verpflanzt werden muss, und wo das Schlimmste, worüber man sich bei einem Mann aufregt, das Bierchen zu viel am Samstagabend ist. Tja, all das hätte ich haben können.

Ich habe mich in den vergangenen zwei Jahren oft gefragt, ob Gregor der Richtige gewesen wäre. Wann im Leben ist der Zeitpunkt, wo man sich arrangieren sollte? Ist es dämlich, sich mit dreißig von einem Mann zu trennen, der zumindest schon mal nicht der Falsche ist? Ist es albern, immer noch auf mehr zu hoffen? Auf das große Glück, auf den Liebesblitzschlag? Es ist ja im Grunde genommen wie mit der Wohnungssuche. Du musst dich ganz klar fragen: Was willst du haben, was kannst du zahlen, worauf würdest du verzichten, worauf in keinem Fall? Wenn du starrsinnig an deinen Ansprüchen festhältst – lichtdurchfluteter Altbau, Küche mit eingebautem Dampfgarer, Kamin und Garten –, kann es dir natürlich passieren, dass du mit Ende dreißig noch bei deinen Eltern im ausgebauten Dachstübchen wohnst. Und dann wird dir erst nach Jahren klar, dass die dritte Wohnung, die du besichtigt hast, die beste gewesen ist. Aber du, du hast ja immer noch mit etwas Besserem gerechnet.

Und in der Tat hatte ich mit etwas Besserem gerechnet. Ich hatte bei Gregor immer das Gefühl, ich kann mehr. Mehr fühlen, mehr begehren, mehr streiten, mehr leiden, mehr lieben. Meine Gefühle waren nicht ausgelastet. Ich habe so viele Paare gesehen, die sich zusammengetan haben, weil sie die Hoffnung auf etwas Großartiges aufgegeben haben. Okay, die waren dann gute Eltern, oder sie konnten gut zusammen in Urlaub fahren oder gut über Völkerkunde reden, oder sie konnten sich gut gegenseitig in Ruhe lassen. Das ist überhaupt das Allerschärfste: wenn du froh bist, dass dein Mann genauso gerne ohne dich ist wie du ohne ihn. Was ist der Vorteil daran? Dass ihr beide nicht ständig vor Augen geführt bekommt, dass ihr eine lauwarme, halbherzige, feige Entscheidung getroffen habt?

Ich kam mir mutig vor, als ich Gregor verließ. Warum ein Herz nur zu sechzig Prozent benutzen? Ich hatte auf jemanden gehofft, der keinen Zweifel mehr übrig lässt. Bei dem ich bleiben kann mit der Gewissheit, dass die Suche zu Ende ist. Ich finde, dass ich nie übertriebene Ansprüche hatte. Er musste weder bildschön sein noch schwerreich, er brauchte keinen Adelstitel und keinen Doktor. Alles, was ich wollte, war ein Mann, bei dem ich fühlte: «Du bist für mich der Richtige!»

Das Tragische ist, dass ich diesen Mann jetzt gefunden hatte.

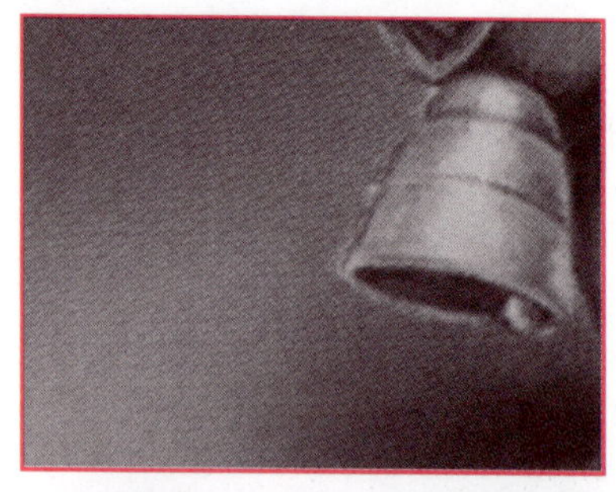

Ich lege mich zurück ins Bett. Was soll ich auch sonst tun? Es ist Samstag, der 1. Mai, der Tag der Liebenden. Zum Glück hat mir Erdal, der Goldige, auf einem Tablett in der Küche eine Packung Aspirin, drei Tafeln Milka-Schokolade, vier Bounty und eine Dose Erdnüsse angerichtet. Darauf ein Zettel: «Elli, mein armes Häschen, ich habe heute leider Termine. Lass es dir nach Herzenslust schlecht gehen. Weißwein und Kühlbrille sind im Kühlschrank. Ab morgen werden wir Zukunftspläne schmieden. Gib nicht auf! Dein Erdal.»

Das ist süß. Aber Zukunftspläne war das falsche Stichwort. Es ist so schlimm, wenn du genau weißt, dass ab jetzt alles nur schlechter werden kann. Ich komme mir vor, als hätte ich «Wetten, dass …?» moderiert, «Macarena» gesungen oder «Das Parfüm» geschrieben: Das Größte in meinem Leben habe ich hinter mir. Ich greife nach meinem Tagebuch. Mal nachlesen, wie es war, als alles noch gut war.

17. APRIL

Zeit: drei Uhr nachts
Stimmung: dass ich das noch erleben darf!
Weitere Aussichten: Und wenn sie nicht gestorben sind …

Liebes Tagebuch,

ich hasse Tagebücher! Ich finde, das sollten wir von Anfang an klarstellen. Ich habe noch nie eines besessen, und ich benutze dieses hier nur, weil meine beste Freundin für zwei Monate durch Indien reist und ich nichts von dem, was ich ihr später alles erzählen möchte, vergessen will. Und weil es ein Geschenk ist. Ein Geschenk von Martin G. Gülpen, dem Mann mit dem bescheuertsten Nachnamen und dem unglaublichsten Hintern, den ich je kennen gelernt habe. Wobei «kennen lernen» vielleicht nicht ganz das richtige Wort ist. Unsere Liebe begann gestern mit einem ungeheuren Adrenalinstoß der, nun ja, eher unerfreulichen Art. Was mittelbar mit dem Alterungsprozess zu tun hat, der derzeit auf meinem Kopf stattfindet.

Auf den 295 Kilometern zwischen Hiltrup und Hamburg hatte ich mir keine abschließende Meinung gebildet. Jetzt fuhr ich bereits auf der Brücke zwischen Binnen- und Außenalster, eingeschüchtert vom Anblick meiner neuen Heimatstadt und dem Feierabendverkehr, und fragte mich immer noch, ob ich mich schämen oder beglückwünschen sollte. Wenn eine Person zweiunddreißig ist und alles Wesentliche, was diese Person besitzt, in einen Mietwagen der günstigsten Kategorie passt: Würde man diese Person dann einen unbeschwerten Kosmopoliten nennen, der überall und nirgends zu Hause ist, der sich nicht mit Konsumgütern beschwert, sondern mit leichtem Gepäck von einer wichtigen Selbsterfahrung zur anderen schwebt? Oder würde man diese Person als gescheiterte Existenz bezeichnen, die es in drei Jahrzehnten nicht ge-

schafft hat, sich Werte anzueignen, die zumindest einen Kleinbus füllen?
Allerdings musste man mir zugute halten, dass ich ja nicht mit all meinen Möbeln unterwegs war, sondern nur mit all meinen Lieblingsbüchern, Lieblingsklamotten, Lieblings-CDs, Lieblingscremes, einem Laptop, einem kleinen Scanner, einem Drucker, einer Kiste alter Fotos und Briefe, meiner Kamera und, grob geschätzt, dreißig Paar Schuhen. Ich hatte ein möbliertes Zimmer in der Hoheluftchaussee gemietet bei einem laut Mitwohnzentrale «ordentlichen, homosexuellen Mittdreißiger mit Tierhaarallergie, der eine weibliche Mitbewohnerin sucht, die weiß, dass man Toiletten mehrmals im Jahr putzen sollte».
Zwar traf das auf mein Persönlichkeitsprofil nicht hundertprozentig zu – ich putze ungern und bin nicht in der Lage, Ordnung zu halten –, aber ich war bereit, für dieses sagenhaft günstige Zimmer mit dieser wunderschön klingenden Adresse so zu tun, als hätte ich ein erotisches Verhältnis zu Meister Proper.
Ich mailte ein paar Mal mit Erdal und konnte ihn davon überzeugen, es mit mir zu versuchen. «Letztendlich», hatte er in seiner letzten Mail geschrieben, «geht es mir darum, endlich mit jemandem zusammen zu wohnen, den man nicht gesondert dazu auffordern muss, im Sitzen zu pinkeln.»
Hoheluftchaussee, ich komme! Ach, das klang nach frischer Brise und Abenteuer. Ich hatte Angst. Und ich war stolz. Ich kannte hier niemanden, mutterseelenallein würde ich mich dem Dschungel der Großstadt stellen, mit meinem liebreizenden Wesen Kontakte knüpfen, mir eine neue Metropolen-Existenz aufbauen.
Mein Blick fiel in den Rückspiegel. Und ich erstarrte.
Ich sah nicht nur die Autos hinter mir, sondern auch meinen Haaransatz direkt vor mir. Ich wollte zunächst nicht glauben, was dort geschehen war. Ich drehte den Spiegel ganz in meine Richtung, um mir ein komplettes Bild der desaströsen Lage zu machen. Zugege-

ben, ich hatte schon mal ab und zu ein einzelnes graues Haar entdeckt. Ich hatte es mit mildem Lächeln betrachtet, wie ein goldenes Blatt am ansonsten grünen Baum, das von einem sehr, sehr fernen Herbst kündet – und es dann natürlich sofort eliminiert. Heute aber, ausgerechnet an dem Tag, an dem ich mein neues Leben beginnen wollte, sah ich auf einmal aus wie eine Birke im späten Oktober.
Quasi über Nacht hatten sich auf meinem Kopf mindestens ein Dutzend grauer Haare illegal zusammengerottet. Und natürlich da, wo sie jeder auf Anhieb sehen kann, direkt über der Stirn. Das war doch nicht zu fassen! Ich war nicht bereit, mir diesen viel versprechenden Abschnitt meines Daseins durch ein paar Millionen toter, farbloser Haarzellen ruinieren zu lassen. Ich versuchte, sowohl die Fahrbahn als auch meinen Haaransatz im Auge zu behalten und mit der linken Hand zu steuern, während ich mit der rechten zum Vernichtungsschlag ansetzte. Beim ersten Mal hatte ich auch gleich ein recht ansehnliches Büschel Haare ausgerissen. Ein graues war nicht darunter.
Ich warf einen langen, feindseligen Blick in den Spiegel – und bemerkte zu spät, dass ich gerade an einer roten Ampel vorbeigefahren war. Aus dem Augenwinkel sah ich einen dunklen Wagen von rechts auf mich zuschießen. Ich trat die Bremse durch und streckte mechanisch die rechte Hand aus, um meinen Drucker festzuhalten, der auf dem Beifahrersitz stand. Ich schlitterte auf die Kreuzung, der Drucker flog nach vorne, rammte mein Handgelenk und zertrümmerte meine Armbanduhr.
Siebzehn Uhr dreiundvierzig.
Die beste Zeit meines Lebens!
Ich habe die Uhr noch am selben Abend an die

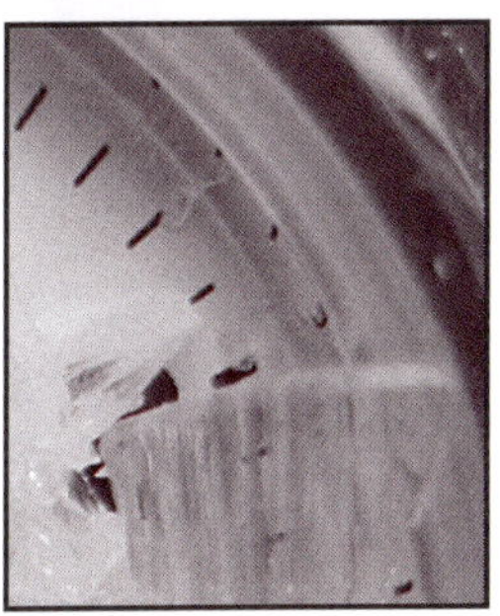

Wand meines neuen Zimmers gehängt, gleich nachdem ich von meiner Begegnung mit Martin G. Gülpen kam, dem Mann, dessen Auto nur fünf Zentimeter vor meiner Stoßstange zum Halten gekommen war.
Tja, und das ist einen Tag her. Und seither schwebe ich elfenhaft durch die Gegend, summe hier eine fröhliche Melodie, singe dort ein lustiges Liedchen und habe meinem Vermieter sogar angeboten, die Fenster zu putzen, um die liebliche Frühlingssonne hereinzulassen. Er meinte aber, das sei nicht nötig. Bei mir würde ohnehin nie die Sonne reinscheinen und der Ausblick sei ja nun nicht so einmalig, dass man ihn unbedingt ganz genau sehen wolle. Er selber hätte gerade letztes Wochenende seine Fenster geputzt, wie jeden ersten Samstag im Monat. Klo und Waschbecken hatte er auch schon sauber gemacht, und so beschränkte ich mich auf die ausgiebige Säuberung und Pflege meiner selbst.

Man sieht den eigenen Körper ja gleich mit ganz anderen Augen, wenn man darauf hofft, ihn sehr bald, genau genommen noch am selben Abend, jemandem zu zeigen. Der letzte Mann, der mich nackt gesehen hat, war mein Hautarzt beim alljährlichen Check. Und schon da hatte ich mich ein bisschen geschämt. Ich meine, wir alle wissen doch, wie drei Jahrzehnte alte Haut aussieht, wenn das Licht ungünstig fällt. Und hundert Watt aus sechs Neonröhren: Das nenne ich ungünstig fallendes Licht.
Als ich mich heute Morgen auf meine Nachmittagsverabredung

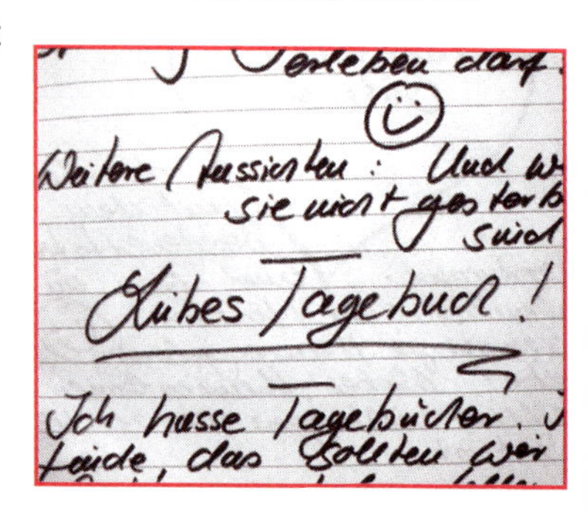

mit Martin vorbereitete, versuchte ich also meinen Körper mit den Augen eines Mannes zu betrachten, der mich gerade erst bei einem Beinahunfall kennen gelernt hat. Wirklich ganz hübsch an mir ist mein Rücken. Bedauerlicherweise ein Körperteil, auf den Männer häufig nicht als Erstes achten. Ich fand zwar, dass Martin Gülpen einen sehr hanseatisch-korrekten Eindruck machte, aber ich wollte nicht ausschließen, dass er dennoch den ein oder anderen Blick auf eines der Schlüsselreiz-Körperteile werfen würde: Busen, Po, Beine, Haare.

Busen: na ja, kein wirklicher Abräumer. Keine winzige Lachnummer, aber auch nichts, wovon man noch Jahre später erzählt. Lässt sich mit der richtigen Wäsche aber herrichten.

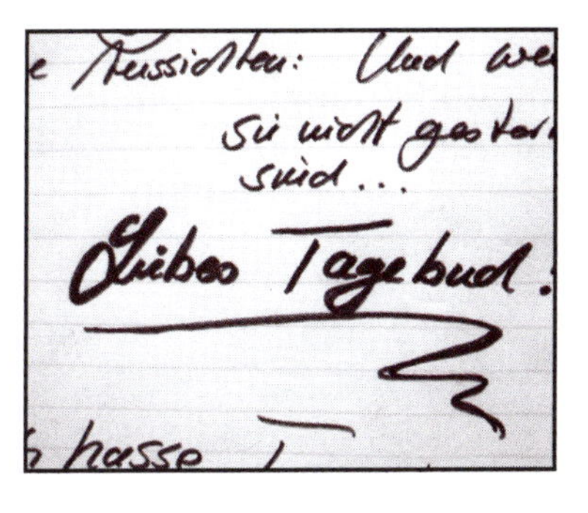

Po: An meinem Po an sich ist nichts auszusetzen. Blöd ist nur, dass er sich über eine relativ große Fläche verteilt. Da kann ich abnehmen, so viel ich will, irgendwann wäre der Po weg, aber die Fläche bliebe, und dann sähe ich aus wie eine überfahrene Katze, platt und breit.

Beine: Könnten okay sein, wenn jedes von ihnen etwa drei Kilo weniger wiegen würde.

Haare: leider nicht lang und blond, sondern mittellang und braun, nun ja, grau-braun seit neuestem. Ich habe seit zwanzig Jahren die gleiche Frisur, und zwar eine, die einzig und allein der Tarnung meiner groß gewachsenen, abstehenden Ohren dient. Meine Haare müssen eine exakte Länge und einen exakten Schnitt haben, damit sie über meine Riesenlauscher passen wie eine Husse über einen Ohrensessel. Oh, ich habe schon so gelitten unter den Dingern. Beim Schwimmunterricht war ich die Einzige, die freiwillig eine

Badekappe trug, einfach weil ich mit nassen Haaren aussah wie Gollum. Daran hat sich leider nichts geändert.
Selbst Gregor, der mich ja wirklich abgöttisch liebte, bis er sich von dieser Dorfschlampe ein Kind hat machen lassen, ist noch nach drei Jahren Beziehung manchmal morgens in Lachen ausgebrochen, wenn er vor mir aufgewacht ist. Ist ja klar, dass man sich im Schlaf nicht ständig um die Frisur kümmern kann, und im schlechtesten Fall, wenn ich auf der Seite liege und die Haare ungünstig am Ohr vorbeifallen, sehe ich zwischen meinen Kissen tatsächlich aus wie eine Satellitenschüssel.
Ich betrachtete mich weiter in Erdals zwei Meter hohem Badezimmerspiegel. Erst neulich hatte ich gelesen, dass man sich selbst liebevoll wahrnehmen und sich an seinen Vorzügen erfreuen soll. Also drehte ich mich um.
So verschroben Erdals Vorstellungen von Hygiene auch waren, ich muss sagen, dass er gleich ziemlich kapierte, was mit mir los war. Als ich das Badezimmer verließ, fragte er misstrauisch: «Ich dachte, du kennst hier niemanden?»
«Stimmt, tue ich auch nicht, jedenfalls nicht wirklich. Ich hab da gestern nur durch Zufall jemanden getroffen.»
«Lass mich raten. Du warst anderthalb Stunden im Bad, deine Fingernägel sind frisch gefeilt, du hast heute noch nichts gegessen, und du hast seit heute Morgen nicht aufgehört, vor dich hin zu grinsen. Du bist verliebt!»
«Was? Ach, Quatsch.»
Ich kicherte wie ein dusseliger Teenager und wurde noch dazu rot. Ich werde leider sehr oft sehr rot. Immer dann, wenn es einen Grund gibt, rot zu werden, und darüber hinaus auch dann, wenn es keinen Grund gibt, rot zu werden. Das ist ungünstig, weil ich, egal, was ich sage, grundsätzlich so aussehe, als würde ich mich schämen. Das hat zu manch ungerechter Strafe in meinem Leben geführt. Klar, hätte ich als Geschichtslehrer auch denjenigen in Ver-

dacht, den Schwamm geworfen zu haben, der ketchupfarben glühend auf den Boden starrt. Und derjenige war leider immer ich. Manchmal ärgere ich mich, in meinem Leben nicht viel mehr Verbotenes getan zu haben, wo ich doch sowieso ständig wegen irgendwas verdächtigt oder bestraft worden bin. Aber bedauerlicherweise habe ich keine kriminelle Energie.
Erdal war also völlig klar, was los war, und er brauchte auch nur einmal pro forma ein bisschen nachzubohren, damit ich ihm sofort die ganze Geschichte begeistert und detailgetreu auftischte. Mir tat es gut, und Erdal ist ein hervorragender Zuhörer mit einem Faible fürs Romantische. Er unterbrach mich immer wieder mit Zwischenrufen wie: «Das muss Schicksal sein. Ich sage dir, da hat eine höhere Macht ihre Hände im Spiel!» Oder: «Nein, wieso kann mir so was nicht mal passieren?»

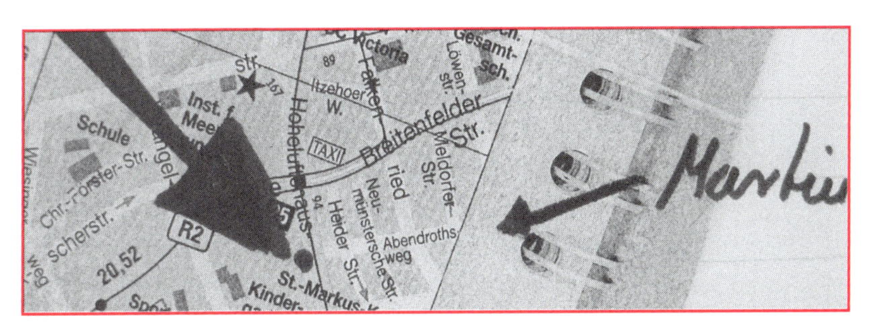

Bevor ich mich auf den Weg zu Martin machte, gab mir Erdal noch ein paar gut gemeinte Tipps zu meinem Erscheinungsbild: «Noch ein wenig Gloss auf die Lippen, das macht sie voller. Die Haare am Hinterkopf etwas auftoupieren, das macht das Gesicht schmaler.» Für seinen Hinweis «Ganz ehrlich unter Freunden: Zwei, drei Kilo weniger würden dir nicht schaden» war ich besonders dankbar. Lässt sich ja auch hervorragend eine Viertelstunde vor dem entscheidenden Date realisieren. Wenigstens macht sich Erdal nichts vor, was sein eigenes Körpergewicht angeht. Da sind echte Män-

ner ja häufig merkwürdig und motzen über die dicken Schenkel ihrer Frauen, während sie selbst schon seit Jahren ihre Füße nicht mehr gesehen haben.
Ich ging also mit schmalem Gesicht und vollen Lippen zu meinem Date. «Wenn das Wetter so schön bleibt, können wir doch morgen auf meiner Dachterrasse ein Stück Kuchen essen», hatte Martin vorgeschlagen, als wir uns nach dem Beinahzusammenstoß einen Drink in einer Bar gegönnt hatten. Und natürlich hatte ich nur willenlos genickt. Ich war völlig ergriffen von der Tatsache, dass ich hier ganz offensichtlich dem Mann gegenübersaß, auf den ich schon nicht mehr zu hoffen gewagt hatte.
Im Lift von Martins Haus rückte ich meine Brüste zurecht. Jetzt würde sich mein Leben verändern. Ich wusste es.
Das ist jetzt elf Stunden her. Und ich hatte Recht.
Ich liege gerade völlig betrunken und trotzdem seltsam klar auf einem geblümten Bettüberwurf, schreibe ein wenig in dieses Tagebuch und betrachte ab und zu die Decke. Die dreht sich. Irgendwie habe ich den Eindruck, dass sich heute alles um mich dreht. Es ist drei Uhr nachts, aber Erdal ist noch nicht zu Hause. Schade, ich würde gerne jemandem von diesem ungeheuerlichen Gefühl erzählen. Diesem Gefühl, dass dein Herz Trampolin springt. Immer höher. Diesem Gefühl, dass die Sonne scheint, obschon draußen Nacht ist. Diesem Gefühl, dass dieses potthässliche Bild zweier ringender nackter Männer eines der schönsten Gemälde ist, die du je gesehen hast. Dieses Gefühl, dass dein Leben nicht mehr lange genug dauern wird, um all das Glück, das du jetzt vor dir hast, darin unterzubringen.
In vier Stunden muss ich aufstehen. Morgen ist mein erster Arbeitstag. Licht aus. Augen zu. Dunkel wird es trotzdem nicht. Ein Feuerwerk hinter meinen Augenlidern. Ich bin einfach affenartig verliebt.

«Es ist allerhöchste Zeit, etwas Sinnvolles zu tun. Aber was?»

Das Bild an meiner Zimmerwand mit den zwei ringenden nackten Männern ist wirklich das Hässlichste, was ich je in meinem Leben gesehen habe. Ich klappe das Tagebuch zu. Ich muss eingenickt sein beim Lesen. Es ist schon früher Nachmittag, und alles, was ich heute getan habe, ist, anderthalb Tafeln Kinderschokolade zu essen, mich in der Vergangenheit und in Selbstmitleid zu suhlen.

Ich schaue durch das schmutzige Fenster auf die gegenüberliegenden Häuser. Der Straßenlärm dringt halb gedämpft zu mir hoch. Auch ich bin halb gedämpft.

Ich weiß, dass ich aufstehen sollte. Jeder weiß ganz genau, dass er eigentlich aufstehen sollte, wenn er vor Kummer lieber liegen bleiben würde.

Im Liegen wird nämlich alles nur noch schlimmer. Da widmet man sich völlig unabgelenkt seinen düsteren Gedanken und starrt an die Decke wie auf eine Leinwand, auf der die haarsträubendsten Filme laufen. Ich schaue mir an meiner Decke gerade den deutschen Horrorthriller «Stumpi knutscht meinen Freund auf der Dachterrasse» an. Er ist so grauenvoll, dass ich kaum hinsehen kann. Ich sehe zwei Zungen züngeln. Die Frau ist nur verschwommen zu erkennen. Martin Gülpen schiebt sich eine rötliche Haarsträhne aus dem Gesicht, seine sonst gerne mal blassen Wangen sind vor lauter Leidenschaft gerötet, und eine blecherne Stimme flüstert immer wieder: «Vergiss nie, dass ich deine Mutter duze!» Würg! Mir ist schon ganz flau. Viel schlechter ging es mir auch nicht, als ich auf leeren Magen «Alien 4» anschaute.

Draußen hat es angefangen zu regnen. Es ist allerhöchste Zeit, etwas Sinnvolles zu tun. Aber was? Wie diese Astrid wohl aussieht? Ich würde sie ja gerne mal sehen. Nur so. Aus reiner Neugier. Und in diesem Moment fallen mir fast gleichzeitig zwei Dinge ein. Nämlich erstens, dass Astrid heute Nachmittag bei Martin vorbeikommen will, und zweitens, was ich jetzt Sinnvolles tun könnte: einen kleinen Spaziergang machen.

Zwanzig Minuten später schlendere ich, getarnt mit dem riesigen roten Schirm, den ich bei Erdal im Schrank gefunden habe, wie absichtslos an Martins Haus vorbei. Was soll's, versuche ich mich vor mir selbst zu entschuldigen, ich brauche frische Luft, und die ist hier so frisch wie überall sonst.

Weitere zwanzig Minuten später latsche ich nun schon zum fünften Mal am Abendrothsweg Nummer 8 vorbei. Meine Turnschuhe sind mittlerweile aufgeweicht. So ganz allmählich gelingt es mir immer weniger, mir vorzumachen, dies hier sei eine völlig harmlose und null peinliche Aktion. Je länger der Schwachsinn dauert, den man macht, desto schwachsiniger kommt er auch einem selber vor. Es ist wirklich erstaunlich, wie man in Situationen größter seelischer Anspannung immer genau das tut, wovon man sich selber, wäre man bei klarem Verstand, vehement abraten würde.

Wäre ich meine beste Freundin, ich würde mir befehlen, sofort nach Hause zu gehen und mich den Tatsachen zu stellen: Dein Freund hat sich gegen dich entschieden! Akzeptier das! Heul dir die Augen aus dem Kopf! Schlaf mit einem gut gebauten Tölpel! Mach Dummheiten! Spreng sein Auto in die Luft! Aber tu eines nicht: Lunger nicht vor seiner Wohnung rum in der Hoffnung, einen Blick auf ihn und seine Verlobte zu erhaschen! Du wirst dich dein Leben lang dafür schämen!

Das würde ich mir sagen, wenn ich meine beste Freundin wäre. Und ich würde ihr antworten: «Ich weiß, du hast Recht. Aber ich kann nicht anders.» Und wenn sie meine beste Freundin wäre, würde sie mir antworten: «Okay, warte einen Augenblick, ich ziehe mir bloß meine Jacke an und komme mit.»

Etwa hundert Meter entfernt parkt ein kleines blaues Auto ein. Ob das Astrid ist? Ich postiere mich schräg gegenüber dem Eingang zu Martins Haus und tu zum wiederholten Male so, als müsse ich mir die Schuhe zubinden.

«Hi, kennen wir uns nicht?»

Ich fahre erschrocken hoch und ramme der Person, die sich da von hinten angeschlichen hat, versehentlich den Schirm ins Gesicht.

«Oh, verdammt, Entschuldigung, das wollte ich nicht!»

Zunächst sehe ich nur ein Paar Turnschuhe, in etwa so nass wie meine. Dann Cargohosen, eine rote Jacke mit irgendeiner Aufschrift drauf und eine Hand, die sich einen roten Fleck auf der Stirn reibt.

«Du hättest mir fast das Auge ausgestochen!»

«Sorry, aber was erschrickst du mich auch so?»

Erst jetzt erkenne ich den Typen, den ich aufgespießt habe. Es ist Super-Nucki. Verdammt, ich kenne drei Leute in Hamburg, warum muss einer von denen ausgerechnet hier und jetzt auftauchen und meine Mission gefährden?

«Du wohnst doch über der Videothek in der Hoheluftchaussee, oder?»

Na toll, Super-Nucki, der angeblich so eigenbrötlerische Menschenverachter, ist in Gesprächslaune.

«Stimmt.»

«Bei Erdal, oder?»

«Korrekt.»

Er scheint zu kapieren, dass meine knappen Antworten auf die geringe Breitschaft hindeuten, mich weiter mit ihm zu unterhalten.

«Dann bis demnächst.»

«Klar, bis demnächst, mach's gut!»

Es gelingt mir nicht, meine Begeisterung über das Ende des Gesprächs zu verhehlen. Ich schaue Super-Nucki noch ein paar Sekunden nach. Er arbeitet hauptsächlich an den Wochenenden in der Videothek bei uns im Haus. Erdal sagt, er sei seltsam, aber eigentlich ein ganz guter Typ. Ist Fotograf, aber wohl nicht besonders dick im Geschäft, deshalb der Nebenjob. Erdal darf gewisse Filme, die er sich immer wieder anschaut, bei Super-Nucki umsonst ausleihen, darunter «Natürlich blond» und «Tod in Venedig».

Als ich meine Observation von Haus Nummer 8 fortsetzen will, trifft mich der Schlag. Martin und Astrid haben das Haus verlassen! Ich erhasche gerade noch einen Blick auf die beiden, wie sie Hand in Hand durch den Regen über die Straße rennen und in den kleinen blauen Wagen steigen, den ich doch eigentlich im Auge behalten wollte. Verdammt, verdammt, verdammt, jetzt habe ich Astrid nur von hinten gesehen! Dass sie den Namen Stumpi zu Recht trägt, konnte ich immerhin erkennen. Pffh, die ist nicht größer als ein Korken. Ich hingegen habe eine ordentliche Durchschnittsgröße zu bieten.

Auf dem Nachhauseweg schäme ich mich ungeheuer. Wie

konnte ich nur zulassen, dass mich mein Liebeskummer zu derart niedrigem Verhalten verleitet? Spioniere unter einem roten Schirm meinem Exfreund hinterher und versuche mir auch noch allen Ernstes einzureden, ich ginge ja bloß spazieren. Mann, so peinlich können sich wirklich nur frisch Verlassene benehmen. Ich nehme mir vor, nie wieder etwas Vergleichbares zu tun. Und frage mich in der nächsten Sekunde, ob es nicht sinnvoll wäre, so gegen zweiundzwanzig Uhr nochmal vorbeizuschlendern, bloß um kurz nachzuschauen, ob bei Martin Licht brennt.

«Vielleicht sollte ich ihn anrufen? Einfach, um nochmal mit ihm zu reden? Was meint ihr: Habe ich nicht viel zu früh aufgegeben?»

Nachdem ich es gewagt habe, diesen Satz auszusprechen, brüllen alle gleichzeitig los.

«Das ist das Verkehrteste, was du jetzt tun kannst!»

«Bist du wahnsinnig? Du musst kämpfen, nicht angekrochen kommen!»

«Trink noch einen Schluck und ruf ihn jetzt gleich an!»

«Vergiss den Typen!»

Ich lasse die Schultern hängen und esse noch einen Happen Tiramisu. Jörg schenkt mir Wein nach, und Karsten drückt hektisch auf die Fernbedienung, weil er fürchtet, das nächste Lied auf der CD sei zu melancholisch für eine Frau in meiner Stimmungslage. Ich bin ziemlich gerührt. Wäre meine Gesamtsituation nicht so unerfreulich, wär der Abend ganz prima. Erdals Gäste sind ausgesucht nett zu mir, man hat mir das letzte Stück Tiramisu überlassen, obschon ich bereits zwei hatte, und alle machen sich Gedanken über mein Schicksal und wie man es eventuell doch noch zum Guten wenden könnte.

Ich hatte das Wochenende heulend im Bett, heulend vor dem Fernseher und heulend in der Badewanne verbracht. Dazu hatte ich nur Ungesundes gegessen und drei- bis sechsmal am Tag Erdal gegenüber behauptet, etwas Bewegung zu brauchen. Um dann jedes Mal Martins Wohnung auszukundschaften. Meine Arbeit im Reisebüro verrichtete ich mürrisch und wie in Trance und hinterließ so, ganz ohne Absicht, bei meinem neuen Chef offensichtlich einen guten Eindruck: «Sie machen nicht zu viele Worte. Das gefällt mir. Ich mag ernsthafte Frauen.»

Ich nickte ernsthaft und wunderte mich ernsthaft, wie man mich so falsch einschätzen konnte, und fragte mich ernsthaft, ob dieser Mann mir gefallen könnte, wenn ich bereits offen wäre für eine neue Beziehung. Ich denke schon. Herr Krüger, ich kenne nicht mal seinen Vornamen, ist wohl das, was man vornehm und gut situiert nennt. Er mag so Ende vierzig sein, mit angegrauten Schläfen, die in mir sofort den Beschützt-werden-wollen-Instinkt wecken. Er schaut nur noch ab und zu im Reisebüro vorbei und hat die Leitung bedauerlicherweise einer gewissen Heike Plöger übertragen, deren Abneigung gegen mich auf Gegenseitigkeit beruht.

Herr Krüger hat neuerdings irgendwas mit Schiffen zu tun, und ich hatte erstaunt bemerkt, dass sich meine Laune bei seinem Anblick ein wenig gebessert hat, und das will was heißen in meinem emotionalen Katastrophenzustand.

Einem jungen Paar hatte ich missmutig eine Kurzreise nach Neapel verkauft. Nicht ohne zu betonen, dass es dort um diese Zeit keine Wettergarantie gibt und die Stadt bei Regen extrem trist aussieht.

Ich war noch nie in Neapel, aber es war mir ein inneres Bedürfnis, anderen die Laune zu verderben. Am Abend würde ich mich schon genug zusammennehmen müssen. Erdal hatte zum Spargelessen eingeladen und auf meiner Anwesenheit bestanden. Er findet, dass ich langsam anfangen soll, mich abzulenken. Vielleicht hat er ja Recht.

Ich hatte Erdal gebeten, seinen Gästen nichts von meinem Kummer zu erzählen: «Ich will mich heute Abend ablenken, verstehst du? Ich will so tun, als ginge es mir gut. Und das geht nur, wenn keiner weiß, wie es mir wirklich geht.» Erdal hatte genickt.

Als Jörg, Karsten und Tina in der Küche ihre Gläser zur Begrüßung erhoben, stellte er mich dann aber gleich sehr feinfühlig mit den Worten vor: «Das ist Elli, meine neue Mitbewohnerin. Sie ist vor drei Tagen von so einem blöden Arsch verlassen worden. Seither hat sie nur Schokolade gegessen und Sinéad O'Connors ‹Nothing compares 2 U› in Endlosschleife gehört. Das ist auch für mich eine seelisch belastende Situation. Ihr wisst ja, wie ich immer mitleide. Seid also lieb zu uns.» Natürlich wurde ich rot.

Ich schaue mir Erdals Freunde an. Karsten ist Polizist, ein Mann der Tat. Erdal ist ziemlich hinter ihm her und hofft, dass es heute Nacht zum Äußersten kommen wird. Jörg ist Autohändler und Erdals ältester Freund. Tina, die irgendwas mit Fernsehen zu tun hat, ist mir auf Anhieb sympathisch. «Liebeskummer», sagt sie, «bedeutet Narrenfreiheit. Vier Wochen darf man tun und lassen, was man will. Man braucht sich für nichts zu schämen oder zu rechtfertigen. Vor allem muss man keine Kalorien zählen. Prost, Elli!»

Ich habe den Eindruck, Jörg, Karsten und Tina haben mich sofort in ihr Herz geschlossen, und ich weiß genau, woran das liegt. Jeder Mensch auf der ganzen Welt weiß, wie sich Liebeskummer anfühlt. Jeder ist froh, wenn er gerade nicht darunter leidet, und ist voller Mitgefühl für jeden, den es mal wieder erwischt hat.

Es ist wie mit eingerissenen Fingernägeln und Zahnschmerzen oder, so nehme ich an, bei Männern, wenn ihnen mit hundertfünfzig Stundenkilometern ein Fußball in die Geschlechtsteile donnert: Die bloße Erwähnung löst kollektives Zusammenzucken und freundschaftliche Solidarität aus.

Eine Frau, die sich gerade den frisch manikürten Daumennagel bis zum Nagelbett abgeschrabbelt hat, verdient schwesterliche Unterstützung. Ich bin mir sicher, etliche blutige Auseinandersetzungen der Weltgeschichte hätten vermieden werden können, wenn kurz vorher der eine Stammesfürst dem anderen erzählt hätte, dass seine Aggressionen darauf zurückzuführen wären, dass er am vergangenen Wochenende von seinem Weibe sitzen gelassen worden sei. «Und das, obschon die Beziehung meines Erachtens nach eigentlich völlig okay gelaufen ist.»

Jedenfalls versuchen alle, mich aufzuheitern und mir Mut zu machen. Was nur teilweise gelingt. Erschütternd zum Beispiel der Wortbeitrag von Jörg. Der ist vor drei Jahren von seinem Freund verlassen worden und immer noch nicht drüber weg: «Bei dir ist es bestimmt ganz anders, Elli, aber ich muss mir ganz einfach eingestehen, dass ich die große Liebe meines Lebens schon hinter mir habe.»

Jörg weint. Erdal auch. In der kurzen Zeit unseres Zusammenlebens habe ich rausgefunden, dass Erdal sich durch nichts so leicht anstecken lässt wie durch Tränen und Hysterie. Ich finde es, ehrlich gesagt, ein bisschen blöde, dass die beiden hier rumheulen, wo doch offensichtlich ich die Hauptleidtragende dieses Abends bin. Karsten scheint das auch so zu empfinden, denn er vollzieht einen rasanten Themenwechsel.

«Sagt mal, ich hab neulich wieder gehört, dass dieser Timo aus Bergedorf so einen riesigen Schwanz haben soll. Meint ihr, da ist was Wahres dran?»

Noch nie habe ich Tränen so schnell trocknen sehen wie

die von Erdal. Es folgt ein langes, detailliertes Gespräch über Penisgrößen, Penisformen und die korrekten Definitionen von «groß», «normal», «klein» und «winzig». Tina und ich versuchen mit unseren bescheidenen Kenntnissen die Unterhaltung zu bereichern, aber so recht interessiert man sich nicht mehr für uns.

Erst als Erdal mich weinselig anschaut und sagt: «Mensch, Elli, erzähl doch mal, wie du deinem Verflossenen vor seiner Haustür aufgelauert hast», bekomme ich wieder die volle Aufmerksamkeit. Zum Glück bin ich mittlerweile derartig betrunken, dass es mir überhaupt nichts ausmacht, meine Schmach auszubreiten und von Stumpis Hinterkopf zu erzählen und ihrem blauen Auto, Kennzeichen HH-AC 1217.

Karsten sagt, er müsse mal kurz telefonieren. Na toll, ich scheine ihn ja echt gefesselt zu haben. Zwei Minuten später kommt er zurück: «Also: Astrid Crüll, geboren 1970, ledig, keine Vorstrafen, wohnhaft Hohenzollernring Nummer 2, Beruf Maklerin. Hat letzten Monat zwei Tickets wegen Falschparken bekommen.»

Einen Moment lang herrscht ratloses Schweigen. Dann begreife ich.

«Diese Astrid Crüll ist Stumpi?»

«Exakt!»

«Woher weißt du das?»

«Karsten ist doch Polizist», sagt Erdal. «Hast du das Autokennzeichen, genügt ein Anruf, und die Kollegen machen mal eben ganz schnell per Computer eine Personenüberprüfung.»

Erdal lächelt stolz. Und Karsten lächelt vorsichtig zurück. Könnte was werden mit den beiden.

«Hey, das eröffnet doch ganz ungeahnte Möglichkeiten», ruft Tina.

«Welche denn?», frage ich begriffsstutzig.

«Jetzt kannst du nicht nur ihn, sondern auch sie beschatten!»

Ich fühle seine Hände auf meinem Körper. Langsam zieht er mich zu sich heran. Ich spüre seinen Atem an meinem Hals.

Ich höre den Verkehr auf der Straße und das Summen des Kühlschranks in der Küche. Ich presse die Augenlider fest zusammen. Ich will jetzt nicht aufwachen, will weiterträumen! Dieser Traum ist so real, dass es wehtut. Es muss am Alkohol liegen, den ich gestern Abend getrunken habe, so viel wie lange nicht mehr. Wir waren zum Schluss unglaublich voll, und ich weiß noch, dass Karsten und Erdal zusammen ins Schlafzimmer verschwanden.

Im Halbschlaf spüre ich schon die Kopfschmerzen, die ich kriegen werde, aber dieser Traum entschädigt mich: Martin umarmt mich von hinten, küsst meinen Nacken, seine Hand fährt langsam über meinen Bauch. In Groschenromanen würde es jetzt heißen: «Anke, die rassige, gertenschlanke Innenarchitektin, die gerade eine große Liebesenttäusching hinter sich hat, gab sich Frank ganz hin, dem jungen, breitschultrigen Landadeligen, der sein Schloss umgestalten wollte. Sie spürte seine pulsierende Männlichkeit, den heißen Liebessporn, der sich ungeduldig in Erwartung eines rauschhaften Ineinanderversenkens an sie drängte.»

Jetzt legt Martin seine Hände auf meine Brüste, tastend, fast ein wenig unsicher, wie ich finde –

«Igitt! Was ist das denn? Das ist ja widerlich!»

Jemand brüllt so laut in mein armes abstehendes Ohr, dass es mir fast das Trommelfell zerreißt.

Ich schrecke hoch und sehe im Halbdunkel jemanden, wie von der Giftspinne gestochen, aus meinem Bett springen.

Es ist Karsten.

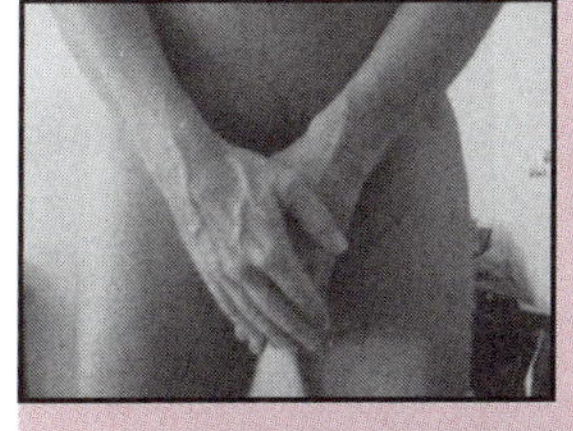

«O Gott, das tut mir Leid», stammelt er und hält sich verlegen seine Hände vors Genital, das gerade im Höllentempo auf Gänseblümchengröße schrumpelt. «Ich kam vom Klo und muss mich in der Tür geirrt haben.»

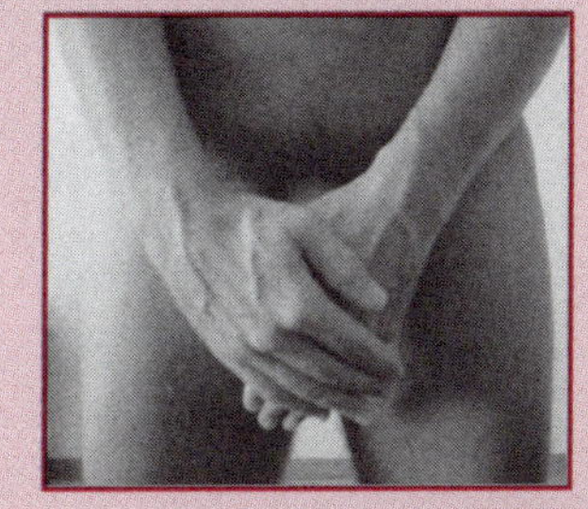

Ich weiß nicht, was ich sagen soll. Mir ist kein psychologischer Ratgeber bekannt, und ich habe einige gelesen, der eine Frau auf eine derartige Situation vorbereitet.

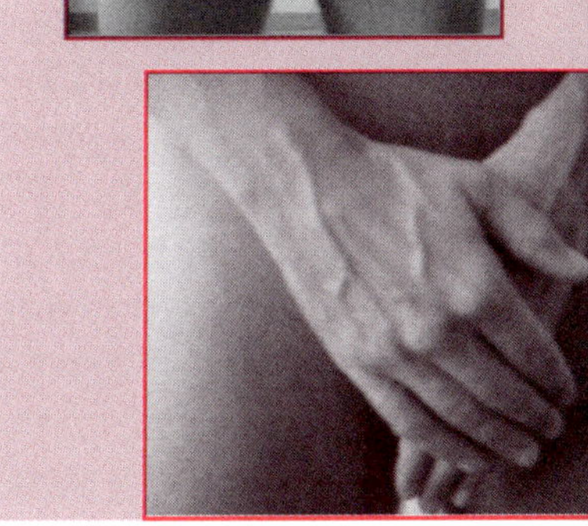

«Verzeih, was ich gesagt habe, Elli. Ich habe mich nur so erschrocken, weißt du. Ich habe ja noch nie in meinem Leben eine Frauenbrust berührt, und es kam so unvermittelt. Du hast ganz tolle Brüste, ehrlich ...»

Karsten verstummt, weil er offenbar gemerkt hat, dass seine Entschuldigung die Situation um keinen Deut entspannt.

«Schlaf gut, Elli.»

«Du auch, Karsten.»

Ich krieche unter meine Bettdecke, umarme mein Kuschelkissen und weine ein bisschen. Dann kichere ich wie eine Bekloppte. Welche Frau kann schon von sich behaupten, dass mal ein Mann «Igitt!» geschrien hat, als er ihren Busen berührte? So gesehen bin ich sicherlich einzigartig.

Sechs Uhr morgens zeigt der Wecker an. Schlafen kann ich nicht mehr. Das ist ja das Blöde daran, wenn's einem nicht gut geht: Man schläft auch noch schlecht. In anderthalb Stunden muss ich sowieso aufstehen. Warum dann nicht gleich? Ich gehe leise in die Küche und mache mir einen großen Milchkaffee. In Erdals Zimmer herrscht tiefste Stille. Hoffentlich trägt der arme Karsten durch meinen Busen keinen dauerhaften Schaden davon.

Ich setze mich an den Laptop. Er ist zurzeit der einzige Kontakt zu meiner Freundin Petra. Welch sadistisches Schicksal hat dafür gesorgt, dass sie ausgerechnet jetzt in Goa ist. Kaum erreichbar. Nur alle paar Tage checkt sie im Internet-Café ihre Mails. In den letzten drei Tagen habe ich ihr bestimmt sechs Nachrichten geschrieben. Petra fehlt mir, als Komplizin, Ratgeberin, Trösterin, als der Mensch, der mich auf der Welt am allerbesten kennt. Wir sind zusammen zur Schule gegangen, wir haben in Mathe unsere Fehler voneinander abgeschrieben, wir sind gemeinsam ausgerissen, allerdings nur so kurz, dass unsere Eltern nichts davon gemerkt haben. Und wir haben schon einige Liebeskrisen zusammen durchgestanden. Ach, wäre sie doch bloß nicht so weit weg. Aber vielleicht hat sie sich ja gemeldet.

Mein Computer wünscht mir mit einem freundlichen Dingdong einen guten Morgen. Beim Anmelden ärgere ich mich wie jedes Mal über mich selbst. Als ich vor Jahren einen AOL-Namen brauchte, waren alle Kombinationen schon vergeben, die auch nur entfernt mit meinem Namen zu tun hatten. Auch alle Phantasienamen waren belegt, zumindest die, für die meine Phantasie ausreichte. Als ich nach zehn Minuten Rumprobieren immer noch die Meldung bekam: «Dieser Name ist bereits vergeben», tippte ich in meinem Ärger irgendeinen abscheulichen Begriff ein. Und ausgerechnet der wurde akzeptiert.

«Sie haben Post», sagt mein Computer. Auf dem Bildschirm lese ich: «Willkommen, Schweinebacke.»

Schade, die Post ist uninteressant. Nur die Bestätigung von Amazon, dass meine Bücher unterwegs sind. Ich hatte vorgestern eine kleine Auswahl unterstützender Literatur bestellt, darunter so viel versprechende Titel wie «Die Exliebe in sieben Tagen wiedergewinnen», «Herzschmerz? 100 todsichere Tipps gegen Liebeskummer» sowie «Plötzlich wieder Single – Eine Trennung ohne Tränen bewältigen».

Keine Mail von Petra. Aus dem Nebenzimmer höre ich aussagekräftiges Stöhnen. Wie schön, Karsten scheint seinen Schock überwunden zu haben. O Mann, geht's mir schlecht. Ich heule mal wieder voll los und verpasse fast das leise Pling, mit dem das Telegramm-Symbol auf dem Bildschirm erscheint. «Mehlwurm» hat geschrieben, und ich kann gar nicht glauben, dass es das Leben anscheinend auch mal wieder gut mit mir meint. Petra ist irgendwo im fernen Goa online! Sie hatte sich bei der Auswahl ihres AOL-Namens ähnlich dumm angestellt wie ich. Ich fange an zu lesen:

Telegramm von Mehlwurm an Schweinebacke

«Elli, das fass ich ja gar nicht! Bei dir muss es doch sechs Uhr morgens sein! Warum bist du denn schon wach? Ist dein Liebeskummer so schlimm? Du Arme! :-(Habe gestern deine Mails gelesen. Es ist der Hammer! Schade, dass ich nicht da bin. Wir würden uns diese Maklerschlampe schon vornehmen!»

Ich klicke auf «Antworten»:

«Petra! Ist das toll, dass du auch gerade am Computer sitzt. Kann Aufheiterung gebrauchen. Bin echt fertig. Fressattacken, Heulkrämpfe, Schlaflosigkeit, das volle Programm. :-(Bin bloß froh, wenn meine Zeit hier vorbei ist. Noch gut drei Wochen, dann fahre ich zurück nach Hause.»

«Bist du wahnsinnig? Du willst zurück?»

«Na, was dachtest du denn? Diese Stadt hat mir wirklich kein Glück gebracht.»

«Jetzt hör mir mal gut zu. Wenn ich dich richtig verstanden habe, dann ist dieser Martin für dich wirklich was Besonderes, oder?»

«Große Liebe, würde ich sagen. So doof das klingt nach der kurzen Zeit.»

«Na also. Und wie oft im Leben ist dir das schon passiert?»

«Weiß nicht. Im Moment denke ich gerade wieder, dass Gregor vielleicht doch der Richtige gewesen wäre. Zu Anfang war ich ja auch richtig verliebt in den.»

«Hör auf mit dem Mist! Und hör auf, wehleidig vor Martins Haus rumzuschleichen und Schokolade zu fressen. Wie viel hast du wieder zugenommen?»

«Na ja, so zwei, allerhöchstens zweieinhalb Kilo könnten es schon sein. Du weißt ja, wie schnell man die wieder draufhat.»

«Alles klar, du hast also mindestens drei Kilo zugenommen. Die müssen wieder runter. Mach Sport, mach Diät, mach eine Fastenkur. Wenn du in deinem Zustand auch noch immer dicker wirst, kommst du nie aus deinem Tief raus. Tu dich doch mit deinem dicklichen Vermieter zusammen, dann könnt ihr euch gegenseitig motivieren. Und was die Sache mit Martin angeht, da solltest du unbedingt zweigleisig fahren. Was wir brauchen, ist ein Plan.»

«Was meinst du denn damit? Der Typ will mich nicht! Der geht in dreieinhalb Wochen mit seiner Verlobten nach Bielefeld. Was soll ich denn da bitte groß planen? Ich hab verloren :-(, damit muss ich mich abfinden.»

«Blödsinn. Wie kann man denn verlieren, wenn man gar nicht gekämpft hat? Wenn du ehrlich bist, hast du ihm überhaupt keine Zeit gelassen, das Ganze zu verarbeiten. Du hast ihm die Pistole auf die Brust gesetzt und verlangt, sich innerhalb

von Sekunden zu entscheiden. Und jetzt wunderst du dich, dass er sich unter Druck für das Altbekannte und Bewährte entschieden hat. Das hätte doch jeder so gemacht.»

Ich bekomme Herzklopfen. Ob Petra Recht hat? Habe ich im Grunde die Trennung selbst verschuldet? Kann ich sie vielleicht wieder rückgängig machen? Ich hatte mir nie auch nur ansatzweise den Gedanken erlaubt, nochmal die Initiative zu ergreifen. Zwar hatte ich quasi sekündlich auf meinem Handy nachgeschaut, ob eine SMS von AMORE eingegangen ist, aber selbst Kontakt aufzunehmen war mir nicht in den Sinn gekommen.

«Hallo, Elli, hat es dir die Sprache verschlagen?»

«Allerdings! Du darfst nicht vergessen, was dieser Mann mir angetan hat. Ich stand auf dem Dach, während er sich mit seiner Verlobten versöhnte!»

«Glaubst du denn, er hat sich das so ausgesucht? Das war für ihn doch mindestens so entwürdigend wie für dich. Und vergiss nicht, dass die blöde Kackbratze Astrid sich eigentlich am allermeisten blamiert hat. Bloß weiß sie nichts davon, und das ist doch das Allerschlimmste. So gesehen stehst du eigentlich gar nicht so doof da.»

«Was soll ich tun?»

Ich warte aufgeregt auf Petras Antwort. Sie lässt sich ziemlich viel Zeit. In meinem kopflosen Zustand wäre es ganz wunderbar, wenn jetzt jemand mein Leben in seine Hände nähme und mir genau sagte, was ich als Nächstes zu tun habe. Ich stelle mir vor, wie Petra in einem schrammeligen Café in Indien am Computer sitzt und einen genauen Schlachtplan für ihre liebeskranke Elli Dückers in Hamburg entwirft. Was für eine Freundin!

Pling!

«Hier kommt mein Vorschlag, Elli. Da du nur dreieinhalb Wochen Zeit hast, ist es natürlich ein recht straffes Programm.

Keine Selbstvernachlässigung!

Runter mit den Kilos! Und falls du aufgehört hast, dir die Beine und die Bikini-Zone zu rasieren, oder falls du dich nicht mehr schminkst und deine Haare nur noch wäschst, wenn sie anfangen zu stinken: Dann reiß dich zusammen! Zieh dich ordentlich an, mach dich zurecht, zupf dir die Augenbrauen.

Wiederannäherung ans Liebesobjekt

Nicht anrufen, nicht klingeln, keine rührseligen Briefe oder Mails schreiben. Du musst Martin dazu bringen, dass er auf dich zugeht. Wo kannst du ihn «zufällig» treffen? Geht er in einen bestimmten Club? Hat er ein Lieblingsrestaurant? Eventuell muss sich jemand samstagabends an seine Fersen heften und dir Bescheid geben, wo du hinkommen sollst. Der arme dicke Schwule! Kennst du noch jemand anders in Hamburg, der das machen könnte? Du musst da natürlich locker und fröhlich und am besten in Begleitung eines ansehnlichen Mannes auftauchen (schicke dir gleich per SMS die Nummer von meinem Cousin Bert auf dein Handy. Der lebt in Hamburg, ist geschieden und sieht okay aus. Er ist allerdings der Oberspießer, aber für unsere Zwecke stört das ja nicht). Mach Martin eifersüchtig. Dieser schwachsinnige und durchschaubare Trick funktioniert garantiert immer. Männer hassen es, wenn man nicht gebührend um sie trauert. Martin wird herausfinden wollen, ob du wirklich schon über ihn hinweg bist und ob das mit dem Typen was Ernstes ist. Das ist deine Chance, wieder in Kontakt zu kommen und ihm zu zeigen, dass er die falsche Wahl getroffen hat.

Feindbeobachtung

Wer ist Astrid? Aussehen, Stärken und Schwächen erkunden. Empfehle, dass du dich als Wohnungssuchende ausgibst und mit

ihr ein paar Objekte besichtigst. Natürlich nicht unter deinem Namen! Nimm den dicken Schwulen zur Tarnung mit.

Gleichzeitige Neuorientierung

Es kann natürlich sein, dass das alles nichts nützt und du Martin nicht wiederbekommst. Die Zeit ist ja wirklich sehr knapp. Für diesen Fall solltest du gerüstet sein. Fahre also zweigleisig: Während du versuchst, Martin zurückzubekommen, versäum nicht, Spaß zu haben, auszugehen, Männer kennen zu lernen, deinen Marktwert zu testen. Mach die Augen auf, verkriech dich nicht! Was ist zum Beispiel mit deinem Chef? Du hast geschrieben, dass der dir unter normalen Umständen ganz gut gefiele. Kannst du nicht mal mit ihm ausgehen? Versuch es.

So, das ist mein Plan für dich. Kriegst du es hin, deinen Hintern hochzuwuchten? Kummer macht träge und ist immer gut für faule Ausreden. Du neigst sowieso dazu, in Krisensituationen selbstmitleidig auf dem Sofa rumzuliegen oder kontraproduktive Sachen zu machen. Erinnere dich bitte an die Hochzeit von Gregor. Wir wollten eigentlich einen lässigen Auftritt hinlegen. Jeder sollte sehen, dass dir die Sache überhaupt nichts ausmacht. Und was tust du? Trinkst eimerweise Bowle, sitzt zwei Stunden heulend auf der Toilette, und als du – unglücklicherweise, das gebe ich zu – den Brautstrauß fängst, schmeißt du ihn mit solcher Wucht zurück, dass die Braut bis heute überall rumerzählt, du hättest sie mit dem Gebinde umbringen wollen. Lass dich dieses Mal bitte nicht gehen!»

Oh. Beleidigt lese ich die Zeilen meiner sonst eher milden, Kritik nur vorsichtig und meist überhaupt nicht formulierenden Freundin Petra. Ehrlich gesagt, hatte ich auf etwas mehr Mitleid gehofft, auf Streicheleinheiten und ein paar sanfte Sätze wie: «Du armes Schätzchen, die paar Kilos machen doch überhaupt nichts aus. Du hast jetzt alles Recht der Welt, dich gehen zu lassen, stundenlang in Joggingsachen auf dem Bett rumzuliegen und deiner Körperbehaarung zu erlauben, sich ihre angestammten Reviere zurückzuerobern.»

Und dass Petra den unangenehmen Vorfall bei Gregors Hochzeit erwähnt, ist schon wirklich mehr als unsensibel. Ich fühle mich total unverstanden:

«Sag mal, Petra, hat dich ein indischer Guru gegen mich aufgehetzt? Warum bist du denn auf einmal so gemein zu mir?»

«Das nennt man nicht gemein, sondern ehrlich! Jetzt sei halt nicht gleich beleidigt. Wie wäre es, wenn wir uns in drei Tagen (Sonntag) für die gleiche Zeit verabreden? Dann hast du vielleicht schon erste Erfolge beim Projekt ‹Traummannrückgewinnung› vorzuweisen. » :-)

Ich bin schon wieder etwas versöhnt. Sie meint es gut und hat obendrein auch noch Recht. Da braucht man halt ’nen Moment, um das zu verkraften.

«Alles klar, Sonntag um sechs Uhr morgens. Lass es dir gut gehen, du Mehlwurm, alles Liebe!»

«Namaste! Das ist übrigens ein indischer Gruß. Er bedeutet: ‹Das Göttliche in mir grüßt das Göttliche in dir.› Also nochmal und von Herzen: Namaste, alte Schweinebacke!»

«Ein lebenslanges Martyrium im Spannungsfeld zwischen Verzicht und Gewicht»

«Elli, Sie sind wirklich eine faszinierende Frau.»

Und Sie sind der absolut ödeste Typ, der mir seit langem begegnet ist, denke ich. Ich habe schon beim Aperitif angefangen, mich mit Ihnen zu langweilen. Und jetzt, wo wir auf Ihren Nachtisch warten, fällt mir kein Thema mehr ein, um diese elende Warterei zu überstehen. Sie quatschen hier dauernd über Ihre Heizkostenabrechnung, über Ihre sich seit Monaten hinziehende Klage gegen die Hamburger Elektrizitätswerke und über die Vor- und Nachteile privater Stromversorger. Wissen Sie was? Ich dreh bei mir die Heizung an, und die Hauptsache ist, es wird warm. Alles andere ist mir so was von egal, Sie Fernwärme-Fetischist. Ich frage mich wirklich, wie es passieren konnte, dass meine beste Freundin einen so missratenen Verwandten hat. Fällt Ihnen eigentlich auf, dass ich über keinen Ihrer Witze gelacht habe? Fällt Ihnen auf, dass Sie mir in drei Stunden ganze zwei Fragen gestellt und meine Antworten nicht abgewartet haben? Fällt Ihnen auf, dass ich Sie schrecklich finde?

Während ich das denke, schlage ich meine Augen nieder, deute ein geschmeicheltes Lächeln an und flöte: «Sie sind sehr freundlich, Bert, aber Sie kennen mich doch gar nicht.»

«Das brauche ich auch nicht. Das rieche ich doch hundert Meilen gegen den Wind, dass Sie eine Topfrau sind. Wer hätte das gedacht, dass meine kleine, unscheinbare Cousine eine solche Freundin hat? Ist es nicht eine Schande, dass wir uns erst jetzt begegnen?»

«Ja, das ist wirklich … schockierend.»

Warum ist es so, dass man Männern besonders dann besonders gut gefällt, wenn man es überhaupt nicht darauf anlegt, ihnen besonders zu gefallen? Wenn man übellaunig ist und wortkarg. Wenn man ihnen das Gefühl vermittelt, lästige, nichtsnutzige Kreaturen zu sein, die einem wahnsinnig auf den Nerv gehen. Wenn man sie ablehnend anschaut und in ihnen nur einen müden Abklatsch sieht, einen gänzlich misslungenen Artverwandten desjenigen, den man eigentlich liebt. Ausgerechnet dann springt bei denen der Eroberungstrieb an. Sie schlagen Rad, machen Männchen und überschütten dich mit an den Haaren herbeigezogenen Komplimenten. Es ist ein Trauerspiel.

Aber ich bin ganz froh, dass es auch heute Abend wieder funktioniert. Kurz überlege ich, ob ich mich ein bisschen schämen soll, weil ich Bert so eiskalt für meine Zwecke benutze. Aber dann fällt mir ein, dass Bert mich bestimmt ganz fies behandeln würde, wäre ich auch nur ansatzweise in ihn verliebt. Und dafür soll er büßen.

«Würden Sie mich wohl einen Moment entschuldigen, Bert?»

Hastig nehme ich meine Handtasche und flüchte zum wiederholten Male auf die Toilette, um nachzuschauen, ob endlich die erlösende SMS von Erdal eingetroffen ist. Noch immer nichts. Wo steckt der Kerl bloß? Seit Martin um zwanzig Uhr zwölf das Haus verlassen hat, sind Erdal und Karsten hinter ihm her.

Karsten hatte sich zunächst strikt geweigert, bei der Aktion «Observation von Martin G. zum Zwecke späterer Kontaktanbahnung» mitzumachen. Das sei ihm zu albern, und wer er denn bitte schön sei, durch ganz Hamburg zu gurken, um einen Typen zu beschatten, den er nicht mal kenne. Obwohl schwul, ist Karsten leider oftmals typisch männlich. Keine Ahnung, warum Männer sich immer so zickig anstellen, wenn es darum geht, sich mal ausgiebig zum Deppen zu machen. Da sind sie leider viel zurückhaltender als wir Frauen, die damit ja überhaupt kein Problem haben. Kein Wunder, dass Frauen immer viel mehr zu erzählen haben und im Gegensatz zu Männern über sich selbst lachen können. Sie machen ja auch andauernd lächerliche Sachen. Letztendlich hat Karsten wohl nur mitgemacht, weil er Erdal einen Gefallen tun wollte und das Gefühl hatte, mir nach dem Vorfall von neulich Nacht etwas schuldig zu sein.

Um acht Uhr zweiunddreißig endlich eine SMS: «**Verdächtiger sitzt im Restaurant ‹La Luna› in männl. Begl. Melde mich, wenn er weiterzieht. Gruß Erdal. PS: Kenne hier den Koch.**»

Erschöpft lasse ich mich auf den Klodeckel fallen. Bin am Ende meiner Kräfte. Seit heute Morgen habe ich so gut wie nichts gegessen, und in meinen Oberschenkeln tobt ein höllischer Muskelkater, wie ich ihn vor zwanzig Jahren nach meiner ersten Reitstunde hatte.

Damals hatte ich meinen letzten Versuch gestartet, ein richtiges Mädchen zu werden. Ich tapezierte mein Zimmer mit Pferdepostern und bekniete meine Eltern, mir eine Woche Reiterferien zu schenken. Bis heute bin ich der Meinung, dass ich ein besonders bösartiges Exemplar erwischte. Kaum saß ich auf dem Vieh drauf, rannte es auch schon los, gefolgt von allen anderen Gäulen meiner Gruppe. So lagen innerhalb weniger Sekunden zwölf plärrende Mädchen auf einer Fläche von etwa hundert Quadratmetern verstreut, die sich ihre erste Begegnung mit der angebeteten Rasse Pferd ganz anders vorgestellt hatten. Fünf von ihnen reisten am nächsten Tag ab. Eine noch am selben Tag. Das war ich.

Ich betaste vorsichtig meine Schenkel. Was für Schmerzen! Erdal hatte mit mir geschimpft, es sei ja auch völlig bescheuert, untrainiert mit einem Affenzahn loszujoggen. Er hatte sich angeboten, mich morgen mit in sein Fitnessstudio zu nehmen und mir das Prinzip des konzentrierten Fettabbaus mit Hilfe von Kraftmaschinen und Power-Energy-Kursen zu erläutern. Außerdem hatten wir uns in der Öffentlichen Bücherhalle mehrere wegweisende Werke über Fastenkuren ausgeliehen.

Heute ist unser Entlastungstag, und als ich mir vorhin gedünsteten Fisch mit Salat ohne Dressing bestellte, sagte der dämliche Bert: «Mir gefallen Frauen, die so diszipliniert sind, die auf ihre Figur achten und sich nicht gehen lassen. Na ja, zumindest nicht beim Essen, wenn Sie verstehen, was ich meine.» Um das blöde Sackgesicht bei Laune zu halten, senkte ich wieder vieldeutig die Augen.

Kreisch! Würg! Kreisch! Wenn ich eins hasse, dann Frauen, die sich nicht gehen lassen. Was ich aber noch mehr hasse, sind Männer, die Frauen gut finden, die sich nicht gehen lassen und auf ihre Figur achten. Es ist schlimm, auf seine Figur achten zu müssen. Bist du zu dick, musst du sehen, wie du dünner wirst, und bist du dünn, bist du ständig damit beschäftigt, es auch zu bleiben. Ein lebenslanges Martyrium im Spannungsfeld zwischen Verzicht und Gewicht, zwischen Möhrenrohkost mit

Zitronensaft und Buttercroissant mit Himbeermarmelade, zwischen Sofa und Indoor-Cycling.

Dass ich mich derzeit nicht gehen lasse, liegt nur daran, dass ich fit und schön und idealgewichtig sein muss, um den mir bevorstehenden Kampf gewinnen zu können. Ich benötige jetzt dringend das Selbstbewusstsein, das einem eine gute Figur und ein ebenmäßiges Gesicht verleihen, um den Mann zurückzugewinnen, der mich dann später schwerpunktmäßig wegen meiner inneren Schönheit lieben soll.

Nun, vom Gewicht her gesehen habe ich mit einem Nettoverlust von 280 Gramm seit gestern noch keinen wirklichen Fortschritt erzielt. Mein Körper ist der einer sitzen gelassenen Frau über dreißig mit Hang zum Kummerspeck. Mein Gesicht jedoch, mein Gesicht erinnert an das einer Göttin!

Ich schaue mich im Spiegel des Waschraums an. Ich sehe gar nicht mehr so aus wie ich. Ich sehe aus wie eine Frau, die gerade auf dem Weg nach Mailand ist, um dort für einen vielstelligen Betrag ein Parfüm von Chanel vor der versammelten Weltpresse zu präsentieren.

Was ein gelernter Visagist innerhalb einer Stunde aus einer eher fahlen Epidermis, durchschnittlich kurzen Wimpern und störrischem Deckhaar zaubern kann, ist unglaublich. Als würde man einen Spitzenkoch zusammen mit drei mehlig kochenden Kartoffeln in die Küche einsperren, und er kommt nach einer Stunde mit einem exquisiten Dreigängemenü raus.

Mir ist natürlich auch klar, dass eine geschminkte Frau in aller Regel besser aussieht als eine ungeschminkte. Wobei das bei mir ehrlicherweise oftmals nicht der Fall war. Ich habe in meinem Leben einige Erfahrungen mit Make-up gesammelt, jedoch fast nur schlechte.

Ich bin zum Beispiel überhaupt keine Virtuosin mit dem Eyeliner, jenem winzigen Pinsel, mit dem man auf Ober- und Un-

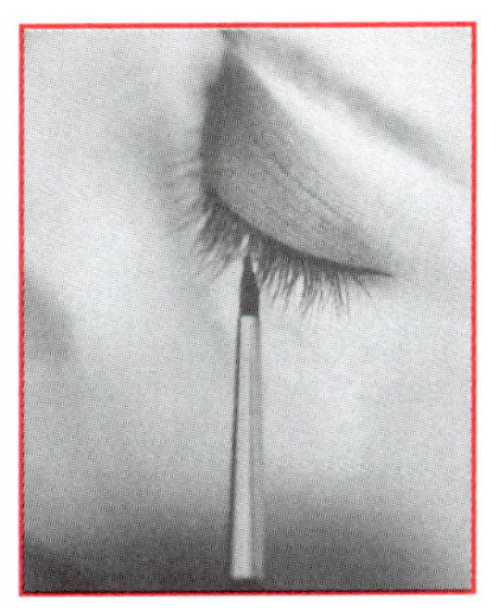

terlid jeweils eine hauchdünne Linie zeichnen soll, den so genannten Lidstrich. Im «Brigitte Extra»-Heft «Schminken leicht gemacht» steht dazu: «Wenn der Lidstrich getrocknet ist, können Sie ihn nicht mehr wegwischen, falls er zu breit geworden ist oder nicht genau am Wimpernrand sitzt.» Ja, das ist ein wertvoller Hinweis, der dir aber letztendlich auch nicht viel nützt. An meinem letzten Lidstrich versuchte ich mich vor etwa einem Dreivierteljahr im Hause meiner Schwester. Meine Bemühungen wurden von meiner vierjährigen Nichte mit dem Ausruf quittiert: «Guckt mal, Tante Elli hat 'ne Brille auf!»

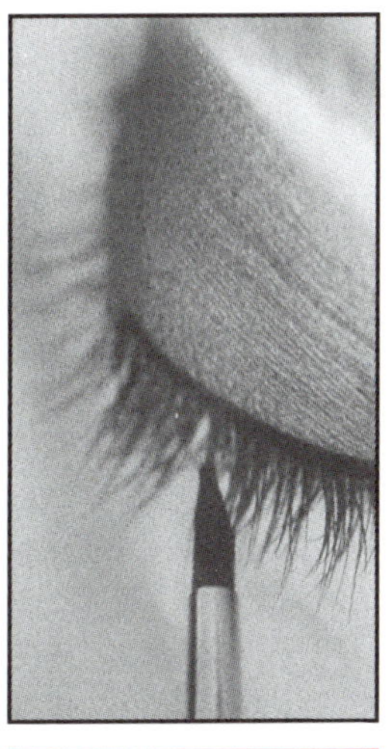

Nein, ich muss wirklich sagen, die Wissenschaft des Schminkens ist keins meiner Spezialgebiete. So ist mir bis heute nicht klar, was der Unterschied zwischen einer Foundation, einem Fluid, einer Grundierung, einem flüssigen Make-up und einer Base ist. Als ich mir mal einen Concealer leistete, der Augenringe abdecken soll, setzte sich das Zeug derart hartnäckig in kleinsten Fältchen ab, dass ich nach zwei Stunden aussah wie eine übernächtigte Neunzigjährige. «Sie haben wohl die Foundation vergessen», versuchte die Frau in der Parfümerie dann auch noch mir die Schuld in die Schuhe zu schieben.

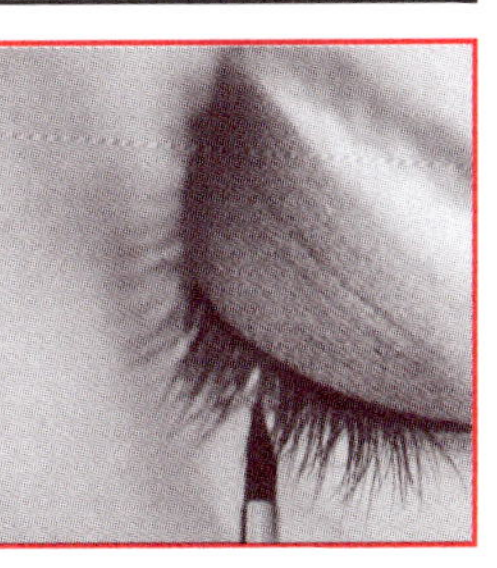

Auch mit Lidschatten bin ich keine Leuchte. Obschon ich mich genau an die Anweisungen von «Brigitte» gehalten hatte: «Das Rauchblau zieht sich von der Mitte des Lides um die äußeren Augenwinkel herum und reicht über die Lidfalte bis in die Schläfen.» Freundinnen, was soll ich sagen, es war kein schöner Anblick, der sich mir da bot. Genau genommen sah ich aus wie eine Frau, der jemand zwei Veilchen verpasst hatte.

Aber was Maurice aus mir gemacht hat, ich muss schon sagen, das ist wirklich Weltklasse. Maurice heißt natürlich nicht wirklich Maurice, sondern Sebastian und ist ein Exlover von Erdal.

Zum Glück ist Erdal ein Typ, der es nicht erträgt, wenn ihn jemand nicht mag, und so ist er immer rührend um guten Kontakt zu seinen Exliebhabern bemüht. Deshalb konnte ich Maurice sofort zu mir nach Haus bestellen, als sich heute Nachmittag herausstellte, dass ich styling-technisch allein nicht in der Lage war, mich auf diesen großen Abend vorzubereiten.

Wobei mir das gar nicht aufgefallen wäre. Ich hatte meine gewaschenen Haare auf acht Rundbürsten gedreht, eine straffende Gesichtsmaske aufgetragen und lief im Bademantel mit wild wedelnden Händen durch die Wohnung, um meinen farblosen Nagellack zu trocknen.

Erdal lag auf dem Sofa und aß Gummibärchen. Er hatte in einem unserer Diätbücher gelesen, Gummibärchen hätten kein Fett, und deshalb beschlossen, sie seien die ideale Nahrungsergänzung an einem Entlastungstag. Mit vollem Mund gab er mir pausenlos Ratschläge, wie ich mich am Abend zu verhalten hätte.

«Du darfst in keinem Augenblick die Kontrolle über das Geschehen verlieren. Lass dich von Martin nicht aus der Reserve locken. Keine Tränen, kein Geschrei. Sei souverän, gelassen und freundlich. Mit Konzentration und Disziplin wird dir das schon gelingen.»

«Auch nicht gerade zwei Dinge, die einem als Erstes einfallen, wenn man den Namen Elli Dückers hört, oder?»

«Jetzt sei nicht so mutlos. Du wirst ein bisschen flirten mit diesem … wie heißt nochmal der Cousin deiner Freundin?»

«Bert.»

«Im besten Fall wird dich Bert unwiderstehlich finden. Das möbelt dein Selbstbewusstsein auf, und wenn du dann später auf Martin triffst, wird es ihm den Atem verschlagen.»

«Wenn du meinst.»

Ich betrachtete verzagt das Bürstengebilde auf meinem Kopf. Meine Ohren, ihrer natürlichen Haartarnung beraubt, kamen so natürlich sehr unvorteilhaft zur Geltung. Sah aus wie Dumbo mit Lockenwicklern. Ein moderner bildender Künstler könnte bestimmt 'ne Menge Schotter mit mir verdienen.

«Was soll das da auf deinem Kopf eigentlich werden?», fragte Erdal.

«Das sieht man doch. Wenn ich meine Haare auf Bürsten trocknen lasse, bekommen sie eine luftige, seidige Fülle. Das sagt zumindest meine Frisöse in Hiltrup.»

«Vergiss die Frisöse an der polnischen Grenze.»

«Münsterland!»

«Ich denke, du solltest mit einem Plätteisen arbeiten.»

«Einem was?»

«Und was für Farben willst du für Augen, Lippen und Wangen nehmen? Ich würde ja ruhig zu einer etwas dramatischen Kombination raten. Du brauchst für heute Abend unbedingt Augen, von denen man den Blick nicht mehr abwenden kann, sobald man einmal hineingeschaut hat. Was du unbedingt nehmen musst, ist ein transparenter Glitzerpuder für Hals und Dekolleté.»

«Sag mal, spinnst du? Wovon sprichst du? So was hab ich doch überhaupt nicht. Getönte Tagescreme, Wimperntusche und rechts und links ein Klecks Rouge: Zu mehr bin ich unfallfrei überhaupt nicht in der Lage. Damit sehe ich wenigstens total natürlich aus. Ich glaube, Martin mag so völlig überschminkte Tussen gar nicht.»

Erdal war blass geworden.

«Du willst natürlich aussehen, Elli? Und ich dachte, du willst gut aussehen.»

Eine halbe Stunde später entfernte Maurice mit pathetischer Geste die Bürsten aus meinem Haar und behauptete, da sei er ja gerade noch rechtzeitig gekommen, um eine Katastrophe zu verhindern. Man hatte mich vor dem Küchenfenster auf einen Stuhl gesetzt, weil Maurice das Licht dort am inspirierendsten fand. Zu meiner und wohl auch zu seiner Beruhigung öffnete Erdal eine Flasche Sekt. Alkohol, hatte er angeblich in einem Ratgeber gelesen, sei in Maßen auch während einer Diät erlaubt und gelte sogar als entschlackend. «Und bei den Mengen», sagte Erdal, «die wir in den letzten anderthalb Wochen gesoffen haben, sind zwei, drei Fläschchen Prickelwasser ja wohl durchaus maßvoll.»

Karsten hatte sich inzwischen auch eingefunden. Er saß

schweigsam am Küchentisch, blätterte in einer Zeitschrift von und für Hamburger Polizisten und brummte ab und zu, er verstehe den ganzen Aufwand nicht, ich würde doch auch ohne das ganze Zeug im Gesicht ganz nett aussehen. Ich warf ihm an Maurice und dem Plätteisen vorbei einen freundlichen Blick zu.

«Ganz nett? Das reicht aber nicht für unsere Zwecke!», rief Erdal schon leicht angeschickert. So ein paar Gläschen auf nichts als eine Tüte Gummibärchen haben es schon in sich. «Warte ab, was Maurice aus unserer kleinen Elli-Maus für ein Kunstwerk kreiert. Und wehe, dein blöder Martin ist heute Abend nicht unterwegs!»

«Keine Sorge», beruhigte ich ihn. «Jeden ersten Freitag im Monat geht er mit seinem Freund Marc erst essen und dann einen trinken.»

Maurice wurde ungeduldig: «Jetzt bitte nicht mehr sprechen, Liebelein, ich muss an deinen Lippen arbeiten.»

«Darling, du bist ein Künstler», säuselte Erdal.

Karsten warf Maurice einen misstrauischen Blick zu. Niedlich, ich glaube, er war etwas eifersüchtig. Das schien auch Erdal zu bemerken, und wie es seiner unsensiblen Art entspricht, thematisierte er das auch gleich. Es gäbe keinen Grund, eifersüchtig zu sein, denn das mit Maurice sei etwas rein Sexuelles gewesen. Dann schnurrte er noch, warum Karsten denn nicht seine Uniform angezogen habe. Er sähe darin so wahnsinnig sexy aus und sie sei für eine Beschattungsaktion doch auch die angemessene Bekleidung.

«Wenn du nicht sofort die Klappe hältst, kannst du den Typen heute Abend allein observieren», gab Karsten zurück. Die Uniform sei Dienstkleidung, damit sei nicht zu spaßen.

Ich bat um Ruhe und mehr Sekt. «Schließlich geht es hier um mich. Und ich bin sehr nervös. Ich muss heute Abend den Mann beeindrucken, den ich liebe. Vorher muss ich mit einem mir völlig fremden Mann essen gehen und flirten. Ich muss jetzt meine Mitte finden, damit ich heute Abend ausgeglichen und amüsant bin. Wie soll das gehen, wenn ihr euch zankt, meine Haare mit einem glühenden Eisen bearbeitet werden und eine mir unbekannte Foundation meine Haut bedeckt. Ihr könntet wirklich etwas mehr Rücksicht nehmen.»

Das wirkte, und die nächsten zwanzig Minuten arbeitete Maurice in absoluter Stille.

Noch nie in meinem Leben hatten sich so viele verschiedene Kosmetikartikel gleichzeitig in meinem Gesicht aufgehalten. Was es da alles gab. Maurice öffnete einen Tiegel nach dem an-

deren, betupfte mich hier mit einer Farbe und spachtelte dort mit einer Paste nach. Ich war fasziniert und beunruhigt. Würde ich mir überhaupt gefallen? Nein, die Frage war so nicht ganz richtig formuliert, korrekt musste sie lauten: Würde ich ihm überhaupt gefallen?

Ein letzter Blick in den Spiegel des Waschraums. Meine Augen strahlen, wie von innen beleuchtet, zwischen üppig getuschten Wimpern hervor, umrandet vom perfekten Lidstrich und betont von silbrig blauem Lidschatten. Mein Teint: makellos, frisch. Meine Lippen: sinnlich, üppig, dank des Lippenkonturstifts, den Maurice großzügig über die bescheidenen Formen meines eigenen Mundes hinaus aufgetragen hat. Meine Haare: ultramodern mit vorwitzigen Fransen, die Maurice mit dem magischen Plätteisen in Form gebracht und mit Spray fixiert hat.

Ganz vorsichtig, um das Kunstwerk nicht zu zerstören, zupfe ich mir eine meiner geplätteten Strähnen in die Stirn. Der arme Bert wartet jetzt schon eine Ewigkeit auf meine Rückkehr von der Toilette. Aber eine Frau, die so aussieht wie ich heute Abend, kann natürlich jeden Mann warten lassen.

Meine Güte, wie viel leichter muss es sein, wenn man sein chaotisches, verletztes Innenleben unter so einer schönen Hülle verstecken kann? Ist es nicht viel angenehmer, unglücklich zu sein, wenn man dabei nicht auch noch schaurig aussieht? Wie ist das wohl, wenn der Blick in den Spiegel zu jeder Zeit eine Aufmunterung bedeutet? Wenn du eine Schönheit bist, auch ohne vorher eine Stunde beim Stylisten zu verbringen? Wenn dir bewundernde Blicke folgen, selbst wenn du morgens zerstrubbelt über die Straße huschst, um Brötchen zu holen?

Mich hat eine Szene immer ein winziges bisschen gestört in dem Film «Notting Hill», den ich zirka fünfzehnmal gesehen habe: Julia Roberts wacht neben Hugh Grant auf – was ja schon mal im Prinzip kein Grund ist, sich zu beklagen – und sagt: «Rita Hayworth meinte mal: ‹Sie gehen mit Gilda ins Bett und wachen mit mir auf.› Sie meinte damit, die Männer gehen mit ihrer Traumfrau ins Bett und sind erschrocken, wenn sie in der Realität aufwachen. Geht dir das auch so?» Und er sagt: «Ich

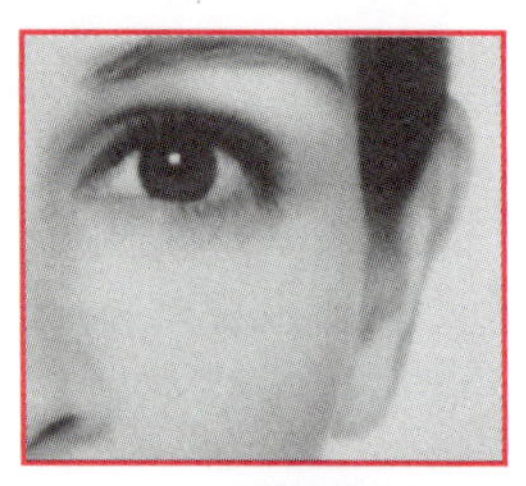

finde, du hast niemals bezaubernder ausgesehen als heute Morgen.»

Das ist für uns normale Frauen natürlich eine Szene, die sich kaum nachvollziehen lässt. Julia Roberts ist, wenn sie morgens aufwacht, ja immer noch Julia Roberts. Oder sie sieht ihr zumindest sehr ähnlich. Aber ich werde morgen früh nur noch ganz, ganz entfernt an die Frau erinnern, die ich jetzt bin. Für unsereins ist es einfach wichtig, nach dem Aufstehen das Badezimmer zu erreichen, bevor der Mann, den wir allmählich an uns und unseren morgendlichen Anblick gewöhnen wollen, die Augen aufschlägt.

Wobei es da beispielsweise bei mir gar keinen Unterschied macht, ob ich am Abend geschminkt oder ungeschminkt ins Bett gegangen bin. Im ersten Fall sehe ich aus wie eine weiße Leinwand, die ein schwer erziehbares Kind mit Plakafarben beschmiert hat. Im zweiten Fall sehe ich einfach nur aus wie eine weiße Leinwand. Beides wirkt auf einen unvorbereiteten Betrachter irritierend.

Aber wenn du Julia Roberts bist und aufwachst, dann kannst du ganz unbesorgt die Vorhänge öffnen und ohne Vorsichtsmaßnahmen durchs lichtdurchflutete Schlafzimmer gehen. Im schlimmsten Fall hast du Mundgeruch, so wie normale Frauen auch. Aber das sieht man ja nicht, und wenn du so schön bist, dann erwartet von dir sowieso keiner mehr, dass du auch noch den Mund aufmachst.

Heute Abend bin ich so eine Frau!

Ich wache auf und habe eine sehr klare Vorstellung davon, wie ich aussehe. Vergessen die Pracht von vergangener Nacht. Jetzt bloß nicht in den Spiegel gucken! Ich humple am Bad vorbei in die Küche. Meine Füße tun unglaublich weh. Gestern habe ich zur Verformung meiner ohnehin schon ziemlich ungeraden Zehen Wesentliches beigetragen. Aber Erdal hatte gemeint, eine Frau auf flachen oder auch nur halbhohen Schuhen sei keine echte Frau, sondern nur ein asexuelles Wesen, das möglichst bequem von A nach B gelangen will. «Hoher Absatz steht für großes Selbstbewusstsein», hatte Erdal gesagt, und ich war in meine schwarz-weißen Stilettos geklettert.

Auaaah! Meine Füße würden jaulen, hätten sie Stimmbänder. Ich lege mich mit Fastentee und einem Nutella-Toast wieder ins Bett. Man soll es ja auch nicht übertreiben mit den guten Vorsätzen. Normalerweise würde ich meinen Nutalla-Toast noch dick mit Butter bestreichen und dazu einen Milchkaffee mit drei Stück Zucker trinken. Insofern, versuche ich mir einzureden, ist dieses reduzierte Frühstück für meinen ersten Fastentag doch ein guter Anfang. Doch als mein Blick auf das blaue Kleid fällt, bekomme ich sofort ein aufdringlich schlechtes Gewissen.

Das mit dem Kleid war Erdals Idee. «Wir werden uns eine Motivation schaffen. Wir müssen uns eine Belohnung ausdenken, die uns am Ende unserer Diät erwartet. In den Diät-Ratgebern steht, man solle sich seinen eigenen Körper in schlank vorstellen oder

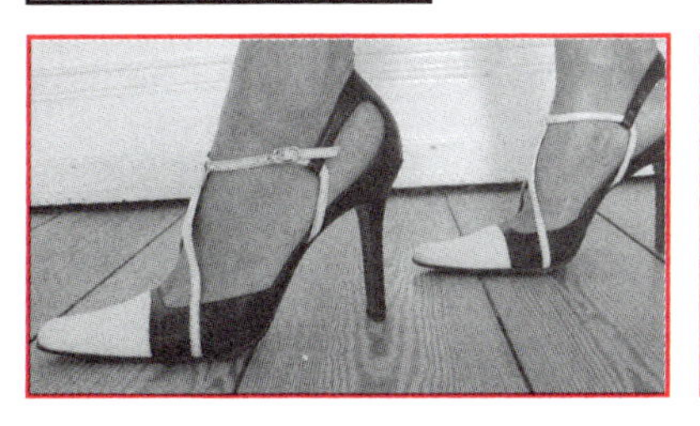

eine Hose von früher rauslegen, in die man gerne wieder reinpassen möchte.»

«Was meinen die mit früher?», hatte ich missmutig erwidert. «Das letzte Mal war ich zweiundzwanzig, als ich mein Idealgewicht hatte. Wer bitte schön hebt denn seine Klamotten so lange auf? Ich habe in den zwei Wochen mit Martin zweieinhalb Kilo abgenommen. Und kurz bevor mir meine Hosen zu weit werden konnten, hat der Schuft mich abserviert. In den anderthalb Wochen ohne Martin habe ich vier Kilo zugenommen. So sieht das bei mir aus.»

«Ich habe vor einem Jahr die Hoffnung aufgegeben, jemals wieder unter achtzig Kilo zu wiegen, und die ganz eng sitzenden Klamotten verschenkt.»

Ich hatte dazu taktvoll geschwiegen. Es gab schon das ein oder andere Teil, von dem sich Erdal offensichtlich nicht trennen konnte. Sein goldenes T-Shirt von D&G zum Beispiel oder auch die schwarze Samthose von Hugo. Beides Kleidungsstücke, in denen Erdal aussieht, als hätte man Hulk in die neue Barbie-Kollektion gezwängt.

«Und weil wir beide nichts mehr zum Anziehen haben werden, wenn wir erst schlank sind, und weil ich von uns beiden den besseren Geschmack habe, habe ich uns was bestellt.»

«Wie bestellt?»

«Bei einem absolut exquisiten Versandhandel. Für dich ein wunderschönes Abendkleid und für mich einen geilen Anzug. Die Sachen müssten übermorgen hier sein. Und die hängen wir uns dann gut sichtbar ins Zimmer. Nix visualisieren, nix Vorstellungskraft – dein blaues Kleid wird dir ständig vor der Nase hängen.»

«Spinnst du? Ich kann mir ein teures Kleid überhaupt nicht leisten. Ehrlich, was ist das für eine schwachsinnige Idee?»

«Reg dich nicht auf, ich habe an alles gedacht. Wir haben

vier Wochen Rückgaberecht. Und wenn ich bis dahin genug Kilos abgespeckt habe und du in Größe achtunddreißig reinpasst, werden wir unsere Sachen ein einziges Mal tragen und dann zurückschicken. Das ist nämlich meine zweite Überraschung für dich: Wir werden gemeinsam zum Wolkenball gehen! Ich habe zufällig ganz gute Kontakte zum Veranstalter. Ist das nicht der Wahnsinn: Erdal und Elli über den Wolken! Da wird dein Mister Martin sein blaues Wunder erleben. Und ich werde endlich wieder einen Anzug Größe achtundvierzig im Schrank haben.»

Ich hatte mehrere Sekunden gebraucht, um diese ganzen Informationen zu verarbeiten – und schließlich nur zwei Worte hervorgebracht, von denen ich nicht vermutet hatte, sie jemals wieder im Zusammenhang mit meiner Person wieder auszusprechen: «Größe achtunddreißig?»

Ich trinke meinen ekligen Fastentee und denke, dass ich in meinem Leben noch nie so ein traumhaftes Kleid besessen habe. Ich habe es über das Bild mit den ringenden nackten Männern gehängt. So habe ich es vom Bett aus immer im Blick, und ich muss das Bild nicht mehr sehen. Erdal hatte um Nachsicht gebeten wegen dieses Kunstwerks. Es sei ein Original, gemalt von einem Exfreund, der höchstwahrscheinlich mal sehr berühmt werden würde. Neulich hätte er mal fast ein Bild verkauft.

Es ist echt irre, wie viele Exfreunde und Freunde von Erdals Exfreunden über die ganze Stadt verteilt sind. Kein Club, kein Fitnesscenter, kein Restaurant, wo nicht mindestens ein Kumpel von ihm in maßgeblicher Position beschäftigt ist. Auch gestern Nacht hatte nur deswegen alles so reibungslos geklappt, weil ein Freund von Erdal uns auf die Party im «Indochine» geschmuggelt hatte. Dort, so das Ergebnis der Observation, standen Martin und sein Freund am Tresen.

Martin. Es haute mich um, ihn wiederzusehen. Und mein erster Gedanke war, dass ich alles, alles tun würde, damit dieser Mann zu mir zurückkehrte.

Ich stelle den Fastentee beiseite. Hatte ich darüber nicht etwas in mein Tagebuch geschrieben, als wir noch zusammen waren? Hatte ich mir da nicht schon überlegt, was ich zu tun bereit wäre, um diesen Mann nicht zu verlieren? Hatte ich nicht Angst um mein Glück gehabt, als es gerade erst begann? Hatte ich womöglich üble Vorzeichen übersehen?

23. APRIL

Zeit: elf Uhr
Ort: Büro. Nichts los
Stimmung: liebeskrank
Weitere Aussichten: Ich werde wohl nie verstehen, was ein so perfekter Mann an mir findet. Ein Fehler im Schicksalsplan zu meinen Gunsten? Was, wenn das mal irgendjemandem auffällt?

Liebes Tagebuch!

Eine Freundin sagte mir mal, als sie ganz frisch schwanger war: «Ich weiß, dass ich schwanger bin, aber ich fühle mich nicht so – keine Übelkeit, kein Brustziehen, noch kein dicker Bauch. Am liebsten würde ich jeden Tag zum Ultraschall rennen, denn nur, wenn ich das winzige Herzchen auf dem Bildschirm schlagen sehe, glaube ich wirklich, ich bin schwanger.»
So geht es mir mit Martin. Ich weiß, ich habe diesen wunderbaren Mann kennen gelernt. Ich weiß, auch er zeigt alle Anzeichen schwerster Verliebtheit. Aber stehe ich allein vorm Spiegel, sehe ich nur mich, unverändert, mit all meinen Fehlern. Meinen etwas zu krummen Zehen. Den abstehenden Ohren. Den Oberarmen, die etwas zu weichlich sind, als dass man sie guten Gewissens unbedeckt durch den Sommer schleppen sollte. Den Oberschenkeln, die etwas zu üppig sind. Der Nase, die etwas zu breit ist, und dem Brustansatz, der etwas zu tief ist.
Wie viel Platz ist eigentlich bei anderen Leuten zwischen Kehlkopf und Busenbeginn? Manche haben doch die Brüste so weit oben, dass sie fast ihr Kinn darauf ablegen können. Das sieht natürlich immer toll aus. Bei mir, muss ich ehrlich sagen, habe ich den Eindruck, dass sich mein Busen mehr Richtung Bauchnabel als Richtung Kinn orientiert.

Jedenfalls ist fast alles an mir «etwas zu ...». Etwas zu groß, etwas zu dick, etwas zu wenig, etwas zu viel. Und wenn ich mich so betrachte, sehe ich eigentlich aus wie immer – und trotzdem hat sich vor anderthalb Wochen ein Mann in mich verliebt, den ich mir nicht zu erträumen gewagt hätte. Unfassbar. Nicht, wenn ich allein bin mit mir. Dann plagen mich Zweifel und Ängste. Dann frage ich mich, was er wohl an mir findet, ob er sich vertan hat, ob das Ganze nur ein fürchterlicher Irrtum ist.
Ich kann's nur dann wirklich glauben, wenn wir zusammen sind. Wenn er mich ansieht. Seine Augen sind für mich das, was die Ultraschallaufnahmen für meine schwangere Freundin sind: die Bestätigung, dass das alles nicht nur ein Traum ist.
Ich weiß, ich weiß, ich höre alle emanzipierten Frauen im Chor aufheulen. Und wäre ich nicht selbst betroffen, würde ich in diesen Schwesternchor einstimmen und mich genauso wüst beschimpfen:
«Du darfst deinen Wert nicht danach bemessen, ob du einem Mann gefällst! Du bist schön, egal, ob mit oder ohne Mann. Oder du bist eben nicht schön, auch egal, ob mit oder ohne Mann. Du musst dir in erster Linie selber gefallen, nur dann kannst du überzeugend auch anderen gefallen. Du musst dein Selbstbewusstsein aus dir selbst heraus schöpfen. Deswegen heißt es Selbst- und nicht Fremdbewusstsein, deswegen heißt es Selbstwert und nicht Fremdwert. Du bist nicht schlechter ohne Mann. Und du bist nichts Besseres, nur weil du nicht mehr Single bist.»
Und ich weiß, das stimmt. In der Theorie. Aber du kannst zehn Kurse für Frauenrecht besucht und hundertmal für Gleichberechtigung demonstriert haben: Wenn dir der Mann, den du liebst, sagt, ein, zwei Kilo weniger würden dir nicht schaden, ist auch für dich das Wochenende gelaufen. Wirklich, ich halte mich für eine emanzipierte Frau, und ich finde auch nicht, ich bin was Besseres, bloß weil ich endlich mal wieder einen Kerl habe, aber, verdammt, ich

fühle mich besser! Ist das verboten? Ich fühle mich ohne Mann schlechter als mit. Ist das unemanzipiert? Und wenn mein Liebster mir über meinen eigentlich zu dicken Hintern streicht und sagt: «Was für ein Prachtstück!», ja, meine Güte, soll ich mich dann von ihm trennen, bloß weil nach diesem Machospruch selbst mir mein moppeliges Gesäß vorkommt wie ein leckerer, runder Po?
Mein Selbstwertgefühl ist halt nicht so gefestigt, wie es die Ratgeberbücher und die emanzipierten Freundinnen gerne hätten. Ich habe mich, ehrlich gesagt, immer gewundert, wenn mich jemand Tolles toll fand. Und wenn ich Martin sehe mit seiner Dachwohnung, seinem schicken Auto, dem Geld, das er vermutlich verdient, und den Frauen, die er vermutlich haben könnte, ist es da nicht ganz normal, sich als ganz normale Frau da einen Moment lang zu fragen, ob das auch alles mit rechten Dingen zugeht?
Selbst meine Mutter sagte, als ich ihr in groben Zügen von meiner Begegnung mit Martin berichtete: «Das ist aber wirklich erstaunlich, Elli, dass sich so ein Mann für dich interessiert.» Das hatte mich irgendwie gekränkt, obwohl es haargenau meinen eigenen Empfindungen entsprach. Aber von einer Mutter erwartet man doch eigentlich, dass ihr für die eigene Tochter kein Mann gut genug ist.
Was aber gesagt werden muss: Vergleicht man Martin und mich mal rein äußerlich, ist es wirklich nicht so, dass man denkt, ich müsse eine schwerreiche Erbin mit Jagdschloss im Mecklenburgischen und einem unstillbaren Sexualtrieb sein, die sich wegen ihres abstoßenden Äußeren einen mittellosen, gut aussehenden Boy chartern musste. Nein, wir passen schon recht gut zusammen. Er ist nicht sehr viel größer als ich, vielleicht einen halben Kopf, und sieht, wie ich finde, auf eine gediegene Art gut aus. Er ist eher schmal, dahingehend also nicht mit mir zu vergleichen, und er hat ganz helle Haut mit Sommersprossen. Und das gefällt mir gut, weil ich ja auch immer so weiß-rötlich marmoriert daherkomme und

Martin der erste Mann ist, wo ich im Bett nicht aussehe wie eine Made neben einer Kaffeebohne. – Oh, Moment, Kundschaft. Eine Frechheit, mich während der Arbeit zu stören.

13.15 UHR:

Bin voll aufgeregt, voll verschossen und, wie meistens, voll verunsichert. Martin hat mich gerade angerufen. Das an sich ist natürlich schon mal ein Grund für schlotternde Knie. Jetzt kenne ich ihn schon zehn Tage, und trotzdem klopft mir immer noch das Herz bis zum Hals, wenn ich seine Stimme höre. Vor Glück. Vor Angst. Will er absagen, sich trennen, mir sagen, dass er sich nun doch entschieden hat, das Supermodel mit dem Schwanenhals, dem Cambridge-Abschluss und dem Doktortitel in Teilchenphysik zu heiraten?
Ich habe ja nicht studiert. Hat mich auch nie gestört. Ich war nie besonders gut in der Schule, und nach dem Abi habe ich sofort meine Ausbildung im Reisebüro meines Onkels gemacht. Ich war auch nie länger im Ausland, habe nicht in Abendkursen drei zusätzliche Fremdsprachen gelernt oder abends im Bett das Gesamtwerk von Thomas Mann durchgearbeitet. Die klassische Bildung ist nicht mein Lebensschwerpunkt, das muss ich zugeben.
Ich hatte mich mehr auf meine emotionale Weiterbildung konzentriert, war zum Beispiel recht früh vertraut mit den Techniken des Zungenkusses und des Nackenkraulens.
Jetzt, wo ich mit einem Betriebswirt zusammen bin, der zwei Semester in St. Gallen studiert hat, zweimal im Monat ins Theater geht und in seinem deckenhohen Bücherregal all die Schwarten stehen hat, die ich nie gelesen habe, von denen ich aber weiß, dass ich sie gelesen haben sollte – jetzt bereue ich es, dass ich mich im Deutschunterricht nicht mehr engagiert und Großteile meiner Adoleszenz knutschend im Kino verbracht habe.

Eigentlich wollte ich mit Martin heute Abend ins Kino gehen, aber jetzt hat er mich gefragt, ob ich Lust hätte, mit zu einer Vernissage zu kommen.
«Einer was?»
«Gabo, eine sehr berühmte Fotografin, eröffnet heute ihre Ausstellung in der Galerie Camerawork. Unsere Firma zählt zu den Sponsoren der Galerie, und weil mein Vater verhindert ist, wäre es ganz gut, wenn ich mich da kurz blicken lasse. Interessierst du dich für Fotografie?»
«Aber natürlich. Was soll ich anziehen?»
«Ach, eher casual sexy würde ich sagen. Soll ich dich um halb neun abholen?»
«Nein, lass mal, ich komme zu dir.»

18.12 UHR:

Bin jetzt zu Hause und habe die letzten Stunden damit verbracht, folgende Fragen zu klären: Was ist «casual sexy», und was muss man über zeitgenössische Fotografie wissen? Ich hatte ja nicht gelogen, als ich behauptete, ich interessiere mich für Fotografie – allerdings nur für meine. Ich schleppe meine kleine Digitalkamera eigentlich immer überall mit hin und habe gerade heute Morgen ein sehr gelungenes Foto von Sigrid gemacht, der schielenden Osterhäsin, die ganzjährig bei Erdal auf dem Küchentisch steht. Erdal hat einen ausgeprägten Hang, sich Dinge anzuschaffen, die sowohl entsetzlich kitschig als auch entsetzlich hässlich sind. Der Vorteil ist, dass diese Objekte

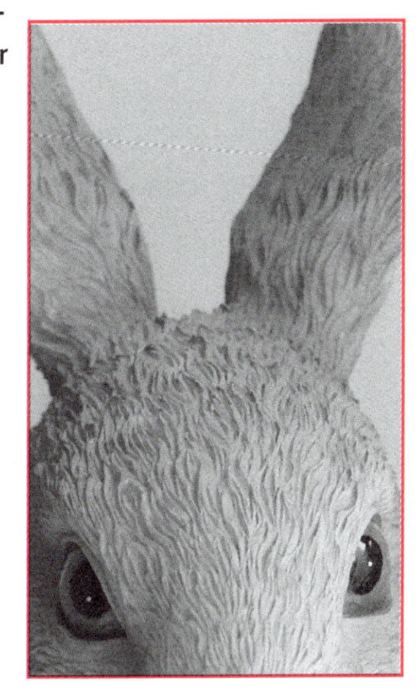

meist recht günstig zu haben sind.
Erdal hat mir erklärt, unter «casual sexy» verstehe jeder etwas anderes. Na toll. Aber er würde mir raten, Schwarz zu tragen, eventuell gespickt mit einem kleinen auffälligen Accessoire. Damit würde man in Hamburg nie was falsch machen.
Wegen der noch zu vermittelnden Kenntnisse über zeitgenössische Fotografie hat Erdal unten in der Videothek Super-Nucki gefragt, weil der ja schließlich Fotograf ist. Aber Super-Nucki war der Ansicht, man könne Interesse für Fotografie nicht heucheln. Entweder man hätte einen Sinn dafür oder eben nicht. Und was ich im Übrigen davon halten würde, einfach zuzugeben, dass mich Fotokunst nicht die Bohne interessiere?
Was ich davon halte? Nichts, Blödkopf!
Was ist eigentlich so schlimm daran, wenn man sich jemand anderem zuliebe ändern möchte? Ich möchte meine Essgewohnheiten ändern, meine Lesegewohnheiten, mein Bildungsverhalten und mir in Zukunft regelmäßig alle zwei Wochen nach einem Kamilledampfbad die Mitesser rausdrücken. Und das alles nur ihm zuliebe. Na und? Ist doch egal, ob ich seinetwegen abnehme oder meinetwegen. Dünn bin ich nachher in beiden Fällen, und darauf kommt es doch schließlich an. Man würde ja auch einem Serienbankräuber keine Vorwürfe machen, wenn er wegen seiner neuen, katholischen Freundin die kriminelle Karriere an den Nagel hängte.

19.10 UHR:

Hier nun eine Liste der Dinge, die ich in Zukunft tun und lassen will:

1. Ich werde mir jede Woche «Die Zeit» kaufen und mindesten vier Artikel darin ganz durchlesen, zwei davon aus den abschreckenden Bereichen Wissenschaft und/oder Politik.
2. Nach 18 Uhr werde ich nichts mehr essen. In Restaurants werde ich Salat und mageres Fleisch bestellen und auf keinen Fall Nachtisch. Zur Tankstelle gehe ich nur noch, um «Die Zeit» (siehe Punkt 1.) und Cola light zu kaufen. Schokoriegel, Chips und Eis sind verboten. Gesund ist die Regel, ungesund die Ausnahme. So soll es ab jetzt heißen und nicht andersherum, wie in den letzten zweiunddreißig Jahren meines Lebens.
3. Erst wenn ich von Nietzsche «Also sprach Zarathustra» und von Musil «Der Mann ohne Eigenschaften» durchgelesen habe, darf ich mir danach zur Belohnung wieder ein Buch gönnen, auf dem ein Cottage vor der Landschaft Cornwalls abgebildet ist.
4. Ich werde versuchen, nicht jedes meiner Probleme in meiner Beziehung zu thematisieren. Ich möchte mich meinem neuen Lebensgefährten gegenüber als unkomplizierte, robuste, geländegängige und stimmungsstabile Partnerin positionieren. Ich neige leider dazu, jedes Zwicken im Unterleib, jeden Hauch von Halsschmerz, jede Andeutung von Magenverstimmung sofort lautstark kundzutun. Jeden Gedanken, der mich minimal belastet, spreche ich in der Regel in derselben Sekunde aus. Das will ich ändern! Ich will nicht länger als schwierig gelten. «Was für eine patente und gleichzeitig repräsentative Frau!», sollen die Leute in Zukunft über mich sagen. Ich will eine geistreiche, aber nicht grüblerische Gefährtin sein, die so perfekt für häuslichen Frieden und partnerschaftliche Harmonie sorgt, dass ihn seine Freunde beneiden werden.

4a. Zu meiner neuen Unkompliziertheit gehört natürlich auch: nicht aufregen! Größe zeigen, wenn sich der Geliebte nicht ganz so verhält, wie man sich das eigentlich wünscht. Bisher bin ich nie einer Auseinandersetzung ausgewichen und habe jeden Ärger unverzüglich rausgelassen. Das will ich nicht mehr tun. Milde, Verständnis, Langmut, Gnade: Das sind Elli Dückers' neue, hervorstechende Eigenschaften!
5. Ich will mich nicht mehr so doll betrinken, dass ich den Gastgeber frage, wer eigentlich diese ganzen beknackten Leute sind und wann man endlich von dieser öden Party abhauen kann, ohne unhöflich zu wirken.
6. Ich will mich mehr für das Weltgeschehen interessieren und jeden Tag die «Tagesschau» gucken.
7. Ich werde morgen ins Museum gehen und mich ab sofort für Kunst begeistern.

20.25 UHR:

Bin frustriert. Hänge hier casual sexy in der Wohnung ab. Martin hat mir gerade abgesagt. Sein Vater will jetzt doch zur Ausstellung, und zwar zusammen mit seinem Sohn. Ob ich bitte dafür Verständnis hätte? Gerade als ich anfangen wollte loszuzicken, fiel mir zum Glück Punkt 4 a ein: Milde, Verständnis, Langmut, Gnade. Zum ersten Mal hörte ich mich den Satz sagen: «Aber das ist doch überhaupt kein Problem.» An Martins Reaktion – er schlug vor, ob wir nicht nachher noch einen Spätfilm zusammen gucken wollten – bemerkte ich, dass ich einen großen Schritt gemacht hatte, was meine persönliche Entwicklung anbelangt.
Bloß innerlich fühle ich mich gar nicht so milde. Selbstverständlich habe ich keinerlei Verständnis dafür, dass ich ausgeladen werde, bloß weil WC 1 sich jetzt doch bequemt zu erscheinen. Ob ich einfach hingehen soll? Als Überraschungsgast? Erdal fände das

bestimmt 'ne Spitzenidee. Man muss da ein bisschen aufpassen, wenn man Erdal um Rat bittet in Beziehungsangelegenheiten. Er findet nämlich grundsätzlich immer alles richtig und gut, wovon er nachher in seinem Freundeskreis lustig erzählen kann. Er liebt Geschichten, ob die jetzt für den Betreffenden gut oder schlecht ausgehen, ist für ihn zweitrangig. Würde ich ihn fragen, ob ich so lange in Strapsen vor Martins Elternhaus auf und ab spazieren soll, bis Martin mich ihnen freiwillig vorstellt, würde Erdal das für einen genialen Schachzug halten.
Was soll ich jetzt machen? Ein guter Charakter schützt einen ja nicht davor, sich zu langweilen. Gehe vielleicht mal runter zu dem doofen Super-Nucki und leih mir einen anspruchsvollen Film aus.
Erdal hat komisch reagiert, als ich ihm von meinen Vorsätzen erzählte: «Du willst unkompliziert werden? Lass das bloß bleiben! Als ich das letzte Mal unkompliziert sein wollte, habe ich mir noch am selben Abend den Zeh gebrochen.» Auch meine Frage, ob er morgen mit mir ins Museum gehen würde, irritierte ihn: «Ins Museum? Warum? Ist da morgen happy hour?»

«Stell dir bloß mal vor, der Leonardo DiCaprio wäre nicht mit der ‹Titanic› untergegangen. Ein Albtraum!»

«Elisabeth, was geht hier vor?»

Oh, wie peinlich, wie unglaublich peinlich!

Erdal hatte doch gesagt, er sei den ganzen Tag unterwegs. Wieso steht er dann jetzt in meiner Zimmertür? Ich hatte fest damit gerechnet, einige Stunden allein zu sein, und mich entsprechend schutz- und arglos in eine, nun ja, in eine Situation begeben, bei der man unter keinen Umständen Zeugen haben will.

Ich drehe wie in Zeitlupe meinen Kopf zu Erdal und sehe in seinem Gesicht, wie ich es befürchtet habe, das schiere Entsetzen.

«Kannst du nicht anklopfen?», frage ich möglichst bissig, um die Aufmerksamkeit von meinem absurden Aussehen auf seine üble Schuld umzulenken.

«Ich habe geklopft. Aber du warst wohl so in deine Selbstgespräche vertieft, dass du mich nicht gehört hast.»

Ich bin gekränkt.

«Das sind keine Selbstgespräche, das ist mein Dünndarm-Energiekanal-Mantra.»

Erdal kommt ein paar Schritte näher, setzt sich auf mein Bett und betrachtet mich wie ein extrem seltenes und extrem unansehnliches Tier. Ich muss zugeben, dass mein Anblick höchstwahrscheinlich etwas Befremdliches hat, und ich höre förmlich, wie Erdal demnächst abends in der Küche erzählen wird: «Ich kam in Ellis Zimmer und erstarrte. Sie saß mitten im Raum auf einem Stuhl, nahm ein Fußbad, rieb sich ein Ohr und murmelte ständig irgendwas vor sich hin. An der Wand hatte sie meine grüne Tischdecke aufgehängt, auf dem Fußboden lag ausgestreckt wie eine Leiche mein gelber Regenmantel. Das Ganze war in krankhaftes gelbes Licht getaucht, das aus der Stehlampe kam, die Elisabeth Dückers auf sich gerichtet hatte. Ihr könnt euch vorstellen, was ich für einen Schrecken bekommen habe. Noch Stunden später musste ich mit Johanniskraut inhalieren, so aufgewühlt war ich.»

Erdal hört einfach nicht auf, mich sprachlos anzustarren. Ich habe gehofft, er würde die Situation vielleicht mit einem lockeren «Hach nee, kaum bin ich mal fünf Minuten aus dem Haus ...» entkrampfen. Aber damit ist wohl nicht mehr zu rechnen. Ich werde hier einiges erklären müssen, um nicht wie die letzte Vollidiotin dazustehen.

«Erdal, würdest du mir bitte das Handtuch reichen? Du sitzt drauf.»

Er reicht mir das Handtuch, wortlos, mit immer noch weit aufgerissenen Augen. Ich nehme meine Füße aus der Schüssel, trockne sie ab und ziehe Socken an. Um meiner lächerlichen Lage etwas entgegenzusetzen, bemühe ich mich, diese Bewegungen mit einer natürlichen Grandezza auszuführen.

«Ich habe mich nur an die Regeln gehalten», sage ich schließlich knapp.

«Was für Regeln?»

«Na, die aus ‹Herz-Schmerz? 100 todsichere Tipps gegen Liebeskummer›. Ich dachte, ich dampfe das Ganze ein bisschen ein, dann geht's schneller. Also habe ich einfach etliche Tipps in einer einzigen Übung zusammengefasst. In Tipp 52 steht zum Beispiel, dass Gelb gut ist gegen Depressionen. Man soll eine gelbe Glühbirne in die Lampe schrauben und gelben Stoff im Zimmer ausbreiten. Dafür habe ich mir deinen Regenmantel ausgeliehen. Grün hingegen, das steht in Tipp 38, ist gut für die Seelenbalance, deswegen die Tischdecke an der Wand. Wenn man sich die Ohren massiert, aktiviert das den Dünndarm-Energiekanal, und das hilft gegen Hoffnungslosigkeit. Es soll die gequälte Seele befreien, wenn man dazu immer wieder folgenden Satz sagt: ‹Auch wenn ich mich abgelehnt fühle, liebe, respektiere und akzeptiere ich mich von ganzem Herzen und vergebe mir.› Na ja, und weil ich schließlich annehmen durfte, eine Weile allein zu sein, dachte ich, ich probier's mal aus.»

Erdal ist tiefer verstört, als ich es für möglich gehalten hätte. Langsam werde ich unsicher und sauer. Schließlich habe ich mich hier zum Deppen gemacht, und er hat mich dabei überrascht. Eigentlich also kein Grund für ihn, hier den Erschütterten zu geben. Endlich räuspert sich Erdal und sagt anklagend: «Und wo in deinem Ratgeber steht, dass du deine Füße in meiner Salatschüssel baden sollst?»

Ich stehe bei Karstadt in der Schlange vor der Kasse und kann mich nicht erinnern, jemals so viel Geld für eine popelige Salatschüssel ausgegeben zu haben: 39 Euro! Aber was soll's, meine Freundschaft und die innige Wohngemeinschaft mit Erdal sind mir das wert. Zunächst brauchte ich einen Moment, um zu kapieren, dass er es offenbar wirklich ganz, ganz schlimm fand, dass ich mir seine Salatschüssel geborgt hatte, um meine Füße darin einzuweichen.

Natürlich bot ich ihm an, seine Schüssel in Sagrotan zu baden und hinterher viermal zu spülen, aber er meinte, für ihn sei der Anblick dieser Schüssel nun auf ewig verbunden mit dem Bild meiner darin befindlichen Füße. Ein knackiger Römersalat mit Champignons und Croutons aus diesem Gefäß? Nein, er könne einfach nicht vergessen.

Ich rücke in der Schlange nur sehr langsam voran. Offenbar hat jeder, der vor mir dran ist, sich vorgenommen, heute mal das ganze verdammte Kleingeld loszuwerden. Eine ältere Dame hat gerade ihr gesamtes Portemonnaie neben der Kasse ausgeleert und zählt jetzt aus einem etwa hunsrückgroßen Münzhaufen neun Euro und siebenundachtzig Cent zusammen.

Eigentlich bin ich ganz froh, dass ich mal nicht nur vor die Tür komme, um zu überprüfen, ob Astrid Stumpi Superpissnelke ihren Wagen vor Martins Wohnung abgestellt hat. Erdal sagt, ich solle jetzt in aller Ruhe abwarten, bis sich Martin bei mir meldet. Das würde er nach meinem gestrigen Auftritt bestimmt tun. Petra, der ich eine meterlange Mail geschrieben habe, hatte kurz und knapp geantwortet: «**Das ist doch super gelaufen. Bin stolz auf dich. Jetzt cool bleiben. Nicht anrufen. Keine SMS. Abwarten!**»

Toll, wie die beiden das so leicht dahinsagen: Ruhe bewahren. Unmöglich! Ich habe vor lauter Nervosität mein Handy auf Vibrationsalarm gestellt und lege es nicht mehr aus der Hand.

Und das, obschon ich die klare Instruktion habe, Martins Anruf nicht entgegenzunehmen, sondern ihn auf meine Mailbox sprechen zu lassen und erst ein paar Stunden später zurückzurufen.

«Das werden die schönsten Stunden deines Lebens sein», hatte Erdal prophezeit. «Er wartet, und du bestimmst, wie lange. Himmlisch! Vielleicht entscheidest du dich ja sogar, ihn nie zurückzurufen. Dann wird er sich bis an sein Lebensende quälen, und du wirst bis an dein Lebensende in dem Gefühl schwelgen können, jederzeit zurückrufen zu können und alle Trümpfe in der Hand zu haben.»

«Spitze, dann sterbe ich als verbitterter Single, meine abgemagerte Hand in die Trümpfe gekrallt, und habe mich selbst um meine große Liebe gebracht.»

«Ich bin ein großer Fan von Lebenslügen. Es ist leichter, sich einzureden, man hätte seine große Liebe frühzeitig verloren, als mit ihr alt zu werden und festzustellen, dass die große Liebe immer kleiner wird, einen Bierbauch und Hängebacken bekommt und dich trotzdem mit einer Jüngeren in Größe sechsunddreißig betrügt. Stell dir bloß mal vor, der Leonardo DiCaprio wäre nicht mit der ‹Titanic› untergegangen. Ein Albtraum! So kann sie ihn jung und knackig und voller Leidenschaft in Erinnerung behalten und sich einreden, er hätte sie ein Leben lang auf Händen getragen. Dabei hat der Typ absolut die Veranlagung zum Dickwerden. Und sie auch. Die hat ja jetzt schon um die Hüften rum mächtig zugelegt. Und was wäre aus ihnen geworden? Zwei frustrierte Moppel, die eine Katastrophe überlebt haben und sich zehn Jahre später vorwerfen, dass ihre Beziehung nicht so romantisch weitergegangen ist, wie sie angefangen hat.»

Ooooh! Vibrationsalarm! Verdammt, im Display steht: «Unbekannte Nummer». Blöderweise habe ich nur Martins Handynummer gespeichert. Wenn er mich von zu Hause oder aus dem Büro anruft, kann er der Anrufer sein. Ich werde fast wahnsinnig. In den folgenden Minuten vibriert dieses elende Telefon noch dreimal, aber es wird keine Nachricht hinterlassen. Was, wenn Martin das, was er sagen will, nur mir persönlich sagen kann? Was, wenn er die Tatsache, dass ich nicht erreichbar bin, als Wink des Schicksals fehlinterpretiert? Alarm!!!

«Hallo? Hier Dückers!»

Ich brülle meinen Namen so laut ins Handy, dass mich jeder in der Warteschlange anstarrt wie eine Geistesgestörte.

«Elli, hier ist Erdal. Wir hatten doch abgemacht, dass du nicht ans Telefon gehst. Ich wollte dir nur kurz auf die Mailbox sprechen, ob du mir Senföl mitbringen kannst und eine Packung Himalaya-Salz … Elli, ist alles in Ordnung?»

Langsam pendelt sich mein Herzschlag wieder auf eine einigermaßen normale Frequenz ein.

«Himalaya-Salz?»

«Ja, ich habe da ein geiles Schönheitsrezept empfohlen bekommen. Das müssen wir heute Abend ausprobieren. Oder hast du schon was vor?»

«Klar habe ich was vor. Ich werde heute Abend nicht essen und nicht telefonieren. Sag mal, Erdal, hast du vorher schon mal versucht, mich anzurufen?»

«Nein. Also, bis gleich. Vergiss das Senföl nicht, und: Nicht ans Telefon gehen!»

Erschöpft bezahle ich die 39 Euro für die Salatschüssel. Dieser psychische Stress. Und das auf fast leeren Magen. Ob das gesund ist? Zufälligerweise befinde ich mich gerade in dem Stockwerk, wo auch das Karstadt-Restaurant ist. Ich beschließe, mich dort bei einem Glas stillem Wasser zu sammeln. Als ich mein Handy auf das Tablett mit dem Supersparmenü legen will – Putenschnitzel mit Erbsen und Möhren, dazu Grießpudding mit Himbeersoße –, sehe ich, dass eine Sprachnachricht eingegangen ist, wohl genau in der Minute, in der ich mit Erdal telefoniert habe: «Hallo, Schönheit, ich habe schon tausendmal versucht, dich zu erreichen. Es ist jetzt Samstag gegen drei, und ich wollte dir sagen, dass ich den Abend gestern sehr genossen habe. Du bist ja ziemlich schnell verschwunden, und ich würde dich gern wiedersehen. Melde dich. Ansonsten versuche ich auch nochmal, dich zu erreichen. Ach ja, das war Bert, falls du meine Stimme nicht erkannt haben solltest, wovon ich aber nicht ausgehe. Und noch was. Ich bin mir, im Gegensatz zu dir, ziemlich sicher, dass ich genau dein Typ bin. Und es wird mir eine Freude sein, dich davon zu überzeugen. Ciao, bella!»

Ciao, bella? Na, bravo. Das ist ja wirklich vortrefflich gelungen. Martin, der sich melden soll, hüllt sich in Schweigen, und stattdessen habe ich jetzt Petras spackigen Cousin Bert an der Backe.

Ich betrachte betrübt die Erbsen und Möhren und lasse nochmal den gestrigen Abend ablaufen.

«Ich heiße übrigens Bert», sagte Bert, nachdem er darauf bestanden hatte, das Essen zu bezahlen. Ich schaute ihn verständnislos an: «Aber das weiß ich doch.»

«Ach, liebe Elisabeth, jetzt spielen Sie das kleine Dummchen vom Lande. Das passt nicht zu Ihnen. Ich möchte Ihnen das Du anbieten.»

Er hob sein Glas und zwang mich, mit ihm anzustoßen.

«Auf den Beginn einer wunderbaren, nun ja, Freundschaft ist, ehrlich gesagt, nicht das, was mir als Erstes bei deinem Anblick einfällt, Elli, ich denke eher an …»

«Prost!», rief ich hastig.

Eine halbe Stunde später saßen wir im Taxi Richtung Elbe.

Ich hatte behauptet, mir würde immer schlecht, wenn ich hinten säße. Ich wollte mir auf keinen Fall mit Bert, der allmählich immer aufdringlicher wurde, eine Rückbank teilen müssen. Erdal hatte mir eine SMS geschickt, dass Martin in der Bar vom «Indochine» eingetroffen sei: «**Party nur für geladene Gäste! Vicky Leandros präsentiert ihre neue Pflegelinie. Super-Nucki ist Türsteher. Er lässt euch rein. Wir warten drinnen auf euch. Bis gleich! Detektiv Erdal Blomquist. :-)**»

Das «Indochine» liegt direkt an der Elbe, mit Blick auf den gegenüberliegenden Hafen. Im Münsterland haben wir keinen Hafen, und die paar Fischerhäfen am Mittelmeer, die ich während meiner Sommerurlaube gesehen habe, hatten mit diesem hier nicht viel gemein. Ich war eingeschüchtert von den Tausenden Containern und den riesigen fahrbaren Kränen. Es nieselte, und das Kopfsteinpflaster glänzte wie frisch lackiert. Ich fühlte mich an Szenen aus deutschen Kriminalfilmen erinnert, in denen in solch düsterem Ambiente Leute entweder umgebracht werden oder bereits tot vorbeischwimmen.

Leider musste ich Berts Arm in Anspruch nehmen, um auf meinen hohen Absätzen unfallfrei die letzten Meter bis zum Eingang zurückzulegen. Ich war richtig froh, dass Super-Nucki an der Tür stand. Es beruhigte mich, ein bekanntes Gesicht zu sehen. Dass ich ihn eigentlich gar nicht kannte, spielte jetzt keine Rolle. Man freut sich ja auch über jeden Deutschen, wenn man allein in Burma unterwegs ist. Glaube ich zumindest. Ich mache meistens Urlaub in Italien, und da freut man sich eigentlich eher über jeden Italiener.

Ich begrüßte Super-Nucki begeistert.

«Ihre Einladung bitte», erwiderte er reserviert.

«Aber ich dachte, wir kämen auch ohne rein?»

«Sorry, kein Einlass ohne Einladung. Oder stehen Sie auf der Gästeliste?»

«Hör mal, Jüngelchen», mischte sich Bert ein, «jetzt mach mal keinen Aufstand, ja. Was soll der Spaß hier kosten?» Er zog ein paar Scheine aus seiner Hose. Ich schämte mich entsetzlich. Da nützt dir das tollste Outfit und das brillanteste Make-up nichts: Wenn du mit einem großkotzigen Deppen vor einer Tür stehst und nicht reinkommst, siehst du immer alt aus.

«Elli, bist du das etwa?»

Super-Nucki beugte sich ein wenig vor, um mich genauer anzuschauen.

«Ich hab dich gar nicht erkannt. Du siehst ja völlig verändert aus.»

«Oh, danke.»

«Das war eher nicht als Kompliment gemeint.»

«Oh, na dann.»

Ich sah traurig zu, wie die Fassade meines vorgetäuschten Selbstbewusstseins wie nach einer gezielten Sprengung in sich zusammenfiel.

«Dürfen wir trotzdem rein?», piepste ich leise. «Erdal wartet drinnen auf uns.»

«Klar, aber sag diesem Typen, er soll endlich die Scheine wegstecken. So läuft das hier nicht.»

Ehe sich Bert aufregen konnte, schob ich ihn an Nucki vorbei. Ich fühlte mich entsetzlich, und Erdal benötigte drei Gläser Champagner und viele gute Worte, um den Schaden, den

Super-Nucki bei mir angerichtet hatte, einigermaßen wieder gutzumachen.

Immerhin waren Karsten und Tina auch da, und ich war sehr beeindruckt, dass Tina den Abend moderieren sollte. Sie hat sogar, erfuhr ich, auf N3 eine eigene TV-Sendung, «Tinas Land und Leute», jeden Sonntagnachmittag, mit Berichten und Gästen aus dem Großraum Hamburg. «Eigentlich voll der öde Scheiß», wiegelte sie ab. Aber es war zu spät. Ich war schon vor lauter Ehrfurcht erstarrt. Also wirklich, wie beeindruckend, dass ich so eine berühmte Frau persönlich kenne! Ich habe immer sehr viel Respekt vor Leuten, die im Fernsehen vorkommen. Außer natürlich vor Andreas Türck und Sonja Zietlow.

Ich selbst bin leider überhaupt nicht der Typ, der sich vor Kameras oder vielen Leuten gut präsentieren kann. Als ich in Bio mal ein Referat über den Zitronensäurezyklus halten sollte, bin ich tasächlich ohnmächtig geworden, und als ich bei der Hochzeit meiner Schwester zu meiner launigen Rede ansetzte, habe ich derartig hyperventiliert, dass mein Vater meinen Text vorlesen musste.

«Ach, Quatsch, das kann man alles lernen», wollte Tina mir weismachen. «Und so dolle ist das mit dem Berühmtsein auch nicht. Ich darf nie so viel essen, wie ich will, und sehe vor der Kamera trotzdem noch zu fett aus. ‹Keine Ganzkörperaufnahmen mehr›, habe ich mit meinem Team abgemacht. Ab Körpermitte sehe ich schlicht und ergreifend aus wie eine Litfaßsäule. Wirklich, Elli, sei froh, dass dich keine Sau kennt. Neulich bin ich in meinem Fitnessstudio auf die Sonnenbank gegangen. Da stehen sechs Bänke hintereinander. Was soll ich sagen, auf einmal klappt so ein kicherndes Gör meine Sonnenbank auf, glotzt mich an und schreit stolz zu ihren Freundinnen rüber: ‹Guckt mal, hier liegt die Tina aus dem Fernsehen!› Das war echt der Tiefpunkt.»

Ich wurde blass. Ich gehe nicht oft unter die Sonnenbank, aber natürlich weiß ich, wie unvorteilhaft man darunter aussieht. Abgesehen davon, dass man bereits nach wenigen Minuten nach ausgelassenem Fett stinkt, ist die Beleuchtung absolut indiskutabel. Die kleinste Problemzone erscheint als ausgewachsene Krisenregion. Und allein die Vorstellung, jemand würde mich in diesem würdelosen Zustand anschauen – nackt, brutzelnd und nur mit einer neonfarbenen Augenschutzbrille bekleidet –, lässt mich frösteln. Das, da musste ich Tina Recht geben, ist wirklich eine sehr dunkle Schattenseite des Ruhmes.

Ich griff nach einem weiteren Glas Champagner. Den gab's hier offenbar umsonst, und da wollte ich nicht unnötig zurückhaltend sein.

Martin hatte ich noch nirgends entdecken können, aber mit jedem Schluck fühlte ich mich ein wenig zuversichtlicher und ein wenig unwiderstehlicher.

Tina verabschiedete sich: «So, ich muss jetzt auf die Bühne. Wisst ihr, das Angenehme an Vicky Leandros ist ja, dass man neben der immer gut aussieht. Wir sehen uns nachher. Du siehst übrigens irre toll aus, Elli, dafür bräuchte ich eine Stunde bei einem Spitzenvisagisten.»

«Da kann ich der Dame nur beipflichten», raunte mir Bert ins Ohr. Ich antwortete nicht.

Denn ich hatte Martin gesehen.

Und er mich.

Ich versuchte, alles, was ich mir für diese entscheidenden Sekunden vorgenommen hatte, in die Tat umzusetzen. Mit Erdal hatte ich einen exakten Aktionsplan ausgearbeitet, den ich mir von Petra per E-Mail bestätigen ließ:

1. Analyse von Martins Gesichtsausdruck
Er war wohl in erster Linie überrascht, aber, wie mir schien, durchaus nicht unangenehm. Ich meinte in seinen Augen sogar ein deutliches Zeichen von, nun ja, Bewunderung zu sehen. Man darf nicht vergessen, dass Martin mich niemals zuvor mit perfekt getuschten Wimpern, ausdrucksstarken Augen und verführerisch schimmerndem Teint gesehen hat. Außerdem, und ich wette, auch das machte gehörig Eindruck auf ihn, verhielt ich mich exakt nach Plan. Ich machte meine Sache wirklich gut.

2. Augen weit öffnen, fröhlich und unbekümmert lächeln, freundlich nicken
Dieses Verhalten sollte die Botschaft an Martin übermitteln: Ach, was für ein netter Zufall, dich wiederzusehen. Wir hatten schließlich eine gute Zeit miteinander. Die Trennung kam für mich zwar etwas unvermittelt, aber ich habe sie innerhalb von vier, fünf Stunden überwunden. Ich habe mich seither gut in Hamburg eingelebt, kenne angesagte Leute, besuche angesagte Partys und amüsiere mich überhaupt prächtig.

3. Ihm etwas zu lang, etwa zwei bis drei Sekunden, erotisch in die Augen schauen, dann lachend den Kopf in den Nacken werfen, kurz das Glas in seine Richtung erheben und mich mit mädchenhaftem Schwung zu Bert umdrehen, oder wer auch immer dann gerade neben mir steht, und eine angeregte Unterhaltung beginnen
Damit sollte bei Martin der Eindruck erweckt werden: Hm, jetzt wo ich dich so unvermittelt sehe, stelle ich fest, dass du mir immer noch ganz gut gefällst. Erinnerst du dich noch an den Sonntagnachmittag, an dem wir gar nicht aus dem Bett rausgekommen sind und ich, bloß um es endlich auch mal gemacht zu haben, eine Olive aus deinem Bauchnabel geknabbert habe?

Jetzt, wo kein Beziehungsdruck mehr auf uns lastet, könnten wir uns doch mal wieder treffen, einfach um ein bisschen unverbindlichen Spaß miteinander zu haben? Oder auch nicht. Hab einen schönen Abend. Wenn du was von mir willst, musst du dich schon zu mir herbemühen. Ich kenne hier schließlich genug Leute.

4. Auf keinen Fall mehr in seine Richtung schauen. Hoffen, dass die Taktik funktioniert

Bis hierher hatte ich mich Punkt für Punkt an den Plan gehalten. Ich hatte mich mit mädchenhaftem Schwung umgedreht, mich in die Unterhaltung zwischen Karsten und Bert eingeschaltet und Martin den Rücken zugedreht mit dem Wissen, dass selbst mein Hinterkopf dank Maurice' Plätteisen anziehend aussah. In der Hoffnung, Martin würde mich weiterhin beobachten, kam ich dem blöden Bert etwas näher als nötig. Bert grinste mich selbstgefällig an, als wolle er mich dazu beglückwünschen, dass ich endlich kapiert hätte, was für ein geiler Kerl er sei. Ich nahm mich zusammen und legte ihm eine Hand auf die Schulter. Ich sah, wie Erdal mir anerkennend zunickte. Er war der Einzige, der zu würdigen wusste, welch großartige Leistung ich bis hierher vollbracht hatte.

Ein paar Minuten später, es war mittlerweile kurz vor eins, schritt ich zum letzten Punkt des Plans.

5. Gib Martin die Gelegenheit, dich anzusprechen, ohne dass Bert oder einer deiner Freunde in der Nähe ist

Ich ließ also Bert mit den klassischen Worten stehen: «Ich gehe mich mal frisch machen», und schlenderte Richtung Bar. Das Bühnenprogramm war beendet, und ich kam an Vicky Leandros vorbei, die von einem Fernsehteam nach den Vorzügen ihrer Pflegeserie für die reife Haut befragt wurde. Im Scheinwerferlicht sah sie aus wie eine Mandarine von letztem Weihnachten.

Das geschieht euch recht, ihr dürren Ziegen, dachte ich gehässig. Wer im Alter noch einen Gutteil seiner Zeit damit verbringt, Kalorien zu zählen, versteckte Fette aufzuspüren, und behauptet, es gäbe nichts Herrlicheres zum Frühstück als einen frisch geraspelten Apfel mit Mandelkleie, der darf sich nicht wundern, wenn ihm die Haut um die Knochen labbert wie eine Sofahusse über einem Küchenstuhl.

Ist nicht im Grunde genommen Schlankheit im Alter ein Zeichen für mangelndes Selbstbewusstsein? Gemahnt uns die Sechzigjährige in Kleidergröße vierunddreißig nicht daran, dass der würdelose Kampf gegen die Kilos, das Ringen um äußerliche Schönheit niemals endet, wenn man beides nicht rechtzeitig beendet?

Die Vorstellung erschreckte mich, dass ich in dreißig Jahren immer noch schweren Herzens die Panade vom Schnitzel abschaben und mir teure Cremes auf eine Haut schmieren würde, die der beste Beweis dafür war, dass all die teuren Cremes null Wirkung hatten. Irgendwann will ich aufhören, Falten und Kalorien zu zählen. Aber nicht heute.

«Ich hätte gerne einen Fruchtcocktail, aber bitte ohne Sahne.»

Ich hatte die Bar erreicht und mich strategisch günstig in der Mitte des Tresens platziert.

«Elli, was für eine Überraschung, du siehst umwerfend aus!»

Uaaaaah! Kreisch! Seine Stimme! Martin! Es hatte geklappt! Danke, Petra! Danke, Erdal! Jetzt hieß es Nerven bewahren.

Ich zauberte das bewährte freundlich-unbeschwerte Lächeln auf mein Gesicht und drehte mich um. Er stand direkt vor mir. Ich konnte sein Rasierwasser riechen – das ich nie besonders gemocht hatte, weil es mich an einen Freund erinnerte, der mich mit siebzehn wegen eines Mannes verlassen hatte. Da fragt man sich schon einen Moment lang, was man falsch gemacht hat. Aber jetzt erschien mir Martins Geruch so verführerisch wie der Duft von frisch gebackenen Apfelpfannkuchen, in Zimt und leicht gebräunter Butter geschwenkt.

«Ach, Martin, danke, nett von dir. Schön, dich zu sehen.»

«Ich … ich wollte mich eigentlich schon längst bei dir gemeldet haben. Aber du warst ja so schnell verschwunden, und da wusste ich nicht …»

Martin schaute mich so hilflos an, als wolle er mich bitten, seinen Satz für ihn zu beenden. Ich wusste, dass ich ihn jetzt nicht verschrecken durfte. Keine Gefühle zeigen, keinen Schmerz, keine Trauer, keine Verzweiflung. Mein Beraterstab war sich einig gewesen: «Er kommt nur zu dir zurück, wenn er glaubt, du legst keinen gesteigerten Wert darauf.»

Das ist albern, lächerlich, peinlich, pervers? Ja, das ist es. Und leider ist es noch etwas: nämlich wahr.

«Ach, komm, Martin, mach dir keinen Kopf. Ich finde, wir haben alles geklärt. Lass uns einfach nett zueinander sein und vergessen, was war. Wir sind doch zwei erwachsene Menschen.»

Ich lächelte.

Und mein Herz übergab sich.

Wie ich diese Worte hasse: «Lass uns wie erwachsene Menschen damit umgehen.» Was heißt schon erwachsen? Dass du abgebrüht bist? Dass deine Seele mittlerweile von einem Panzer aus Argwohn umgeben ist? Dass dein Herz aussieht wie eine Ferse, die noch nie eine Pediküre bekommen hat: schrumpelig, rau, verhornt? Du kannst auf einen Dornenzweig treten, ohne es zu spüren? Deine Liebe kann zerbrechen, und beim Aufsammeln der Scherben bleibst du unverletzt? Keine Wunde, kein Blut, kein Schmerz? Darauf bist du stolz? Das nennst du erwachsen? Du denkst belustigt daran, wie du mit fünfzehn gelitten hast, als der Junge mit dir Schluss machte, der deine erste große Liebe war? Wie du geweint hast manchmal mitten im Unterricht? Wie du stundenlang auf deinem Bett lagst, eine Zigarette nach der anderen geraucht und nichts gespürt hast außer Weh am ganzen Körper, innen und außen? Heute lachst du darüber, dass du mit fünfzehn glaubtest, dein Leben sei vorbei? Heute bist du erwachsen. Heute regelst du die Dinge so, wie es Erwachsene tun.

Ich nicht! Der Schmerz hat sich in all den Jahren nicht verändert. Ich will mich nicht gewöhnen an den Kummer, den die Liebe bringt. Ich bin erwachsen, das steht in meinem Ausweis, aber meine Herzhaut ist so dünn, wie sie es immer war.

Ich schaute in die Augen dieses Mannes, der mir mal gesagt hat, dass ich ihn überwältigt habe. Der in meinen Armen eingeschlafen ist. In dessen Armen ich aufgewacht bin. Der mit einer anderen verlobt ist. Der mich verlassen hat. Der mein Herz zerbrochen hat.

Und ich tat genau das, was ich schon mit fünfzehn getan habe: Ich lächelte.

«Du, Martin, meine Freunde warten. Es hat mich wirklich gefreut, dich zu sehen. Bis bald mal wieder.»

Ich hauchte ihm einen schnellen Kuss auf die Wange. Er war wie immer glatt rasiert. Er rasiert sich allerdings, wie er mir mal gestanden hatte, nicht ganz freiwillig. Sein rötlicher Bartwuchs sei unregelmäßig und mit einem Dreitagebart würde er nicht cool aussehen, sondern wie ein gescheclktes Pony.

Ich schaffte es noch eine halbe Stunde, meine Fassade aufrechtzuerhalten. Ich lachte, etwas zu laut, ich trank, etwas zu viel, und ich warf mein gestyltes Haar ausgelassen hin und her wie ein Drei-Wetter-Taft-Model beim Werbeshooting. Bert war immer entzückter und rückte mir ständig näher auf die Pelle.

Gegen halb zwei konnte ich nicht mehr. Zu Bert, der mir erwartungsvoll sein Ohr entgegenstreckte, sagte ich: «Du, ich gehe jetzt. Ich glaube, du bist nicht ganz mein Typ.» Ich stapfte entschlossen zum Ausgang, winkte Erdal und Karsten zu, tauschte einen kurzen Blick mit Super-Nucki und setzte mich in eines der wartenden Taxen.

«Hoheluftchaussee, bitte.»

Ich hatte alles richtig gemacht. Aber ich wusste nicht, ob ich lachen oder weinen sollte. Und so tat ich beides.

«Wer **ficken** will, muss **freundlich** sein.»

«Warum ruft er nicht an?»

«Geduld, Elli, es ist Samstagabend. Er hat dich gestern zum ersten Mal wiedergesehen. Das muss er zunächst verkraften. Wahrscheinlich geht er heute mit seiner entsetzlich langweiligen Verlobten in ein entsetzlich langweiliges Theaterstück. Und heute Nacht, wenn seine alte Kuh schnarcht, wird ihm klar werden, dass nur du diejenige bist, die seinem eintönigen Leben neues Glück verleihen kann. Morgen beim Frühstück wird er angewidert die Frau gegenüber betrachten. Wie sie den Immobilienteil der Sonntagszeitung studiert und dabei vergisst, ihren Mund zu schließen. Zwischen ihren schmalen, blassen, halb geöffneten Lippen wird er den Speisebrei erkennen können, zuschauen, wie sie einen Schluck Kaffee nimmt, das Ganze kurz im Mund vermischt und dann mit einem leisen, widerlichen Gulp! runterschluckt. Und dann wird er aufstehen und sagen: ‹Liebe Stumpi, bitte verlasse sofort meine Wohnung! Mir ist gerade klar geworden, ich liebe dich schon lange nicht mehr. Mein Herz gehört einer anderen.› Und sobald die blöde Dumpfmuffe aus der Tür ist, wird er dich anrufen.»

Ich muss lachen. Erdal versteht es wirklich gut, mich aufzuheitern. Wir liegen nebeneinander auf seinem riesigen, verschlissenen Sofa, gucken Videos, straffen nebenbei unsere Haut und nehmen ab. Das Senföl-Himalaya-Salz-Rezept für samtweiche und gut durchblutete Haut hatte Erdal von Tina bekommen. Man mischt beides zu gleichen Teilen und rubbelt ganz heftig damit Oberschenkel, Po, Bauch, Füße und alle anderen unansehnlichen, verbeulten oder rauen Stellen ab. Dann wickelt man die behandelten Körperteile in Frischhaltefolie, legt sich unter eine warme Decke und lässt das Ganze mindestens eine halbe Stunde einwirken.

«Ich glaube, es wirkt schon», behauptet Erdal und bewegt sich unter seiner Decke, was ein Geräusch erzeugt, als würde man eine abgepackte Barbarie-Ente aus der Folie befreien. «Gibst du mir noch einen Schluck?»

Ich schenke ihm Sekt nach. Wir haben beschlossen, dass wir uns ab jetzt ziemlich genau an die Empfehlungen aus dem Fastenbuch halten wollen. Schließlich haben wir nur noch drei Wochen Zeit, um uns für den Wolkenball in unsere Garderobe zu hungern.

Bis auf das kleine Supersparmenü mittags bei Karstadt habe ich heute noch gar nichts gegessen. Erdal behauptet, er habe am

Nachmittag einen Apfel zu sich genommen, mehr nicht. Ich habe allerdings im Abfalleimer einen leeren Tiramisu-Becher entdeckt, als ich gerade heimlich mein Bounty-Papier entsorgen wollte. Ich habe Erdal aber nicht auf meinen Fund angesprochen, weil ich ihn nicht beschämen möchte.

Das Abendessen haben wir definitiv ausfallen lassen. Schwere Mahlzeiten zu später Stunde sollen ja die sein, die angeblich sofort und besonders gnadenlos ansetzen. Statt einer Kanne Lindenblütentee zum Ausklang des Tages, wie im Buch vorgeschlagen, haben wir uns allerdings auf eine Flasche Sekt geeinigt. Der nagende Hunger und die daraus resultierende schlechte Laune sind, wir haben da ganz ähnliche Ansichten, nur mit einem leichten Alkoholrausch zu ertragen.

Erdal hat vorgeschlagen, er könne über einen befreundeten Apotheker auch Valiumtropfen besorgen. Klar, die Vorstellung ist verlockend: Du nimmst eine angemessene Menge davon, und wenn du wieder aufwachst, hast du abgenommen. Aber weil Erdal immer große Angst vor den Nebenwirkungen eines Medikaments hat, bleiben wir zunächst bei unserer bewährten Arznei: Sekt auf Eis.

«Guck mal, jetzt kommt meine Lieblingsstelle.»

Erdal richtet sich knisternd auf dem Sofa auf. Wir sehen Claudia Schiffer in einem silbern schimmernden Kleid über einen roten Teppich schweben, milde lächelnd und sich anmutig vor den Fotografen drehend.

«Als ich diese Szene zum ersten Mal sah, dachte ich, die arme Frau hat Geschwüre auf dem Rücken. Dabei ist das ihre knochige Wirbelsäule. Also ehrlich, die ist so dünn, wenn du neben der stehst, kommst du dir doch vor wie ein Kürbis neben einer Piemontkirsche.»

«Sag mal, Erdal, was gucken wir da eigentlich? Als du sagtest, du hättest da 'nen tollen Film, der einem das Abnehmen erleichtert, habe ich mit dem Fitnessvideo von Britney Spears oder was Vergleichbarem gerechnet.»

«Von wegen Fitnessvideo, wir müssen anfangen, uns mental mit dünnen Frauen zu identifizieren. Und ich habe dafür das perfekte Schulungsmaterial. Seit einem Jahr nehme ich jedes Schaulaufen über den roten Teppich auf, das im Fernsehen übertragen wird. Bambi, Goldene Kamera, Oscar-Verleihung. Und jedes Mal, wenn ich mir vornehme, meine Ernährung umzustellen und wieder regelmäßig zum Krafttraining zu gehen, schaue ich mir die Bänder an. Diese ganzen schönen, reichen, berühmten Menschen sind doch eine astreine Motivation, findest du nicht?»

Zweifelnd betrachte ich Renée Zellweger, die gerade einem Reporter am Rande des roten Teppichs ein Interview gibt. Die hat, das muss man ja mal sagen dürfen, mit ihrem Gesicht echtes Pech gehabt. Denn egal, ob sie für eine Rolle gerade mal wieder zehn Kilo ab- oder zugenommen hat, ihr Gesicht bleibt immer so rund wie das von Michel aus Lönneberga. Das würde mich ganz schön ärgern an ihrer Stelle: Da hungerst du wochenlang, und was hast du davon? Arsch weg, Brust futsch, Gesicht kreisförmig. Eine Silhouette wie ein Stoppschild.

Das ist bei mir zum Glück anders. Ich weiß noch genau, wie Gregor reagiert hat, als er aus dem Skiurlaub mit seinen Freunden wiederkam. Ich hatte die sieben Tage genutzt, um die Glyx-Diät auszuprobieren. Das Prinzip: einfach alles weglassen, was schmeckt. Keine Nudeln, kein Reis, keine Kartoffeln. Schoki, Alkohol und Zucker sind natürlich auch verboten. Von dem, was dann noch übrig bleibt – im Wesentlichen also Obst, Gemüse und Brennnesseltee –, darfst du dich hemmungslos bedienen. Es war eine harte Woche. Aber meine Bemühungen wurden belohnt.

Als Gregor die Tür aufschloss, seine Ski in die Ecke stellte und mich begrüßen wollte, stutzte er und rief: «Mäuschen, du hast ja Wangenknochen!»

Ich bin also durchaus in der Lage, meinem Körper und meinem Gesicht schärfere Konturen zu verleihen.

«Also, Elli, jetzt schau dir bitte mal diese Lippen und diese Figur an. Atemraubend! Wirklich, daran solltest du dich orientieren.»

Ich bin verwundert.

«Meinst du Tom Hanks?»

«Quatsch, hinten im Bild ist doch gerade Angelina Jolie vorbeigelaufen. Warte, ich spul mal eben zurück.»

Man sieht, dass sogar der amerikanische Reporter, der ja in Sachen Hollywood-Schönheiten einiges gewohnt sein dürfte, aus der Fassung gerät. «Holy Moses!», ruft er beim Anblick des Dekolletés von Frau Jolie. Durch den dünnen Stoff ihres Kleides piksen ihre Brustwarzen durch wie die Knöpfe einer kostenintensiven Stereoanlage.

«Sag mal, Erdal, wie macht die das? Rubbelt die sich in jedem unbeobachteten Moment mit Eisklötzchen über den Busen?»

«Ich glaube, es gibt mittlerweile All-inclusive-Implantate mit dauererigierten Brustwarzen.»

«Soso, und du findest, an Angelina Jolie sollte ich mir ein Beispiel nehmen? Erdal, ich bitte dich, an der ist doch nichts echt.»

«Na und? Lieber nicht echt als echt schlecht, sag ich immer. Vielleicht solltest du auch eine Operation in Erwägung ziehen. Ein Exfreund von mir arbeitet in einer führenden Klinik für plastische Chirurgie.»

«Spinnst du?»

«Wieso? Sieh es doch von der praktischen Seite. Du könntest dir das Fett aus deinen Oberschenkeln in die Brüste implantieren lassen, und im Handumdrehen hättest du eine gute Figur, nur durch Umverteilung körpereigener Ressourcen. Hätte ich genug Geld, würde ich das sofort machen. Essen und trinken, so viel ich will, null Sport und dann einfach alle drei Monate den ganzen Mist absaugen lassen.»

«Dass ich nicht lache. Du bekommst doch schon Panikattacken, wenn du nur einen Wegweiser siehst, auf dem ‹Krankenhaus› steht.»

«Da hast du allerdings Recht. Ist schon komisch: Auf der einen Seite beruhigt es mich enorm, zu wissen, dass ein Krankenhaus in der Nähe ist, auf der anderen Seite drehe ich fast durch bei der Vorstellung, dass der Dienst habende Arzt womöglich gerade mit jemand anderem beschäftigt sein könnte. Meinst du, ich sollte mal eine Therapie machen?»

Ob ich meine, Erdal soll mal eine Therapie machen? Ich bin fest davon ausgegangen, dass Erdal bereits in Therapie ist. Und zwar mehrmals in der Woche. Bei seinen ganzen seltsamen Spleens, Marotten, Ticks und Hypochondrien würde ich sogar einen stationären Aufenthalt in einer Psycho-Klinik empfehlen. Aber ich will meinen sensiblen Mitbewohner nicht unnötig beunruhigen und versuche, das Gespräch einfühlsam auf ein anderes Thema zu lenken.

«Zum Glück hast du nicht die kompletten Preisverleihungen aufgenommen. Die sind ja immer so was von stinkend langweilig. Ich verstehe das nicht, da gewinnst du einmal in deinem Leben den Oscar, und dann fällt dir nichts Besseres ein, als dem Toningenieur, dem großartigen Team und Jesus zu danken. Man sollte dieses ganze fade Gelaber verbieten.»

«Absolut. Weißt du, was ich auf langen Autofahrten immer mache? Ich übe Dankesreden. Ich sage dir, sollte ich jemals überraschend einen Preis gewinnen, ich wäre bestens vorbereitet. Ich finde, wenn einem schon mal die Weltöffentlichkeit zuhört, kann man die Gelegenheit doch auch sehr schön nutzen, um alte Rechnungen zu begleichen: ‹Vielen Dank, liebe Academy und liebe Mami! Und übrigens: Lui Klose aus Brunsbüttel, du schuldest mir immer noch zweihundert Euro! Und Enrique Meyer-Behr, dir möchte ich auf diesem Wege sagen, dass ich es dir nicht länger übel nehme, dass du mich verlassen hast, und dass ich wirklich hoffe, du hast dein Potenzproblem in den Griff bekommen.›»

Holy Moses! Wir fallen vor Lachen fast vom Sofa, und unsere Frischhaltefolien quietschen munter im Duett.

Sonntag, sechs Uhr morgens.
Pling. Telegramm von Mehlwurm an Schweinebacke:

«Namaste, Schweinebacke! Wow, hätte nicht gedacht, dass du es tatsächlich schaffst, um diese Zeit aufzustehen. Hatte heute Morgen schon eine Mukabhyanga-Massage und treffe mich gleich am Strand mit ein paar Leuten zum Meditieren. Habe also nicht viel Zeit. Liebes, wie geht es dir? Hat sich dein Martin schon gemeldet?»

«Nein, dafür lässt dein dämlicher Vetter nicht locker. :-(Habe gestern drei SMS von ihm bekommen und bin jedes Mal vor Schreck fast vom Stuhl gefallen. Was mache ich, wenn Martin sich nicht meldet?»

«Du Arme, schade, dass du nicht meditieren kannst. Du musst dich ablenken, dir was Gutes tun. Glotz bloß nicht die ganze Zeit auf dein Handy. Die Dinger mögen es irgendwie nicht, angestarrt zu werden. Dann reagieren sie bockig und klingeln erst recht nicht, und die SMS, auf die du wartest, kommt nie. Du weißt doch, wofür SMS die Abkürzung ist: Sadomaso-Scheiße. Sorry, blöder Scherz. :-) Du wartest jetzt auf jeden Fall etwa eine Woche. Entweder hat er sich bis dahin gemeldet, oder du hast inzwischen einen viel tolleren Mann kennen gelernt. Wenn

beides nicht der Fall ist, wirst du ihm mitteilen, dass du ihn wiedersehen willst, weil du ohne ihn nicht leben kannst.»

«Aber das wäre doch das genaue Gegenteil von unserer bisherigen Taktik. Damit soll ich ihn zurückgewinnen?»

«No! Damit sollst du die Sache dann zu Ende bringen. Er wird dir sagen, dass er dich weder wiedersehen noch mit dir leben will und dass du ihn bitte in Zukunft nicht mehr belästigen sollst. Du wirst dich elend fühlen und dich zu Tode schämen. Aber, und das ist das Gute daran, du wirst keine Hoffnung mehr haben.»

«Aber ich dachte, man soll die Hoffnung nie aufgeben?»

«Keine Ahnung, wer sich diesen Schwachsinn ausgedacht hat. Hoffnung ist hinderlich. Sie steht dir im Weg bei einem Neuanfang. Hoffnung ist nur dann gut, wenn es Anlass zur Hoffnung gibt. Sie ist albern und kindisch, wenn man sich grundlos an sie klammert. Wirklich, Elli, ich wünsche dir sehr, dass Martin sich meldet und ihr wieder zusammenkommt, aber ich wünsche dir auch, dass du einsiehst, wenn du verloren hast. Dann musst du dich mit großer Geste verabschieden.»

«Schluck! Du bist ja indisch drauf. Echt voll erleuchtet.»

«Spotte du nur! Ich bin übrigens nicht nur dabei, weise zu werden, sondern auch noch dünn. Erst hatte ich eine schöne Magen-Darm-Verstimmung :-) und jetzt esse ich nur Fisch und Früchte. Mit vollem Magen kann man nämlich nicht in seine Mitte hinein meditieren, weil die Mitte dann schon besetzt ist. Tja, meine Liebe, fünf Kilo sind schon runter – und kein Ende abzusehen :-)!»

«Kreisch! Fünf Kilo! Hättest du mir das nicht schonender beibringen können? In meinem angeschlagenen Zustand verkrafte ich solche Hiobsbotschaften nicht so ohne weiteres.»

«So, ich muss los. Schalt dein Handy für ein paar Stunden ab und tu dir was Gutes. Kopf hoch, Elli!»

Donnerstag. Noch zehn Tage bis zum Wolkenball. Noch mindestens zweieinhalb Kilo bis zum blauen Kleid. Wie lange noch, bis ich überschnappe? Eine Frage von Sekunden. Seit sechs Tagen warte ich darauf, dass Martin zu mir zurückkommt, sich entschuldigt, um meine Hand anhält, mit mir ein Kind zeugt. Herrje, eine winzige SMS würde mir doch schon reichen!

Ich habe in den letzten sechs Tagen mehr Dummheiten angerichtet als in meiner gesamten Pubertät. Dass ich mich mit meiner Vorgesetzten überworfen habe, weil ich sie eine «faschistoide Superzicke» genannt habe, ist noch eine der harmloseren Katastrophen. Sie hat sich natürlich sofort bei Herrn Krüger beschwert, unserem Chef. Leider zu Recht, was ich natürlich nicht zugegeben habe. Ich war lediglich ein halbes Stündchen zu spät zur Arbeit gekommen, weil ich in der Nacht zuvor schluchzend «Tatsächlich ... Liebe» auf Video angeschaut hatte.

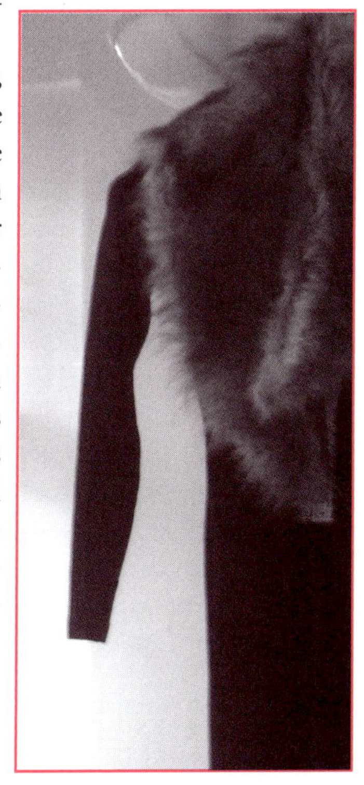

Es gab für mich kein Halten mehr, als ich mir zum vierten Mal die Szene ansah, wo der unglücklich verliebte Karl vor der Tür seiner angebeteten Sarah steht – leider, ein kleiner Schönheitsfehler des Films, ein makelloses Model – und ihr auf Papptafeln schweigend seine große, glücklose Liebe erklärt. Sie ist mit seinem besten Freund verheiratet, und es kann kein Happy End geben. Er weiß das, aber trotzdem muss er es einmal aussprechen, muss sich einmal zum Deppen machen, um dann die Hoffnung aufzugeben und Ruhe zu finden.

Ich war derartig bewegt, dass ich die Szene abfotografierte, das Bild des vergeblich Liebenden ausdruckte und neben das blaue Kleid an die Wand hängte. Nach intensiver Betrachtung wurde mir klar: Das kann ich auch! War das nicht genau das, was Petra mit ihrem Satz gemeint hatte: «Du musst dich zur rechten Zeit mit großer Geste verabschieden»? Ja, ich war zu allem entschlossen! Die Zeit war gekommen! Lieber als Heldin der Liebe untergehen, als mir weiterhin mit kleinmütigen Beschattungs- und Taktikmaßnahmen das eigene Selbstwertgefühl zu versauen.

Erst Dienstagabend war ich wieder mehrfach an Martins Haus vorbeigeschlendert, um nach ihrem Auto Ausschau zu halten. Nichts. Selbst um kurz vor Mitternacht hatte in seiner Wohnung noch kein Licht gebrannt. An einem Dienstagabend! Ich hatte das Schlimmste befürchtet und Erdal gebeten, mich zu Astrids Wohnung zu fahren. Also um die Ecke war das nicht gerade. Ihr Auto parkte direkt vorm Haus, seins konnten wir auch nach intensiver Suche im weiteren Umkreis nicht finden.

Natürlich habe ich hinterher die kopflose Tat mächtig bereut. Aber wenn dich der Liebesschmerz überfällt, ist das wie ein plötzlich sinkender Blutzuckerspiegel: Dann muss was Süßes her, sofort! So viel wie möglich! Und wenn du nachher vor dem Haufen leerer Toffifee-Schachteln hockst, genierst du dich zwar ungemein vor dir selbst, aber du weißt auch, dass du keine Wahl hattest und es zu gegebener Zeit wieder tun würdest.

«Tatsächlich … Liebe» hatte mir die Augen geöffnet, und ich war jetzt willens, meine Liebe unmissverständlich kundzutun, um dann, wenn nötig, für immer zu schweigen. In aller Eile beschriftete ich ein Stück Pappe und machte mich um kurz nach Mitternacht auf den Weg zu Martin. Als ich meine Wohnungstür schloss, kam ich mir noch heroisch vor. Ich hatte sogar darauf verzichtet, meine getönte Tagescreme aufzulegen. Ich würde mich ganz natürlich präsentieren.

Als sich auf der Treppe herausstellte, dass ich vollkommen betrunken war – ich hatte ja wieder kaum etwas gegessen! –, war es zu spät, das Gleichgewicht zu halten. Unelegant rutschte ich fünf Stufen abwärts, knallte mit dem Knie gegen das Geländer und blieb ernüchtert liegen, um über mein sinnentleertes Dasein nachzudenken.

Etwa drei Minuten später fand mich Super-Nucki in diesem Zustand. Und diesmal erkannte er mich leider sofort. Bei einer wie mir kann man ja auch echt nicht damit rechnen, ihr perfekt zurechtgemacht in einer Szene-Bar zu begegnen. Wohingegen man anscheinend wie selbstverständlich davon ausgehen kann, mich nachts betrunken und ungeschminkt im Treppenhaus liegend anzutreffen.

«Guten Abend, Nucki», sagte ich so beherrscht wie möglich und schaute zu ihm rauf wie eine Raupe zum Empire State Building.

«Hallo, Elli, wollen wir im ‹Kairos› noch einen Absacker trinken?»

«Ich weiß es wirklich sehr zu schätzen, dass du so tust, als sei dies eine völlig normale Situation. Wenn du mir vielleicht kurz aufhelfen würdest? Dann komme ich gern mit. Ich habe nämlich definitiv noch nicht genug getrunken.»

Auf den paar Metern zur Bar versuchte ich, mein Pappschild unauffällig zusammenzufalten. Die kühle Nachtluft tat mir gut, und ich wurde etwas klarer im Kopf. Gute Güte, was hätte ich da beinahe getan? Mir wurde bewusst, dass mich der kleine Treppenunfall vor dem Schlimmsten bewahrt hatte.

Mit schmerzendem Knie kletterte ich auf einen Barhocker und nahm mir Zeit, Super-Nucki zu studieren, während Super-Nucki die Karte studierte.

Ich mochte solche Typen noch nie. Die verachten grundsätzlich jede Musik, die in den Charts auftaucht. Die wissen, welche Turnschuhe gerade angesagt sind, in welchen Club man auf keinen Fall mehr gehen kann und dass es längst out ist, Kapuzenshirts unter Jeansjacken zu tragen. Mir gefallen die Plätze eins bis drei der Charts immer besonders gut, und ich trage einen Kapuzenpulli und darüber eine Jeansjacke.

Nucki bestellte einen Whiskey Sour. Jung, cool, lässig. Womöglich kann ich Nucki nur deshalb nicht leiden, weil er all das ist, was ich nicht bin. «Für mich dasselbe», sagte ich und schämte mich noch im selben Moment, weil mir eigentlich viel eher nach einem süßen, sahnigen Cocktail zumute war, mit viel Eigelb, leckeren Kokosraspeln und buntem Schirmchen.

Was tat ich hier eigentlich? Versuchte einem Typen zu gefallen, der mir nicht gefällt. Warum? Weil ich und die meisten anderen Frauen, die ich kenne, absolut abhängig sind von Anerkennung. Und zwar egal, von wem.

Petra ist da anders. Die sagt: «Ich will nur gut gefunden werden von Leuten, die ich selber gut finde. Der Rest ist mir wurstegal.» Aus diesem Grund hat sie zwar wesentlich weniger Verabredungen als unsereiner, allerdings auch wesentlich weniger verkorkste Abende, bei denen die Konversation schon nach der Lektüre der Speisekarte ins Stocken gerät.

«Die Wiederholung von ‹Klinik unter Palmen› bringt mir mehr als eine Verabredung mit einem Typen, der mich nicht interessiert», sagt Petra. Ich kontere lahm: «Du gibst den Leuten keine Chance. Wer weiß, wie viele tolle, aufregende, schillernde Persönlichkeiten du an dir vorüberziehen lässt, weil du im Vorfeld bereits viel zu streng aussortierst.»

Nun, wenn ich ehrlich bin, weiß ich auch, dass die Wahrscheinlichkeit, ein echtes Highlight zu verpassen, sehr gering ist. Aber irgendwie musste ich mich ja verteidigen gegen Petras Vorwurf: «Egal, wer dir zuzwinkert, du zwinkerst immer zurück. Selbst wenn es sich um einen Zyklopen handelt.»

Petra gab mir einen Roman, damit ich mal schwarz auf weiß lesen konnte, dass sie mit ihrer gnadenlosen Selektionsstrategie nicht allein dastand. Bei dem Autor müsse es sich um einen Seelenverwandten von ihr handeln, meinte sie. Die betreffende Passage war angestrichen: «Schubladendenken ist klasse! Dieser Scheiß von wegen ‹Menschen kennen lernen›. Humbug! Ich kann nicht mein Leben damit verschwenden, Leute näher kennen zu lernen, die mir eigentlich unsymphatisch sind, nur um mir ein Urteil bilden zu können. Es ist doch viel netter zu sagen: ‹Nervst. Verpiss dich.› So geht das.»

Ja, klar, das klingt toll. Was der Autor und meine liebe Freundin Petra aber zu erwähnen vernachlässigt haben: Es gehört 'ne Menge Selbstbewusstsein dazu, Leute unsympathisch zu finden und ihnen das auch noch zu zeigen. Irgendwann, das wäre nämlich meine Sorge, hast du womöglich alle vergrault, die du nicht magst, und dann stellt sich raus, dass keiner mehr übrig ist. Dass du ein paar Mal zu oft «Verpiss dich!» gesagt hast. Dann stehst du allein da und musst zugeben, dass nicht nur du keinen magst, sondern dass auch keiner dich mag. Und das ist ja ebenfalls nicht schön. Ich finde, es ist gar nicht so leicht auszutarieren: Soll man immer man selbst sein, mit dem Risiko, dass einen viele dann nicht leiden können? So nach dem Motto: Ich bin total authentisch und total einsam? Oder soll man sich anpassen, hier mal über einen Witz lachen, der nicht lustig ist, da ein Kompliment machen, das nicht so gemeint ist, und ab und zu einen Whiskey Sour trinken, obschon man lieber was ganz anderes will? Wie lange ist es schlichte Höflichkeit, und ab wann beginnt die Selbstverleugnung?

Ich war mit meinen Überlegungen noch nicht wirklich weiter gekommen, als Super-Nucki plötzlich den Kellner heranwinkte und sagte: «Ich hab's mir anders überlegt. Könntest du mir bitte statt Whiskey Sour eine Piña Colada mit viel Sahne bringen?»

Bis vier Uhr tranken wir Piña Colada und redeten über alles Mögliche. Ich traute mich sogar, Super-Nucki zu fragen, warum er mich am Eingang des «Indochine» nicht erkannt hatte und ob er was gegen mich habe. Das war ziemlich mutig für meine Verhältnisse, aber ich hatte beschlossen, mir keine weitere Mühe zu geben, Super-Nucki zu gefallen. Warum auch? Er gab sich ja nun wirklich überhaupt keine Mühe, bei mir Eindruck zu schinden.

Also wirklich, ein cooler Typ in Cargohosen und Converse-Turnschuhen, der sich in Gegenwart einer im weitesten Sinne gleichaltrigen Frau ein Piña Colada bestellt – deutlicher konnte mir Super-Nucki nicht zeigen, dass er nicht bereit war, sich zu verstellen, um mir zu gefallen. Er schien einfach ganz er selbst bleiben zu wollen. Eine Frechheit im Grunde genommen!

«Du hast draußen im Dunkeln gestanden und hattest wahnsinnig viel Schminke im Gesicht. Wie sollte ich dich da erkennen?»

«Du fandst mich hässlich, oder?»

«Nicht hässlich, aber du hast gar nicht mehr wie du selber ausgesehen.»

«Das war ja auch der Sinn der Sache. Ich lass mich doch nicht eine Stunde lang von einem Visagisten bearbeiten, um dann immer noch wie ich auszusehen.»

«Ich finde, Frauen sind dann am schönsten, wenn sie mit ihrem Aussehen Frieden geschlossen haben.»

«Hui, was für ein großer Satz. Ich nehme mal an, dass es für die Frauen, mit denen du üblicherweise ausgehst, auch keine besondere Herausforderung ist, sich mit ihrem Aussehen abzufinden. Du bist achtundzwanzig, oder? Wie alt war deine letzte Freundin?»

«Zwanzig.»

«Siehst du, die könnte meine Tochter sein. Schon mal was gehört von 'ner Zwanzigjährigen mit ersten grauen Haaren, knittrigem Dekolleté und vermehrter Neigung zu Besenreisern? Nein? Eben!»

«Aber es ist doch überhaupt nicht so, dass junge, schöne Frauen vor lauter Selbstvertrauen strotzen. Meist ist doch das Gegenteil der Fall. Warst du zufriedener mit dir, als du zwanzig warst?»

Ich schüttelte den Kopf. Nein, das war ich nicht. Obschon ich, im Nachhinein betrachtet, natürlich viel mehr Grund dazu gehabt hätte. Mit zwanzig hatte ich keine Ahnung, was ich liebte, was ich brauchte, was ich konnte und was nicht. Heute weiß ich ziemlich genau, wer ich bin, auch wenn ich gelegentlich versuche, so zu tun, als sei ich jemand anders.

«Wann ist man denn eigentlich mit sich zufrieden?», jammerte ich. «Mit zwanzig wirst du von Selbstzweifeln geplagt, mit dreißig frustriert es dich, dass dein Körper seine beste Zeit hinter sich hat, und ab vierzig hast du vor lauter Vorsorgeuntersuchungen keine Freizeit mehr.»

«Manche werden wahrscheinlich nie mit sich zufrieden sein. Ich hoffe, ich gehöre nicht zu denen. Irgendwann musst du aufhören, an dir rumzudoktern. Mit vierzig hast du eben den Arsch und den Charakter, den du verdienst. Das einzusehen ist der erste Schritt zum Seelenfrieden.»

«Na toll, ich lebe schon jetzt mit einem Hintern, den ich mit zwanzig meiner ärgsten Feindin nicht gewünscht habe.»

Wir waren die letzten Gäste. Als wir gezahlt hatten und vor die Tür traten, kam der Barkeeper hinter uns her: «Hey, ich glaube, ihr habt da was vergessen.» Ich stammelte: «Oh, vielen Dank, aber das brauche ich eigentlich nicht mehr.»

«Tschüs, bis demnächst», sagte Super-Nucki taktvoll, drehte

sich um und ging. Ich hatte ein Pappschild in der Hand, auf dem stand: «Mein Herz ist für immer dein!»

Am nächsten Morgen kam es zu dieser unschönen Auseinandersetzung mit meiner Vorgesetzten Heike Plöger. Ich war unpünktlich, verkatert, übellaunig und entsprechend leicht reizbar und hatte sie mit meinem Brummschädel übel beschimpft. Und was machte die feige Pute? Statt sich offen von Frau zu Frau zu stellen, rief sie sofort zeternd Herrn Krüger an. Der wiederum keine zwei Minuten später mich anrief.

«Frau Dückers, ich bin sehr überrascht. Sie haben auf mich so einen überlegenen Eindruck gemacht, und jetzt das?»

Ich hörte seiner Stimme an, dass er nicht wirklich sauer war.

«Mir scheint, Herr Krüger, Sie haben teilweise einen falschen Eindruck von mir.»

«Frau Dückers, Sie wissen, ich muss Sie hiermit offiziell rügen und dringend bitten, derartige Beschimpfungen Ihrer Vorgesetzten zu unterlassen. Außerdem wäre es von Vorteil, Sie würden künftig pünktlich zur Arbeit erscheinen.»

Ich ahnte, dass er lächelte.

«Und inoffiziell?»

«Inoffiziell halte ich Sie für eine angenehme und kompetente Mitarbeiterin. Ich glaube, Frau Plöger hat Angst vor Ihnen und fürchtet um ihren Job und ist deshalb etwas empfindlich. Sie sollten das bei Ihrer Zusammenarbeit berücksichtigen. Und jetzt wünsche ich Ihnen noch einen schönen und friedlichen Tag.»

Ich lächelte Heike zuckersüß zu. Schwein gehabt.

Zwei Tage später brach die nächste selbst verschuldete Katastrophe über mich herein, wobei Erdal in diesem Fall eine fünfundzwanzigprozentige Mitverantwortung übernehmen müsste, wäre er ein Mann von Ehre.

«Natürlich funktioniert das!», hatte er gesagt.

«Wieso bist du dir da so sicher? Ich kann so was nicht.»

«Machst du Scherze, Elli? Du fragst ernsthaft, wie du einen Mann für einen One-Night-Stand kennen lernst? Nun, da habe ich einen bombensicheren Tipp: Geh in eine Bar und schau zugewandt in die Runde. Du weißt doch: Wer ficken will, muss freundlich sein.»

«So einfach ist das bei mir nicht. Ich bin noch nie angesprochen worden. Ich kann nicht flirten. Ich hab dafür einfach kein Talent.»

«Das ist doch Unsinn. Du brauchst kein Talent. Du brauchst bloß ein Outfit, in dem man erahnen kann, dass du Busen und Po hast, und dazu noch zwei Drinks und ein Kondom. Und natürlich eine weibliche Begleitung. Eine Frau allein sieht bedürftig aus oder so, als müsse man sie bezahlen. Und in Begleitung eines Mannes, selbst wenn er offensichtlich schwul ist, wird man nie angesprochen. Du musst also mit einer Freundin ausgehen.»

«Du weißt genau, dass ich in dieser Stadt keine Freundin habe», sagte ich weinerlich und kam mir ungeheuer allein und vom Schicksal gebeutelt vor. Ich legte eine Hand an meine Stirn, um meiner inneren Einsamkeit einen auch nach außen hin angemessenen Ausdruck zu verleihen.

Trotzdem reagierte Erdal taktlos.

«Jetzt mach hier mal nicht einen auf arme Seele. Du gehst mit Tina aus. Die wollte sowieso morgen auf die Piste.»

Erdal kann wirklich recht rabiat und dominant sein, wenn es nicht um ihn selbst geht. Seinen eigenen Problemen nähert er sich mit ungemein zarter Vorsicht, trifft Entscheidungen grundsätzlich zunächst unter Vorbehalt, schläft dann zwei bis drei Nächte nicht darüber, um dann die ganze Sache nochmal von vorne zu bedenken. Und das natürlich nicht im stillen Kämmerlein, sondern indem er sein Telefonbuch durcharbeitet, um möglichst viele Stimmen zu der Thematik auszuwerten.

Ich kenne keinen Menschen, der so viel telefoniert wie Erdal. Allerdings kenne ich auch keinen, der so viel angerufen wird. Irgendwas in seiner direkten Umgebung klingelt, vibriert oder musiziert immer. Und weil Erdal ständig neue Klingeltöne ausprobiert, braucht er meist lange, um zu kapieren, dass es sein Handy ist, das da diese seltsamen Geräusche von sich gibt.

Erst vor ein paar Tagen saßen wir mit Freunden von ihm in einem Straßencafé. Erdal schaute vorwurfsvoll in die Runde, weil aus irgendeinem Handy dauernd die Melodie von «Like Ice in the Sunshine» schepperte. Dass es sein Handy war, das da musizierte, bemerkte er erst sehr spät. Komischerweise schämte sich Erdal überhaupt nicht.

Ich weiß nicht, ob ich es bewundern oder doof finden soll, dass Erdal nach dem Prinzip verfährt: Erst mal alle anderen verdächtigen und dann überlegen, ob vielleicht Außerirdische oder der US-Geheimdienst verantwortlich zu machen sind. Erst wenn kein anderer mehr als Schuldiger in Frage kommt, ist Erdal bereit, den Fehler bei sich zu suchen oder, besser noch: die Sache auf sich beruhen zu lassen. Ist das nun asozial oder ein Zeichen von enormem Selbstbewusstsein? Oder muss man ein bisschen asozial sein, um selbstbewusst zu werden?

Ich bin ein fast pervers soziales Wesen. Ich schäme mich ja nicht nur für meine eigenen Fehler, sondern auch noch für die anderer Leute. Es gab Folgen von «Deutschland sucht den Superstar», die ich seelisch kaum verkraften konnte, weil jeder falsche Ton sich für mich anfühlte, als hätte ich ihn selbst gesungen. Ich schalte oft den Fernseher aus, wenn ich sehe, wie jemand auf dem besten Wege ist, sich komplett zum Löffel zu machen. Deswegen habe ich zum Beispiel noch nie eine komplette Sendung mit Elton oder Sonya Kraus gesehen.

Fehler suche ich, anders als Erdal, immer zunächst bei mir. Wirklich, mich kannst du frisch geduscht auf ein Sofa setzen neben einen Typen, der ein halbes Jahr im Dschungel war, und wenn dann jemand sagt: «Mensch, hier müffelt's aber», würde ich sofort verschämt ins Badezimmer eilen und ein Ganzkörperdeo auflegen.

Ich habe ganz oft Angst, zu stören, andere zu nerven oder einen schlechten Eindruck zu machen. Und das Blöde ist, dass ich dadurch verkrampfe und genau das bewirke, was ich eigentlich vermeiden wollte. Als ich zum Beispiel mal bei meiner Schwester eingehütet habe, bin ich eine Woche lang nur auf Socken über den Parkettboden geschlichen, um die Mieter unter mir nicht zu belästigen. Den Fernseher habe ich so leise gestellt, dass ich Ulli Wickert die Nachrichten von den Lippen ablesen musste, denn ich finde, dass «Zimmerlautstärke» ein dehnbarer Begriff ist, und wollte kein unnötiges Risiko eingehen. Musik habe ich selbstverständlich fast gar nicht gehört. Und als mir einmal nachts um zwei danach zumute war, «Let's Dance» von David Bowie zehnmal hintereinander richtig schweinelaut zu hören, habe ich brav Kopfhörer aufgesetzt.

Mich traf beinahe der Schlag, als mir irgendwann jemand von hinten auf die Schulter tippte. Ich stieß einen schrillen Todesschrei aus, riss mir die Kopfhörer runter und fuhr herum in der Erwartung, einem bewaffneten Einbrecher gegenüberzustehen. Tatsächlich schauten mich zwei Polizisten streng an, dazu fast die gesamte Hausgemeinschaft und ein Herr vom Schlüsselnotdienst. Ich hatte, bedingt durch mein technisches Unverständnis, vergessen, die Boxen wegzuschalten. Erdal hätte von Anfang an auf die Kopfhörer verzichtet und sich so eine Menge Ärger und Kosten erspart.

Meinen One-Night-Stand-Abend nahm Erdal resolut in die Hand. Er rief Tina an und hatte überhaupt kein Problem damit, ihr in meiner Gegenwart schnörkellos zu sagen, worum es bei diesem Date eigentlich gehen sollte: «Tina, Liebelein, ich habe morgen leider keine Zeit, mit dir auszugehen. Ich will bei mir für Karsten einen romantischen Abend arrangieren, du weißt schon, mit drei Tüten Teelichter um die Badewanne verteilt, Rosenblätter im Flur und Gleitcreme in der Küche. Elli ist dabei natürlich überflüssig. Deswegen wäre ich dankbar, wenn du mit ihr ausgehen könntest. Sie braucht nämlich unbedingt mal wieder Sex und will morgen einen Typen abschleppen. Könnte aber sein, dass sie sich dabei ziemlich dämlich anstellt. Deshalb wäre es nicht schlecht, wenn ein alter Profi wie du sie begleiten würde. Passt dir halb zwölf im ‹China Club›?»

Als ich am nächsten Abend in den Bus stieg, trug ich ein für meine Verhältnisse ziemlich enges T-Shirt, einen Rock, der meine gnubbeligen Knie knapp bedeckte, und natürlich hohe Schuhe. Auf die Frage, ob das T-Shirt nicht meine Speckröllchen am Unterbauch ungünstig hervorhebe, hatte Erdal gemeint, kein Mann würde auf Speckrollen am Unterbauch achten, solange sich in unmittelbarer Nähe auch noch zwei Brüste aufhielten: «Frage nicht, ob dein Hintern zu dick aussieht. Frage, ob dein Hintern dick genug aussieht. Du musst endlich mal begreifen, dass Männer auf dicke Hintern abfahren.»

Das hatte mich aufgebaut. Die Frage «Ist mein Po auch fett genug?» konnte ich mit einem überzeugten «Ja!» beantworten.

Schwieriger war es, die richtige innere Einstellung für mein Vorhaben zu finden. Ich habe eigentlich nie viel davon gehalten, mit irgendjemandem zu schlafen, bloß weil ich den, den ich haben wollte, nicht haben konnte. Das ist doch so, als würdest du Nusspli auf deinen Toast schmieren, um dich darüber hinwegzutrösten, dass kein Nutella da ist: Jeder traurige Bissen erinnert dich daran, dass was fehlt.

Nein, meine Theorie war es immer, dass One-Night-Sex die Stimmung verstärkt, in der man ohnehin gerade ist. Fühlst du dich gut, geht's dir anschließend noch besser. Fühlst du dich schlecht, läuft garantiert irgendetwas fundamental schief, und nachher liegst du trübsinnig im Bett neben einem wildfremden Schnarcher, von dem du befürchten musst, dass er bis zum Frühstück durchschläft.

Bist du allerdings so komplett betrunken wie ich bei meinem ersten und einzigen One-Night-Stand, kannst du dir die ganze Sache ohnehin schenken. Du weiß nicht mehr, was, noch nicht mal, ob es passiert ist. Ich habe bis heute nicht wasserfest recherchieren können, ob es in der Nacht meines sechsundzwanzigsten Geburtstags mit Joseph, dem Poolreiniger meines sehr billigen Hotels auf Lanzarote, überhaupt zum Äußersten gekommen ist oder ob ich einfach nur volltrunken auf der Stelle eingeratzt bin. Ich mochte Joseph nicht danach fragen, weil er es eventuell als kränkend empfunden hätte und weil es mir irgendwie peinlich war, dass ich womöglich meinen ersten One-Night-Stand komplett verpennt hatte.

Trotz meiner eher negativen Erfahrungen war ich inzwischen so verzweifelt, dass ich bereit war, diese männliche Form der Liebeskummerbewältigung auszuprobieren. Mir war allerdings immer noch nicht ganz klar, wie ich das passende Objekt zum Vollzug des Geschlechtsaktes überhaupt finden und auf meine Willigkeit aufmerksam machen sollte. Zur Weiterbildung im Bereich «Anmache und Anbahnung sexueller Kontakte» hatte ich eine «Cosmopolitan» gekauft mit dem Titelthema: «Nie wieder falsch flirten! Die besten Tipps und Tricks, wie Sie garantiert kriegen, was Sie wollen».

Ich muss sagen, die versuchen einem da ziemlichen Müll aufzuschwatzen. Dass man das Objekt der Begierde ab und zu mal freundlich anschauen, eventuell sogar anlächeln sollte, war mir auch schon vorher bekannt. Wenig anfangen konnte ich beispielsweise mit dem Rat: «Liebkose mit deinen Händen irgendwelche Objekte. Damit zeigst du, was du eigentlich willst.»

Also nee, ich kann mir beim besten Willen nicht vorstellen, dass es einen Typen erregt, wenn er im Restaurant der Frau ihm gegenüber dabei zuschaut, wie sie versucht, das Baguettebrötchen zu befriedigen.

Folgender Tipp schien mir ebenfalls höchst zweifelhaft: «Denke an Sex, während du mit ihm über etwas ganz anderes sprichst. Du wirst sexy aussehen, denn dein Gesicht reflektiert deine Gedanken.»

Na ja, riskant, riskant, würde ich sagen, denn wie leicht verrutscht einem die Phantasie. Vom Gedanken an wilden Sex ist es nicht weit bis zum Gedanken an den handtellergroßen blauen Fleck auf deinem Oberschenkel, der mittlerweile ins Grün-Gelbliche changiert, an das hartnäckig eingewachsene Schamhaar oder an deine Bauchmuskulatur, die auch schon mal bessere Zeiten erlebt hat. Es stimmt: Das Gesicht ist der Spiegel deiner Gedanken, aber du willst doch nicht, dass er dir direkt in deine Problemzonen glotzt, oder?

Ein bisschen eklig fand ich den Ratschlag, man solle körperliche Signale geben und sich zum Beispiel über die Brüste streichen. Also wirklich, ist das noch normal, wenn sich eine über die Brüste streicht, als wolle sie den Milchfluss anregen, um einen Mann zu erotisieren? Ich denke nicht.

Auch den letzten Tipp fand ich ziemlich flau: «Senke deine Stimme, berühre während des Gesprächs wie unabsichtlich seine Hand oder seinen Unterarm und höre aktiv zu. Reiße die Augen auf, lehne dich nach vorn und ermuntere ihn mit Signalwörtern wie ‹Aha› oder ‹Ach, wie interessant!›.»

Es ist doch so: Achtet man ständig darauf, wie man spricht, vergisst man ganz, darauf zu achten, was man sagt. Und wenn man sich zu sehr auf eine Sache konzentriert, verpasst man eventuell Wichtiges: Du lauerst wie ein Raubvogel auf das Erdhörnchen auf den Moment, in dem du dir wie unabsichtlich seinen Arm krallen kannst – und bemerkst dabei nicht, dass dein Seidenschal seit geraumer Zeit in der Minestrone hängt und am Nebentisch Colin Firth Platz genommen hat und dich lüstern anstarrt.

Ich halte es auch für ziemlich verwegen, Männern das Gefühl zu geben, man würde sie ernst nehmen. Ein falsch platziertes «Nein, wirklich? Erzählen Sie mehr darüber!», und du erfährst alles über die zinsorientierte Rückgabeoptionierung bei Genossenschaftsbanken. Mein ganz persönlicher Rat: Je früher man zeigt, dass man gut unterhalten werden will, desto weniger Langeweile hat man später.

«Vergiss bitte nicht, du willst dich heute Abend nicht gut unterhalten, sondern guten Sex haben», hatte Erdal mir mit auf den Weg gegeben. «Sei also bitte nicht zu wählerisch, du darfst jemanden nicht abweisen, nur weil er nicht Vergleichende Literaturwissenschaft studiert oder nicht ganz die Nase hat, die du bei deinem Traummann aus dem Katalog ankreuzen würdest. Du musst dir immer wieder sagen: Heute Abend geht es nicht darum, den Mann fürs Leben zu finden, sondern den Mann für eine Nacht. Und da kommt doch im Prinzip jeder in Frage.»

«Jeder? Wenn ich bei einem buckeligen Kahlkopf im Bett lande, dessen Hobby schwarze Magie ist, mache ich dich persönlich verantwortlich.»

In dem Moment hatte ausnahmsweise mal mein Handy geklingelt.

«Hallo!», sagte ich unwirsch.

«Ach, das Fräulein Dückers ist aber schnell am Telefon. Ist es zu gewagt, zu hoffen, dass du auf meinen Anruf gewartet hast?»

«Wer ist da?»

Ich wusste natürlich genau, wer dran war, aber ich finde es immer eine Unverschämtheit, wenn jemand wie selbstverständlich davon ausgeht, dass man seine Stimme sofort erkennt.

«Hier ist Bert», sagte Bert beleidigt. «Ich wollte fragen, ob wir uns nachher noch auf ein Getränk treffen. Ich habe zufällig noch nichts vor, und der Abend ist ja noch jung.»

Ich sagte nichts, sondern hustete herzerweichend. «Nette Idee, Bert», stieß ich schließlich schwer atmend hervor, «sonst jederzeit, aber mich hat eine schlimme Erkältung erwischt. Ich bleib lieber zu Hause.»

«Schade, dann wünsche ich dir gute Besserung. Ich melde mich. Ciao, bellissima.»

«Tschüs», röchelte ich – und zog los, mir einen Mann für eine Nacht zu suchen.

Nach zwei Stunden und zwanzig Minuten war ich noch kein einziges Mal angesprochen worden. Na ja, doch, gegen halb eins hatte mich ein Typ gefragt, wo die Toiletten sind, aber ich fand, das zählte irgendwie nicht. Tina hingegen flirtete, was das Zeug hielt, und wurde ständig zum Tanzen aufgefordert. Ein Typ fragte sie, was sie trinken wolle. Sie erwies sich als sehr loyal, deutete auf mich und sagte, sie sei mit einer Freundin unterwegs. Daraufhin wurde ich mit eingeladen. Der Typ drückte mir einen Cuba Libre in die Hand, drehte mir den Rücken zu und sagte zu Tina, sie sei eine der faszinierendsten Frauen, die er jemals gesehen hätte. Ich stand da wie Doof vom Dorf und war den Tränen nahe.

Mir war ja sowieso von Anfang an nicht nach einem One-Night-Stand zumute gewesen, versuchte ich mich selbst zu trösten. Aber es gelang mir nicht. Mir war nur allzu bewusst, was für eine Schmach es bedeutete, noch nicht einmal das bekommen zu können, was man gar nicht haben will. Ich sah, wie Tina ihren Typen anstrahlte, ihn wie zufällig am Unterarm berührte, während sie mit der anderen Hand unsittlich ihren Strohhalm streichelte.

Bei ihr sah das alles total natürlich aus, und ich konnte dem Mann sogar von hinten ansehen, dass er den Geschlechtsakt am liebsten sofort auf dem Bartresen vollzogen hätte. Ich trank meinen Cuba Libre aus und beschloss, das Feld zu räumen. Geschlagen, erfolglos, allein.

«Elli, komm, lass uns tanzen!»

Tina griff nach meinem Arm, gerade als ich mich unauffällig verdrücken wollte. Sie zog mich auf die Tanzfläche, verdrehte die Augen und schrie mir ins Ohr: «Oh, Mann, war das ein Langweiler! Ich habe die ganze Zeit flehentlich zu dir rübergeblinzelt, damit du mich rettest.»

«Aber du hast doch wie wild mit ihm geflirtet?»

«Ja, das mache ich immer. Weißt du, ich kann Ablehnung nur schlecht vertragen, und da gehe ich lieber auf Nummer sicher und sorge dafür, dass ich auch dem letzten Deppen gefalle. Ich weiß, das ist nicht gerade ein cooler Zug von mir. Du bist cool, Elli, das bewundere ich an dir. Du stehst da lässig allein rum, und man sieht dir genau an, dass du ein gewisses Niveau hast und das auch von anderen erwartest. Mich sprechen die ganzen Blödiane an, die sich an dich nicht rantrauen.»

So hatte ich den Sachverhalt noch nicht gesehen. Mir ging es schlagartig viel, viel besser. Meine hochwertige Ausstrahlung schreckte also all jene ab, die sowieso nicht in Frage kamen. Und dass mich heute Nacht noch niemand angesprochen hatte, bewies nur, dass sich in diesem Club ganz offensichtlich ein durchweg niveauloses Männerpublikum befand.

«Du tanzt total toll!», schrie Tina. Ich fühlte mich unglaublich sexy und verführerisch und erwog sogar einmal kurz, wie in der «Cosmopolitan» vorgeschlagen, mir lasziv über den Busen zu streichen. Habe ich dann aber doch gelassen, denn in diesem Moment geschah etwas, was zu einer weiteren Katastrophe meines sowieso schon ramponierten Lebens führen sollte.

Ich schaukelte gerade freizügig meinen Hintern hin und her – ich wog ihn sozusagen in der Sicherheit, dass er auf jeden Fall dick genug war –, als sich zwei Hände von hinten auf meine Hüften legten, mich jemand an sich heranzog und sich im Takt mit mir bewegte. «Endlich», dachte ich, «es ist so weit! Endlich einer, der sich traut! Endlich ein Mann mit meinem Niveau! Diese Nacht gehört dir, Fremder!»

Ich drehte mich um und sah in die wässrigen Augen von Bert. Ich starrte ihn an wie einen Untoten, der gerade überraschend dem Erdreich entstiegen war.

«Na, Elli, du machst aber gar keinen so kranken Eindruck», sagte er zweideutig.

«Es war wohl nur ein kurzer allergischer Anfall», erwiderte ich und hielt verzweifelt nach Tina Ausschau. Sie musste mich hier allerschnellstens rausholen, denn offensichtlich hatte sich Blöd-Bert durch mein fahrlässiges Hinterngewackel ganz persönlich angesprochen gefühlt.

Er tätschelte meine Schultern und sagte, ich sei wirklich die faszinierendste Frau, die ihm jemals begegnet sei. Dieser Satz schien heute Abend hier sehr beliebt zu sein. Ob sie am Eingang kleine Zettel an die männlichen Gäste verteilten mit dem Anmachspruch des Tages?

«Bert, also weißt du, ich bin …», stammelte ich und sah erschrocken, wie sich sein Gesicht meinem langsam näherte.

«Was bist du, Elli Dückers?»

Er war mir jetzt so nah, dass ich riechen konnte, was er zu Abend gegessen hatte. Spanische Knoblauchwurst, würde ich sagen, in jedem Fall in Begleitung etlicher Biere.

«Was bist du, Elli?», raunte Bert mir jetzt direkt in die Nase.

Ich hielt die Luft an, als jemand direkt hinter mir ihm antwortete: «Elli ist lesbisch. Hat du das etwa nicht gewusst?»

Bert ließ mich so abrupt los, als hätten sich gerade Hunderte von roten nässenden Pusteln auf meinem Gesicht gebildet. Tina legte mir ihre Arme um den Hals und gab mir einen langen und außerordentlich leidenschaftlichen Kuss. Mit Zunge! Ich wusste nicht, wie mir geschah, aber direkt unangenehm war es mir eigentlich nicht.

Bert schaute uns erst entgeistert, dann erleichtert an. «Das erklärt natürlich so einiges. Ich habe mich schon gewundert, warum du dich so zierst.» Er grinste breit und selbstgefällig. «Passiert mir nämlich nicht oft, dass mich eine so lange zappeln lässt. Na ja, nichts für ungut, ich wünsche euch noch einen schönen Abend, Ladys.»

«Den sind wir los», sagte ich ziemlich benommen.

Auf der Klassenreise, als alle meine Mitschülerinnen ihre lesbischen Erfahrungen machten, hatte ich mir den Magen verdorben und die Tage mit grünem Gesicht im Etagenbett einer Jugendherberge in Nordholland verbracht. Ich hatte also noch nie in meinem Leben eine Frau geküsst und wusste natürlich auch nicht, wie man sich üblicherweise verhält, nachdem man eine Frau geküsst hat. Ich tat also lieber mal so, als sei nichts, und betrachtete interessiert die Leute auf der Tanzfläche. Tina hatte immer noch den Arm um mich gelegt.

«Weißt du was, Elli, du wolltest doch unbedingt heute Nacht mit jemandem ins Bett gehen. Aber einen einigermaßen passablen Typen scheint es hier nicht zu geben. Warum versuchst du es nicht einfach mit mir?»

«Bist du …?»

«Lesbisch? Kann schon sein. Seit der Trennung von meinem letzten Freund vor drei Jahren hat mir jedenfalls kein Mann mehr gefallen.»

Im Nachhinein kann ich nicht mehr genau sagen, was eigentlich in mich gefahren war. Ich denke, es war die explosive Mischung aus etwas zu viel Alkohol, etwas zu wenig Selbstbewusstsein und einer stattlichen Portion Neugier auf das, was ich in meiner Pubertät schuldlos verpasst hatte. Jedenfalls saßen Tina und ich wenig später in einem Taxi auf dem Weg zu ihr nach Hause, und ich war so schüchtern und verunsichert wie bei meiner allerersten Verabredung vor zwanzig Jahren. Alex Renz hatte mir Hoffnungen gemacht, indem er mich auf einen Kakao mit Sahne einlud. Warum er mich dann vor unserer Haustür nicht geküsst hat, verstehe ich bis heute nicht. Ich warte immer noch auf eine Gelegenheit, ihn deswegen zur Rede zu stellen.

Als Tina und ich ausstiegen, blitzte es zweimal, und ich kam mir vor wie in einem französischen Film, den ich normalerweise nie anschauen würde.

In ihrer Wohnung schob mich Tina auf direktem Weg ins Schlafzimmer. «Ehe du es dir wieder anders überlegst», lachte sie und holte eine Flasche Rotwein aus der Küche. Ich war wie vom Donner gerührt. Was sollte ich tun? Schreiend wegrennen?

Ich machte drei Schritte Richtung Schlafzimmertür – und wieder zurück. Aus der Küche hörte ich Gläserklirren. Die Aussicht auf mehr enthemmenden Alkohol ermutigte mich zum Bleiben. Schließlich würde ich meinen Enkeln erzählen können, dass ich mal mit einem Fernsehstar das Bett geteilt hatte. Das Geschlecht konnte ich ja notfalls verschweigen.

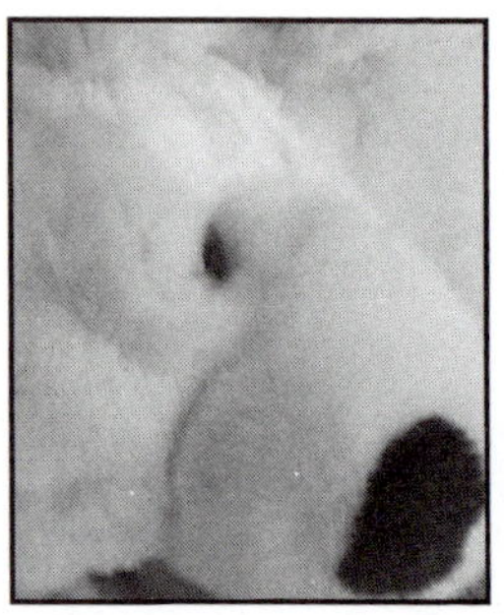

Ich zog mich blitzschnell aus, kroch in Überschallgeschwindigkeit ins Bett und zog mir die Decke bis über die Mundwinkel hoch. Das Herz klopfte mir bis in die Stirnhöhlen, und als Tina mit dem Wein kam, fiel mir ein Stofftier, das über mir auf dem Kopfteil des Bettes gesessen hatte, mitten ins Gesicht. Dass Tina nackt war bis auf die Flasche und zwei Gläser in ihren Händen, hatte ich aber noch sehen können. Und, auch das hatte ich in Sekundenschnelle erkennen können, sie hatte die wesentlich bessere Figur als ich.

«Weißt du, was das Tolle daran ist, wenn man eine Frau mit zu sich nach Hause nimmt?», fragte sie, während ich damit beschäftigt war, den riesenhaften Stoffhasen dazu zu bringen, an seinem ursprünglichen Platz sitzen zu bleiben.

«Was denn?»

«Du musst vorher nicht deine Stofftiersammlung verstecken, und du kannst die geblümte Bettwäsche drauflassen.»

Tina stellte die Gläser auf dem Nachttisch ab, schloss die Vorhänge, nahm die Fernbedienung vom Fernseher und dimmte die Deckenlampe runter – und das alles, ohne sich die Bettdecke überzuwerfen oder sich zumindest die Hände vor üblicherweise bedeckte Körperstellen zu halten. Ich war zutiefst verblüfft von so viel Ungezwungenheit. Und das auch noch gegenüber einer Frau!

Ich weiß doch von etlichen Saunabesuchen mit Petra, um wie viel kritischer Frauen Frauen betrachten als Männer. Jede Bindegewebsschwäche wird zufrieden zur Kenntnis genommen,

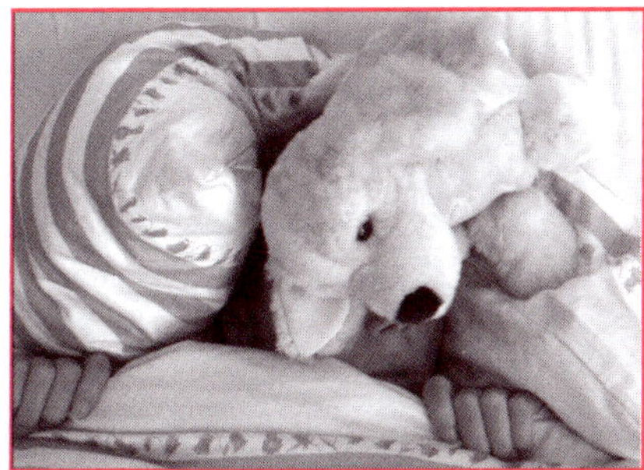

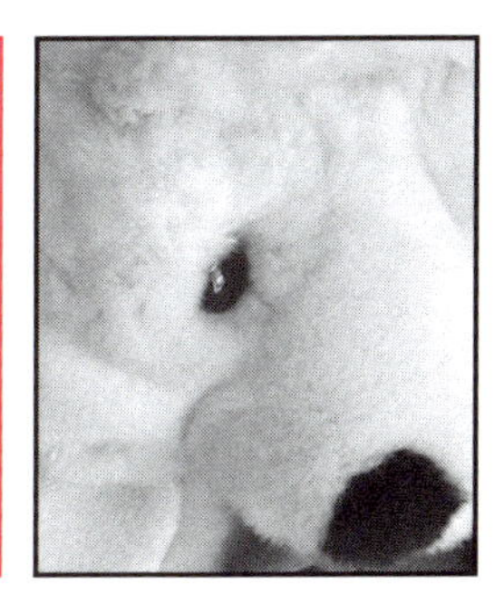

jede Hängebrust freundlich begrüßt. Für mich persönlich ist der Aufenthalt im Dampfbad erst dann eine wirklich rundum entspannende Erfahrung, sobald eine den Raum betritt, die dicker ist als ich.

Männer hingegen, so mein Eindruck, haben dem weiblichen Körper gegenüber eine großzügigere Haltung. Es scheint, als würden die sich grundsätzlich erst mal über jede Brust und jeden Hintern herzlich freuen. Ja, die männliche Toleranz den weiblichen Problemzonen gegenüber geht sogar so weit, dass die meisten auch mit Dellen an den Oberschenkeln recht gut leben können. Vielleicht, weil sie Orangenhaut für gottgegeben halten und nicht wissen, dass man durchaus mit konsequent fettarmer Ernährung, Ausdauersport und regelmäßigen Zupf- und Bürstenmassagen gegensteuern kann.

Die Männer, mit denen ich geschlafen habe, fanden mich immer wesentlich ansehnlicher als ich mich selber. Und selbstverständlich hätte ich jeden, der sich beschwert hätte, sofort aus meinem Bett geschmissen. Es ist eine Todsünde, als Mann mit einer Frau einer Meinung zu sein, was ihren Körper angeht. Nichts ist schlimmer als einer, der auch nur ansatzweise nickt, wenn man ihn fragt, ob er größere Brüste bevorzuge. Und wenn ein Mann auf die theoretische Frage: «Findest du meine Schenkel nicht etwas zu üppig?» ehrlich antwortet: «Na ja, wenn du mich so direkt darauf ansprichst ...», braucht er sich nicht zu wundern, wenn es sexuell nicht mehr richtig gut läuft.

Im Grunde zeichnet sich ein sensibler Partner und zufrieden stellender Liebhaber doch dadurch aus, dass er unablässig daran arbeitet, das Selbstbewusstsein der Geliebten wieder aufzubauen, welches sie selbst torpediert hat durch stundenlange Betrachtung des eigenen Körpers vor einem Spiegel in einer brutal ausgeleuchteten Umkleidekabine und das anschließende Durchblättern der amerikanischen «Vogue».

Der Vorteil an Sex mit Männern statt mit Frauen ist auch, dass kein direkter Vergleich möglich ist. Das wurde mir klar, als ich nicht umhinkonnte, einen Blick auf Tinas imposanten Busen zu werfen. Ich hoffte inständig, dass er nicht echt war. Ich kroch noch etwas tiefer unter die Decke, als ich gewahr wurde, dass Tina genau den Bauch hat, den ich mir immer gewünscht hatte. Wenigstens hatte sie ein recht breites Becken, gebärfreudig hätte ich es unter anderen Umständen genannt, ein Ausdruck, der mir aber im Zusammenhang mit einer überwiegend lesbischen Frau nicht ganz passend schien.

Aber das bisschen zu viel an Becken machte den Braten nun wirklich nicht fett, wenn ich das mal so salopp sagen darf. Insgesamt gesehen, hatte Tina eine nahezu perfekte Figur. Mit Brüsten, für die ich morden, und Oberarmen, für die ich meine Mutter an zwielichtige Araber verkaufen würde. Ich dachte an meinen eigenen Körper, der da sorgsam versteckt unter der Bettdecke lag, und versuchte, den Gedanken an meine nachlässig rasierten Beine zu verdrängen.

Tina stieg ins Bett und reichte mir ein Glas Wein. Ich nahm dankbar drei große Schluck. Ich musste mich so schnell wie möglich schön trinken.

«Hast du Lust, erst noch ein bisschen Fernsehen zu gucken?», fragte Tina. «Ich weiß, es ist voll peinlich, aber ich bin der allergrößte lebende Fan von Johannes B. Kerner. Immer wenn ich nicht zu Hause bin, nehme ich seine Sendung auf und schaue sie mir vorm Schlafengehen an.»

«Was gefällt dir denn so an dem?»

Ich war so glücklich, dass der Liebesakt erst einmal aufgeschoben war, dass ich mich sogar traute, mich aufrecht hinzusetzen, obschon ich dafür meine Oberarme freilegen musste, die mir im Moment etwas speckig erschienen.

«Der macht so einen absolut zuverlässigen Eindruck. Weißt

du, seit mich Marco verlassen hat, nachdem er meine beste Freundin gevögelt und mein Konto leer geräumt hatte, habe ich ein komplett anderes Verhältnis zu Männern.»

«Das kann man wohl sagen, schließlich bist du seither lesbisch.»

«Eigentlich haben mich Frauen schon immer angemacht. Das habe ich bloß nicht richtig gemerkt, weil ich immer viel zu beschäftigt war, mich mit irgendwelchen Kerlen rumzuärgern, denen man schon ansehen konnte, dass sie einem nach den ersten drei Monaten wilder Leidenschaft nichts als Stress machen würden. Aber ich bin immer wieder auf die Typen reingefallen. Und seither mag ich nur noch die kleine Minderheit von Männern, denen man nichts Böses zutraut. Im Wesentlichen sind das Johannes B. Kerner und Tom Hanks. Oder fällt dir noch jemand ein?»

«Der Papst?»

Wir kicherten, und ich entspannte mich etwas.

«Was ist mit deinem Typen, Elli? Der hat sich doch wohl auch total mies benommen. Verschweigt dir, dass er verlobt ist, und schießt dich ab, sobald die Alte wieder auftaucht. Nicht gerade die feine Art.»

«Ich weiß.»

«Und? Willst du ihn wirklich immer noch zurückhaben?»

«Ja.»

«Das ist so was von total daneben. – Aber mir würde es nicht anders gehen.»

Wir tauschten einen verständnisvollen Blick, und ich dachte, die Situation könnte eigentlich sehr angenehm sein, wenn nicht die Sache mit der drohenden sexuellen Annäherung im Raum stünde.

Tina stellte ihr Weinglas ab, kroch unter meinen Teil der Decke und legte mir ihren Arm um die Hüften. Also, ja, mir war das alles unangenehm. Ich verfluchte meine missliche Lage, zermarterte mir das Hirn, wie ich mich befreien könnte, und wünschte mir mehr als alles auf der Welt einen Mann ins Bett, irgendeinen Mann, von mir aus sogar Bert. Tina strich mir leicht über meinen Bauch, den ich einzog, obschon ich ihr ja eigentlich gar nicht gefallen wollte. Aber das Baucheinziehen ist bei mir zu einem schier unkontrollierbaren Reflex geworden.

«Du hast total glatte Haut», flüsterte Tina.

«Ich benutze zweimal die Woche ein Körperpeeling der Marke Biotherm», krächzte ich in der Hoffnung, das Gespräch und somit auch die Stimmung zu entemotionalisieren.

«Dein Bauch ist so schön weiblich. Ich muss mich jeden Tag durch fünfzig Sit-ups quälen, damit ich im Fernsehen nicht rüberkomme wie eine Schwangere, die den Geburtstermin schon überschritten hat.»

Tina streichelte noch immer meinen Bauch. Mir wurde die Sache jetzt wirklich zu belastend. Ich war für die gleichgeschlechtliche Liebe nicht geschaffen, das war mir leider erst jetzt eindeutig klar geworden. Ich schloss die Augen, holte tief Luft und setzte zu einer Erklärung an. Aber Tina kam mir zuvor.

«Du, Elli, ich muss dir was sagen, und du musst mir versprechen, dass du es nicht persönlich nimmst.»

Ich nickte und schaute sie angespannt an. Gefiel ich ihr etwa nicht?

«Ich kann das nicht, Elli.»

Ich war sprachlos. Also, das war ja ungeheuerlich. Erst lockt mich dieses lesbische Luder gegen meinen Willen in ihr Lotterbett, versucht mich betrunken zu machen, lobt meinen Bauch und meine Haut, macht mir Hoffnungen, versucht, mir ihre perversen Neigungen aufzuschwatzen – und lässt mich dann fallen, kurz vor dem Vollzug!

«Es liegt wirklich nicht an dir. Ich finde dich ganz toll, das musst du mir glauben. Du bist genau so, wie ich immer gerne gewesen wäre: total reizend, weiblich, verletzlich, manchmal etwas naiv, eine richtige Frau eben. Aber das Problem ist, dass ich in eine andere Frau verliebt bin, schon seit drei Monaten, aber davon weiß niemand. Carolin hat mich vor drei Tagen verlassen, und als Erdal mir sagte, du suchst Ablenkung, na ja, da dachte ich, dass sich das ja günstig trifft. Es tut mir total Leid, aber ich kann nicht aufhören, an Carolin zu denken.»

«Du wolltest mich eigentlich nur benutzen?»

Ich war maßlos erleichtert – und ein klitzekleines bisschen beleidigt.

«Mmmh, stimmt, genauso wie du mich.»

«Toll, zwei Frauen auf der Suche nach Ablenkung. Das hat ja spitzenmäßig funktioniert.»

Ich musste kichern, es war wirklich zu absurd.

«Aber immerhin habe ich dich vor Bert gerettet.»

«Da hast du Recht. Und jetzt, wo das geklärt ist, können wir ja endlich die wichtigen Dinge des Lebens besprechen: Warum hat Carolin dich verlassen, und findest du wirklich, dass mein Bauch nicht zu dick ist?»

Wir lagen noch bis fünf Uhr morgens im Bett, tranken sehr viel Wein, aßen dazu Negerküsse, und Tina erzählte mir ihre Liebesgeschichte.

Nachdem die beiden drei Monate heimlich ein Paar waren, hatte Carolin darauf bestanden, dass Tina sich zu der Beziehung bekannte. Tina war das noch zu früh gewesen. Schließlich sei sie durch ihre Sendung eine Person öffentlichen Interesses und könne es sich nicht leisten, sich von heute auf morgen als Lesbe zu outen. Carolin hatte daraufhin Schluss gemacht und nicht mehr auf Tinas Anrufe reagiert.

«So hat jeder sein Päckchen zu tragen», lallte ich dümmlich, und wir beschlossen, diejenigen, die uns so schnöde verlassen hatten, zu vergessen. Wir würden das Leid, das man uns zugefügt hatte, ab jetzt stumm und diszipliniert ertragen und in Zukunft jeden peinlichen Annäherungsversuch unterlassen.

Eine Viertelstunde später verschickten wir eine gemeinsam verfasste SMS an Carolin: «**Du bist die Liebe meines Lebens! Bitte komm zu mir zurück! Ewig deine Tina.**» Und wir verabredeten uns für den nächsten Abend, um Astrid Stumpi Crüll einen Besuch abzustatten. «Nur wer seinen Feind kennt, kann seinen Feind besiegen», rief Tina und schwenkte ihre Bettdecke wie eine Fahne. Dann plumpste sie um und schlief auf der Stelle ein.

«Bist du sicher, dass wir das hier wirklich tun sollen?»

«Und?»

Erdal schaute mich wissbegierig an. Karsten reichte mir schweigend einen Becher Milchkaffee, aber selbst er konnte seine Neugier nicht ganz verbergen.

«Was und?»

Ich hatte zweieinhalb Stunden geschlafen, sah aus wie eine Pizza von vorgestern und musste in zwanzig Minuten bei der Arbeit sein. Mir war wirklich nicht nach langen Erzählungen zumute.

Außerdem hatte ich Tina versprochen, nichts über sie und Carolin zu verraten.

Erdal wurde ungeduldig.

«Hat es funktioniert? Hast du dich abschleppen lassen? Du siehst jedenfalls nicht so aus, als seist du um zwölf im Bett gewesen. Jetzt lass dir doch nicht alles aus der Nase ziehen.»

«Nichts war, es gibt nichts zu erzählen. Ich war mit Tina bis fünf im ‹China Club›, wir haben getanzt und getrunken und sind kein einziges Mal angesprochen worden.»

Erdal guckte so enttäuscht, dass er mir schon fast Leid tat.

«Und wie war's bei euch? Die Teelichte rund um die Badewanne sehen ja nach einem sehr romantischen Abend aus», versuchte ich ihn abzulenken. Erdal ist ja eigentlich immer am zufriedensten, wenn er über sich selbst sprechen kann.

«Pffff, von wegen romantisch. Karsten war schlecht gelaunt und hat sofort Streit angefangen.»

Ich war überrascht. Karsten kam mir eigentlich extrem ausgeglichen und wenig reizbar vor.

«Quatsch, Erdal, du hattest ständig Angst, dich zu verkühlen, und hast alle drei Minuten heißes Wasser nachlaufen lassen. Und dann hast du überlegt, dir einen Schal umzubinden. In der Badewanne! Wie soll man sich denn bei so einem Getue entspannen?»

«Was bitte meinst du denn mit Getue, Karsten? Glaubst du etwa, ich bin stolz darauf, eine so labile Konstitution zu haben? Glaubst du, ich bin stolz, dass ich zu Bronchitis neige?»

Erdals Stimme zitterte bei den letzten Sätzen. Hui, da zog aber ein ganz schönes Gewitter auf. Wenn Erdal eines nicht leiden kann, dann, dass man seine eingebildeten Krankheiten für eingebildete Krankheiten hält. Er redete sich jetzt richtig in Rage.

«Glaubst du, ich bin stolz darauf, dass ich leicht Halsschmerzen bekomme und meine Mandeln dann so doll anschwellen, dass ich fast gar nicht mehr schlucken kann?»

«Ja, genau das glaube ich!»

«Tschüs, Jungs, ich muss zur Arbeit», verabschiedete ich mich.

Als Tina und ich die Treppe zu Astrid Crülls Wohnung hochstiegen, erlaubte ich mir kurz den Zweifel, ob ich gerade drauf und dran war, den größten und gleichzeitig peinlichsten Fehler meines Lebens zu machen. Den Tag über war ich zum Glück nicht viel zum Nachdenken gekommen. Meine Vorgesetzte hatte beschlossen, mich zu quälen, und mir einen Haufen Kundenbeschwerden hingelegt. Meine Grundstimmung war schon negativ genug, und es machte mich nur noch schlechter gelaunt, Briefe zu lesen von Leuten, die null Rechtschreibkenntnisse hatten, sich aber beschwerten, dass die Speisekarte ihrer Pension in der Provence nicht ins Deutsche übersetzt war. Dazu kam, dass Erdal mehrmals anrief, um sich über Karsten zu beklagen.

«Gut, dass du dabei warst, Elli, das war doch echt der Hammer, oder? Ich muss mich doch von dem Typen nicht verspotten lassen, bloß weil ich sensibler reagiere als andere. Karsten ist gleich nach dir gegangen, grußlos. Elli, das muss man sich mal vorstellen: grußlos! Ich habe ihm natürlich gesagt, dass er, wenn er jetzt geht, sich nie wieder bei mir blicken lassen braucht. Und jetzt rat mal, was er gesagt hat: Ich solle mich erst mal abregen. Und wenn ich morgen noch der Meinung sei, ich wolle mich von ihm trennen, könne ich das dann immer noch tun, es gäbe schließlich keinen Grund zur Eile. Er sei nicht bereit, sich länger mit einer hysterischen Schwulette auseinander zu setzen. Er habe zwar keine Vergleichsmöglichkeiten, aber er würde mal stark vermuten, dass ich schlimmer sei als jede Frau. Elli, als jede Frau! Ich meine, muss ich mir das sagen lassen? Muss ich mich so tief verletzen lassen von einem brutalen Bullen, der auf irre männlich macht, aber noch nicht mal tätowiert ist?»

«Aber du bist doch auch nicht tätowiert, oder?»

«Natürlich nicht, meine Haut ist dafür viel zu empfindlich, und ich habe auch ein viel ausgeprägteres Schmerzempfinden als andere. Das hat mir erst neulich mein Zahnarzt bestätigt. Es gibt nämlich nicht viele Menschen, die für eine Zahnbelagentfernung eine Betäubungsspritze benötigen. Aber dass dieser widerliche, gemeine, asoziale Karsten mir unterstellt, ich würde mich nur anstellen, hat mich so aufgeregt, dass ich mich hinlegen und meine Atemübungen machen musste. Ich weiß nicht, ob ich das alles gesundheitlich verkraften werde, aber eines weiß ich sicher: Karsten muss sich bei mir entschuldigen, ansonsten betrachte ich diese Beziehung als beendet.»

«Ach, Erdal, ich würde an deiner Stelle nichts überstürzen.

Vergiss nicht, wie du noch gestern von ihm geschwärmt hast: der Mann deines Lebens, der coolste und verlässlichste Typ, den du je hattest; zwar verschlossen und zurückhaltend, aber dafür mit einem riesigen …»

«Bravo, Elli, du bist vielleicht 'ne tolle Freundin. Ich finde es absolut taktlos von dir, mich ausgerechnet jetzt, wo ich eine Trennung erwägen muss, an Karstens Vorzüge zu erinnern. Und dass du auch noch sein riesiges Genital erwähnst, das grenzt an seelische Grausamkeit.»

«Ich wollte sagen: mit einem riesigen Herzen.»

«Ach so, na ja, auch egal. Ich rufe jetzt meine Mutter an. Die liebt mich so, wie ich bin, und wird wohl kaum die Geschlechtsorgane meines Exlebenspartners ins Spiel bringen.»

«Erdal, ich hab doch gar nicht …»

Er hatte bereits aufgelegt. Eine halbe Stunde später rief er an, um mir zu sagen, dass er sich nun auch von seiner Mutter lossagen würde. Die hatte nämlich gemeint, dieser Karsten sei offensichtlich ein sehr vernunftbegabter Mensch und es sei höchste Zeit, dass ihrem Sohn mal jemand die Wahrheit sage.

Um kurz vor sechs meldete er sich nochmal.

«Ich war im Fitnessstudio und habe mir die ganze Sache durch den Kopf gehen lassen. Ich glaube, ich sollte nichts überstürzen, Elli, oder was meinst du?»

«Das finde ich eine sehr gute Idee.»

«Vielleicht rufe ich Karsten sogar gleich mal an, oder hältst du das für übertrieben?»

«Dazu gehört innere Größe, Erdal, aber ich glaube, die hast du.»

«Ich denke, du hast Recht. Sehen wir uns nachher?»

«Nein, ich bin mit Tina verabredet.»

«Was macht ihr?»

«Feindbeobachtung. Ich will endlich wissen, wer Stumpi ist.»

A. Crüll stand in Schreibschrift auf dem polierten Messingschild neben dem Klingelknopf. Ich fühlte mich sofort minderwertig bei dem Gedanken, dass ich meine Wohnungen mit krakelig beschriftetem Paketband kenntlich machte. Tina trug eine Baseballmütze und kein Make-up, um nicht erkannt zu werden. «Der wird mein Gesicht nichts sagen», versuchte sie mich zu beruhigen, «denn wer geht schon davon aus, dass eine gut verdienende Fernsehfrau am frühen Abend als Zeugin Jehovas vor der Tür steht?»

«Bist du sicher, dass wir das hier wirklich tun sollten?»

«Du musst dem Gegner in die Augen sehen. Und vergiss nicht: Du weißt, wer sie ist, aber sie weiß nicht, wer du bist. Es gibt also keinen Grund, nervös zu werden. Lass mich einfach reden. Bei mir zu Hause saßen schon so viele Zeugen Jehovas, dass ich deren Texte auswendig kenne. Halt also einfach die Klappe und schau dir die alte Kackbratze in aller Ruhe an.»

Tina drückte die Klingel. Wir hörten Schritte in der Wohnung. Offenbar trug Stumpi hohe Schuhe. Kein Wunder bei dem Spitznamen, dachte ich hämisch. Da würde ich auch Stilettos statt Puschen tragen.

Als sich die Wohnungstür öffnete, legte Tina sofort los: «Guten Abend! Bitte schenken Sie uns einige Minuten Ihrer Zeit. Wir wollen Ihnen nichts verkaufen, und Sie sollen nichts spenden. Wir möchten Ihnen in kurzen Worten darlegen, dass das Paradies nicht mehr …»

Ich hielt den «Wachtturm» wie einen Schutzschild hoch. Tina redete und redete und ließ Stumpi nicht ein einziges Mal zu Wort kommen. Hat sie wohl von ihren Fernsehgästen gelernt. Stumpi schaute uns mit großen Augen an – und war einfach nur schön! Und als sei das nicht schon schlimm genug, war sie noch dazu blutjung, Anfang zwanzig meiner Schätzung nach. Ich stand vor ihr wie ein Tourist vorm Kölner Dom und wusste, dass ich verloren hatte. Schlimmer noch: dass ich niemals auch nur die leiseste Chance hatte.

Es gibt diese Makellosen, die man nicht beneiden kann. Du bist vielleicht neidisch auf einen, der tausend Euro mehr verdient als du. Du bist vielleicht auch noch neidisch auf einen Millionär. Aber wenn einer Milliarden hat? Nein, da lohnt der Neid nicht. So jemand ist zu weit weg von deiner Welt, von dem, was in deiner Welt möglich ist und was du dir überhaupt vorstellen kannst. Ich bin absolut nicht frei von Neid, aber ich beneide immer solche Leute, die nur ein bisschen besser sind als ich: Frauen, die eine Kleidergröße unter mir liegen, Männer, die das Taxi bekommen, nach dem ich die ganze Zeit winke, Menschen, die den Italienischkurs machen, für den ich mich nur angemeldet habe. Ich bekomme aber schon lange keine Komplexe mehr, wenn sich im Fitnessstudio neben mir eine Achtzehnjährige umzieht, die das Schicksal mit Körbchengröße C, dafür aber mit einer zu vernachlässigenden Anzahl von Fettzellen gesegnet hat. Warum soll ich Leute beneiden, die einen Doktor in Philosophie und glattes, gut sitzendes Haar haben? Ich bin eben mehr der praktische, lebensnahe Typ, und ein ungünstig platzierter Wirbel bleibt ein ungünstig platzierter Wirbel, ein Leben lang.

Nein, ich beneidete Astrid Crüll nicht. Ich gab mich einfach geschlagen. Sie sah aus wie Winona Rider in Blond. Mit riesigen braunen Augen, edlen Wangenknochen, weißer Marmorhaut und kurzen, ein wenig verstrubbelten Haaren, die den reizenden Kindchenausdruck ihres Gesichts noch verstärkten.

Das war also die Frau, die mit schriller Stimme auf Martin eingeschimpft hatte, als ich auf der Dachterrasse stand. Die Frau mit Höhenangst und enger Beziehung zu Martins Mutter. Das war die Frau, die Martin betrogen hatte. Und zwar mit mir! Ich muss zugeben, dass ich ein bisschen stolz war, auf seltsame Weise zufrieden und mit mir im Reinen. Es gab in der Sache Martin Gülpen nichts mehr für mich zu tun.

Ein paar Sekunden zu spät bemerkte ich, dass Tina aufgehört hatte zu reden und mich eindringlich ansah. Ich setzte schnell einen gläubigen Blick auf und reichte Astrid einen «Wachtturm». Sie schenkte mir ein bezauberndes Lächeln und sagte: «Isch hierr Unterrmietär für kurz Zait. Maine Name sein Clara, isch Model aus Ungaria. Sage Frau Aschtrid Bescheid, wenn kommt. Servusz!»

Tina und ich steuerten ohne Umweg die nächste Kneipe an.

Wie hatte Clara, das Model mit dem reizenden ungarischen Akzent, Stumpi genannt? «Frau Aschtrid». Ich fand, das klang sehr nach: Frau Arschtritt! Was für ein reizender, neuer Kosename war mir da zugefallen.

Aber es nützt nichts, ich bin untröstlich. Sechs Tage warten und hoffen und immer wieder verzweifeln. Und man kann nicht gerade behaupten, dass ich mich in diesen Tagen wie eine vernunftbegabte Frau verhalten habe, die ihrem Schmerz mit Würde und Anstand begegnet. Im Gegenteil: Eine unentschlossen lesbische Irre rennt mit einem selbst gebastelten Liebesplakat besoffen durch die Gegend, gibt sich als Zeugin Jehovas aus und wartet auf ein Zeichen ihres Exfreundes, der vermeintlich in die dürren Arme eines ungarisches Megamodels zurückgekehrt ist.

Ich liege mal wieder starr vor Kummer auf meinem Bett und weiß nicht, wie ich das alles noch länger aushalten soll. Ich presse mir Martins Pullover aufs Gesicht. An einem der romantischen Abende auf seiner Dachterrasse hat er ihn mir mal ausgeliehen, und ich hatte ihn versehentlich mitgenommen. Seither bin ich so oft mit dem Pullover im Arm eingeschlafen, habe so oft meine Nase reingesteckt, reingeweint, reingeschimpft und reingeschnarcht, dass er überhaupt nicht mehr nach Martin riecht. Ich habe das Teil praktisch leer gerochen, und wenn ich jetzt meine Nase hineindrücke, finde ich keinen Trost mehr, keine Wehmut und keine schöne Erinnerung. Ein Kleidungsstück, das nicht mehr nach dem riecht, dem es gehört hat, sagt dir nur immer wieder, wie lange die glückliche Zeit schon vorbei ist.

Als mein Opa starb, hat meine Oma all seine Sachen sofort weggegeben. Bis auf den Schlafanzug, den er in seiner letzten Nacht trug. Den hat sie bei sich behalten, zum Trost in der Nacht, so lange, bis er Opis Geruch verloren hatte. Und als es so weit war, hat sie geweint und gesagt: «Jetzt gibt es kein Lebenszeichen mehr von ihm. Die Welt hat ihn verloren. Jetzt ist er nur noch in meinem Herzen.» Und dann hat sie den Schlafanzug weggeschmissen und nie wieder um Opi geweint, zumindest nicht, wenn jemand dabei war.

Ich weiß, es ist schändlich, so zu denken, aber ist es nicht einfacher, einen verstorbenen Liebsten zu betrauern als einen, der ein paar Häuserblocks weiter die Versöhnung mit seiner Verlobten betreibt? «Ich wünschte, du wärst tot», sage ich böse in den Pullover hinein, «dann müsste ich nicht länger auf eine SMS von dir warten.» Natürlich schäme ich mich sofort für diesen

Gedanken und beschließe, die Tatsache, dass Martin lebendig ist, für meine Zwecke zu nutzen. Ich werde ihm schreiben, ihm offen und ehrlich meine Gefühle schildern, ihm sagen, was er mir bedeutet hat, und ihm klar machen, dass ich unter gewissen Umständen durchaus bereit wäre, ihm noch eine zweite Chance zu geben.

«Unter gewissen Umständen» – was für eine Untertreibung! Meine Güte, wenn dieser Mann wüsste, was Elli Dückers alles getan hat, um ihn wiederzubekommen. Vor ein paar Tagen habe ich mir sogar, ich traue mich kaum, es zuzugeben, einen City Guide von Bielefeld gekauft. Martin würde mich dafür verachten – oder verehren. In jedem Fall würde er kapieren, dass ihn niemals wieder eine Frau mehr lieben wird als ich.

Ausgerechnet heute klingelt mein Handy ständig. Tina hat schon dreimal angerufen, Erdal zweimal. Jetzt steht «Mama» auf dem Display, auch schon zum zweiten Mal. Aber ich kann heute mit niemandem reden. Ich weiß genau, dass ich auf die Frage «Wie geht's?» sofort in Tränen ausbrechen und mindestens hundert Stunden lang nicht wieder aufhören würde zu weinen. Jeder Anruf, der nicht von ihm ist, macht alles nur noch schlimmer. Jeder Mann, der mich auf der Straße anlächelt, macht alles nur noch schlimmer. Die Zeit heilt alle Wunden? Meine nicht. Meine werden immer größer. Mein Herz hat sich entzündet.

Ich habe gedacht, ich wüsste, wie Liebeskummer geht: Halte durch, es geht vorbei. Aber diesmal nicht. Du denkst, du wirst niemals wieder glücklich sein und lachen. Du denkst, dein Leben ist zu Ende. Du wünschst, dein Leben ist zu Ende und mit ihm die Schmerzen. Du glaubst, dass du nie wieder jemandem dein Herz schenken wirst, weil: Kaputte Sachen verschenkt man nicht. Jeder Sonnenstrahl verhöhnt dich, und jeder Regentropfen ist schmerzhaftes Mitleid aus dem Himmel. Nichts tut so unendlich weh wie die Liebe, wenn sie verloren geht.

Mein geliebter Martin,

ich schreibe dir, denn wenn ich dir schreibe, ist es fast so, als wärst du bei mir. Wenn ich dir schreibe, fühle ich mich dir nah, kann dich fast riechen, fast deine Stimme hören, und in meinen Gedanken bist du mir so nah, als ob ich nur den Arm ausstrecken müsste, um dich zu berühren.

Du fehlst mir.

Immer und immer wieder denke ich über unseren letzten Abend nach. Ich hätte dich in dieser Situation nicht zu einer Entscheidung zwingen dürfen. Es wäre richtig gewesen, am nächsten Tag in Ruhe zu reden. Wir hätten eine Chance gehabt, wenn wir beide nicht so emotional reagiert hätten. Im ersten Moment war ich einfach nur verletzt. Gut, du hattest angenommen, deine Beziehung und damit auch deine Verlobung sind vorbei. Deshalb hast du mir nichts davon erzählt. Das finde ich nicht gut, aber ich kann es verstehen. Was ich aber nur schwer verstehen kann: Warum hast du mich verleugnet? Warum hast du mich wie eine Betrügerin frierend auf der Dachterrasse stehen lassen, statt deiner Exverlobten die Wahrheit über uns zu sagen?

Aber ich will dir jetzt keine Vorwürfe machen. Du weißt ja selbst, was für eine entwürdigende Situation das war, für alle Beteiligten. Und es war, das muss ich zugeben, auch eine Situation, in der du dich eigentlich nicht richtig verhalten konntest. Das habe ich mittlerweile begriffen, und ich hätte dich nicht so unter Druck setzen sollen. Das tut mir Leid.

Ich möchte dich gerne wiedersehen. Weißt du, was ich am allerschönsten fand an der Zeit mit dir? Morgens aufzuwachen genau neben dem Mann, neben dem ich am liebsten aufwachen wollte.

Du fehlst mir, aber das sagte ich ja bereits.

Hättest du dich nicht längst bei mir gemeldet, wenn ich dir auch fehlen würde? Wolltest du dich vielleicht bloß nochmal schnell amüsieren, bevor du heiratest? Noch mal Wind und Wellen

spüren, bevor es in den Ehehafen geht? Du hast mich ganz schön zum Narren gehalten. Und selbst jetzt kann ich nicht aufhören, mich deinetwegen zum Narren zu machen und mich jeden Tag mindestens einmal höllisch zu blamieren. Wegen WC 2. Dass ich nicht lache. Was tue ich eigentlich? Ein Mann, der mich nicht will, ist nicht der Richtige für mich. Ich will dich nie wieder sehen. Ruf mich bloß nicht an.
Du kannst mich mal!
Elli

Ich zerreiße den Brief in so winzige Schnipselchen wie das Schreiben, auf dem mir meine Sparkasse die neue Geheimzahl für meine EC-Karte mitgeteilt hat. Meine Stimmungen wechseln so schnell wie die einer Hollywood-Diva am Filmset. Kummer, Apathie, Wut, Selbsthass, Männerhass.

Im Moment bin ich halt mal wieder bei Hass. Und wie! Ich nehme Martins Pullover, gehe auf den Küchenbalkon und verbrenne Brief und Pulli in Erdals neuer Salatschüssel. Und ich bin doch recht überrascht, wie sehr das stinkt. «Ach, sieh mal einer an», sage ich verächtlich in die übel riechende Qualmwolke hinein, «der werte Herr Gülpen trägt also billiges Mischgewebe.»

«Sag mal, wonach riecht das denn hier so streng? Hast du etwa versucht zu kochen?», fragt Erdal. Ich habe die letzten zwei Stunden damit verbracht, die Wohnung zu lüften, Duftkerzen abzubrennen und ein feuchtes Betttuch zu schwenken, weil das angeblich unliebsame Düfte absorbiert. Und natürlich war ich mal wieder unterwegs, um eine neue Salatschüssel zu kaufen, die für 39 Euro.

Ich setze zu einer Erklärung an, aber im selben Moment merke ich, dass sich in mir eine Menge Emotionen aufgestaut haben. Der Brief, der Schmerz, der zerschmurgelte Pullover: Das alles war doch etwas zu viel für mich gewesen. Statt Erklärungen abzugeben, breche ich in Tränen aus und lasse mich erschöpft auf den Küchenstuhl fallen. Ich bin am Ende meiner Kräfte. Vielleicht habe ich sogar eine leichte Rauchvergiftung, wer weiß.

Selbst Erdal merkt, dass dies nicht der Augenblick ist, mir weiterhin Vorwürfe wegen des absonderlichen Geruchs zu machen, der leider in jedes Zimmer gedrungen ist.

«Ach, mein armes Schätzchen, so schlimm ist es doch auch wieder nicht», säuselt er.

«Nicht schlimm? Was könnte denn bitte noch schlimmer sein?»

«Na ja, ich habe mir, ehrlich gesagt, schon gedacht, dass es dir heute nicht besonders gut geht. Deshalb habe ich ja auch ständig versucht, dich zu erreichen.»

«Ich wollte mit niemandem sprechen.»

«Das verstehe ich», sagt Erdal deutlich beleidigt. Wenn einer absolut kein Verständnis dafür hat, dass jemand nicht reden will, dann ist das Erdal.

«Soll ich dir einen beruhigenden Baldrian-Melisse-Tee machen, und dann reden wir in Ruhe?»

«Was gibt's denn da bitte zu reden? Ich muss mich mit den Tatsachen abfinden, so sieht's doch aus.»

Wieder werde ich von einem Weinkrampf geschüttelt. Ich wusste gar nicht, dass man so viele Tränen in sich drin haben kann. Die müssen doch irgendwoher kommen? Vielleicht habe ich, ohne es zu wissen, riesige Wasserreservoirs in den Beinen? Das würde meine Figurprobleme natürlich erklären.

«Ach, Schätzchen, hier, jetzt putz dir erst mal die Nase. Ich finde, du übertreibst. Nur wer dich gut kennt, wird sich fragen, ob du das bist. Ehrlich, das hat Karsten auch gesagt. Man sieht dich doch fast nur von hinten. Da würde ich mir an deiner Stelle nun wirklich keine Sorgen machen.»

Ich tröte ins Taschentuch wie ein wütender Elefantenbulle.

«Was? Sag mal, Erdal, wovon sprichst du eigentlich?»

Vor lauter Unverständnis vergesse ich weiterzuweinen.

«Hat dir etwa noch keiner was gesagt?»

«Ich habe dir doch gerade erkärt, dass ich heute mit niemandem reden wollte. Verdammt nochmal, jetzt rück endlich raus, worum es geht!»

Erdal zieht wie in Zeitlupe eine zerknitterte «Bild»-Zeitung aus seiner Jackentasche.

«Die Rubrik ‹Leute in Hamburg›, Seite fünf oben.»

Erdal hat jetzt eine Totengräberstimme. Mir wird angst und bange. Was ist denn jetzt schon wieder los? Ich gehöre wirklich zurzeit nicht zu den Leuten, die sich etwas mehr Aufregung für ihr Leben wünschen.

Verzagt blättere ich Seite fünf auf. Mich trifft fast der Schlag.

FERNSEH-STAR LESBISCH?

Hat die beliebte NDR-Moderatorin Tina Carl («Tinas Land und Leute») heimlich eine «Freundin»? Unser Fotograf erwischte sie in der Nacht zum Sonntag eng umschlungen mit einer Unbekannten vor ihrer Wohnung. Liebe Tina, wir finden, das da auf dem Foto sieht aber gar nicht nach einer unschuldigen Mädchenfreundschaft aus! Die 34-jährige TV-Frau ist seit drei Jahren Single, angeblich. Ist unsere schöne Tina vielleicht schon längst für die Männerwelt verloren?

Über dem Text das Beweisfoto. Natürlich, die zwei Blitze vor Tinas Haustür. Von wegen fernes, romantisches Gewitter und Blitzezucken wie im französischen Film. Das war das Blitzlicht des «Bild»-Fotografen!

Tina war eindeutig zu erkennen. Von mir sah man zum Glück viel Hinterkopf und wenig Profil.

Ich merke, wie mir alle Farbe aus den Wangen weicht, eine ungewöhnliche Erfahrung für mich.

«Ach, Elli, jetzt mach doch nicht so ein Gesicht, ich finde, dein Haar sitzt perfekt auf dem Foto.»

«Ich soll nicht so ein Gesicht machen? Wo alle Welt jetzt denkt, ich bin eine frisch verbandelte Lesbe? Dabei bin ich ein unglücklicher Hetero-Single. Wie soll ich jemals wieder einen Mann bekommen?»

«Jetzt reiß dich aber mal zusammen, wirklich schlimm ist doch die Situation für Tina. Sie ist eine Person des öffentlichen Lebens. Für dich, mit Verlaub, interessiert sich doch keine Sau. Stell dir das doch mal vor: Man wird jetzt mit dem Finger auf Tina zeigen, weil jeder sie für eine Lesbe hält.»

«Aber im Gegensatz zu mir ist Tina wenigstens eine Lesbe!», bricht es aus mir heraus.

Es tut mir auf der Stelle Leid, als ich Erdals entgeistertes Gesicht sehe. Er trinkt in einem Zug meinen Baldrian-Melisse-Tee und schüttelt immer wieder den Kopf.

«Elli, das fasse ich einfach nicht. Warum hab ich das bloß nicht gemerkt? Und warum hat sie mir nie was davon erzählt?»

Ich bekomme zwei SMS. Ach, du Schande, meine Mutter. Womöglich hat sich die ganze Sache schon bis ins Münsterland rumgesprochen. Ihr Handy hat meine Mutter von mir zu Weihnachten bekommen. SMS zu schreiben ist seither für sie die absolute Verjüngungskur. Wo andere Frauen ihres Alters drei Kaviar-Ampullen benötigen, braucht meine Mutter nur eine SMS zu tippen, dann strafft sich ihre Haut, sie strahlt wie ein junges Mädchen und fühlt sich irre modern und jung geblieben.

Gott sei Dank scheinen meine neuen sexuellen Neigungen noch nicht bis zu ihr durchgedrungen zu sein: «**Wie geht es meinem kleinen Elli-Mäuschen in der Großstadt? Papa hat Husten. Deine Mama.**» Aha.

Die zweite SMS ist von Tina: «**Nicht aufregen! Gebe demnächst ein Interview, wo ich alles klarstelle. Ziehe mich bis dahin ein wenig zurück. Gruß von deiner Tina.**»

Tja, soll ich jetzt beruhigt sein? Ich lese Erdal die Nachricht vor.

«Ist doch alles bestens, Elli, Tina wird alles abstreiten und sagen, du bist eine gute Freundin von außerhalb, die bei ihr übernachtet hat. Jetzt entspann dich. Hast du heute Abend schon was vor?»

«Trinken, trauern, Briefe schreiben, die ich nie abschicken werde. Das Übliche eben.»

«Du brauchst Ablenkung. Und Bewegung. So richtig viel hast du meiner Meinung nach noch nicht abgenommen, oder? Denk dran: nur noch zehn Tage bis zum Wolkenball.»

«Danke, Erdal, wie feinfühlig von dir, mich in meiner größten Lebenskrise daran zu erinnern.»

«Ich habe das perfekte Gegenmittel für dich: Fettverbrennung und Ablenkung in einem! Pack dein Sportzeug zusammen, wir gehen in mein Fitnessstudio. In einer Dreiviertelstunde läuft da ein fabelhafter Kurs.»

Ich hatte schon in der Umkleidekabine bemerkt, dass ich nicht das Richtige zum Anziehen dabeihatte. In der «Fitness Oase» in Hiltrup tragen die Frauen in der Regel Sportbekleidung, wenn sie Sport machen. Eine dunkle Trainingshose, ein Sport-BH und darüber ein schlabberiges T-Shirt sind dort durchaus üblich. Für ebendiese Kombination hatte auch ich mich heute entschieden.

Meistens schäme ich mich in Umkleideräumen in dem Moment am meisten, wenn ich nackt bin. Aber diesmal schämte ich mich sogar noch ein winziges bisschen mehr, als ich wieder angezogen war. Zu meiner ausgebeulten Jogginghose trug ich ein fast knielanges XXL-Shirt mit der Aufschrift «Volksbank Eifel Mitte». Verwirrt beobachte ich die Gewohnheiten der Großstädterinnen. Im Münsterland schminken wir uns vor dem Turnen ab, die Hamburgerin hingegen legt vorher noch etwas stark haftendes Spezial-Make-up auf. Die Dame neben mir sprühte sich sogar, bevor sie ihren mandarinenfarbenen Einteiler mit Hüftgürtel anzog, etwas Deo zwischen die Beine. Hilfe, wo war ich hier gelandet? Im Sport- oder im Sexclub?

Ich floh schnell Richtung Studio drei, wo mich Erdal erwartete, der zum Glück keine Bemerkung über mein Outfit machte.

«Was ist das hier eigentlich für ein Kurs?», flüsterte ich Erdal zu, als wir uns aufstellten. Er wollte leider unbedingt in die erste Reihe, um die Trainerin besser sehen zu können.

«Lass dich überraschen. Und pass gut auf. Hier bekommst du Kenntnisse vermittelt, die dein Leben bereichern können.»

«Ist heute jemand zum ersten Mal hier?», fragte die Trainerin. Ich hob schüchtern die Hand.

«Hi, ich bin Conny. Wir sind in der Choreographie schon relativ weit fortgeschritten. Halt dich einfach an mich, dann kommst du schon rein. Oder hast du vielleicht woanders schon Erfahrungen in erotischer Bewegung gesammelt?»

«Verzeihung?»

«Na, auch egal. Also los: Are you ready for the most famous strip and dance class in the world? Three, four, five, sex! Move! Your! Ass!»

Fünf Minuten später sah ich mich im Spiegel über den Boden kriechen, meinen kreisenden Hintern in die Luft gestreckt. Ich sprang auf, fuhr mit beiden Händen über meinen Busen und

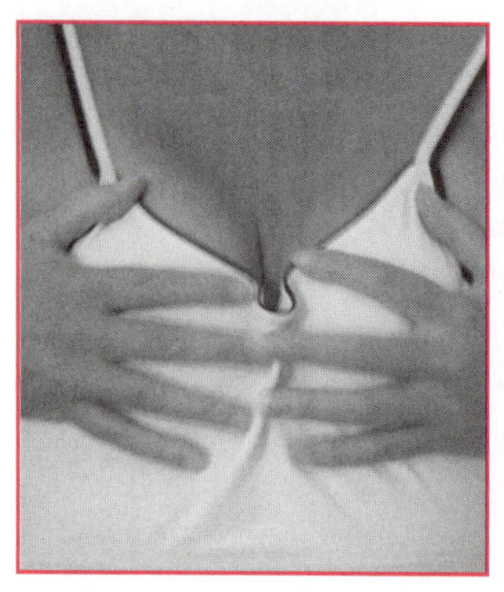

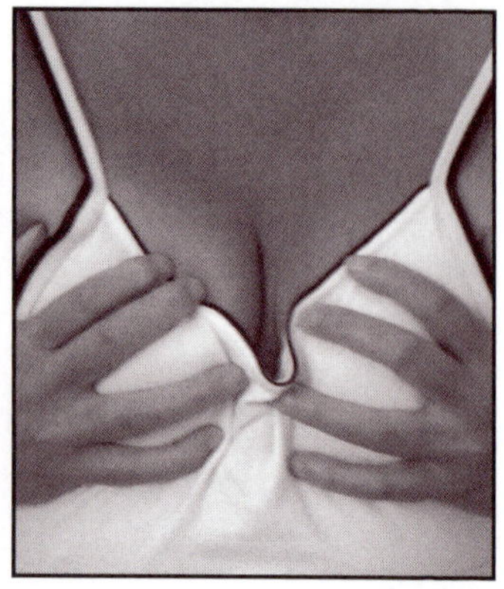

meine Hüften, gab mir einen neckischen Klaps auf den Po und schmiss dann meinen Kopf zurück, um mein nicht vorhandenes hüftlanges Haar durch die Luft zu schleudern. Und das alles inmitten einer Herde von perfekt gebauten Strip-Elfen mit weichen Bewegungen und ausgeprägtem Tanztalent.

So was weiß man ja vorher nicht, aber hier stellte sich doch sehr schnell heraus, dass ich zum Beispiel kein ausgeprägtes Tanztalent habe. Vibrieren mit den Schultern? Sah bei mir aus, als wollte ich mir eine ausgekugelte Schulter wieder einrenken. Kleine, kreisförmige Bewegungen mit dem Po? Wirkten bei mir, als wolle ich mit ausufernden Schwenkbewegungen auf einen Hubschrauberlandeplatz aufmerksam machen.

Ich bin auch einfach nicht der Typ für Choreographien. Ich kann mir Schrittfolgen nur ganz schlecht merken und habe bisher noch jede Gruppe durcheinander gebracht, die sich in vorgeschriebener Weise in eine bestimmte Richtung bewegen wollte. Meine Güte, ich habe eben ein schlechtes Kurzzeitgedächtnis, und mein Körper ist nicht für Feinarbeit geschaffen. Ich bin eine Spitzenkraft auf dem Laufband, da geht es nicht um erotische Ausstrahlung und ansonsten immer schön geradeaus.

Es war ein Desaster. Der Kurs «Strip and Dance» entwickelte sich für mich immer mehr zu einem traumatischen Erlebnis.

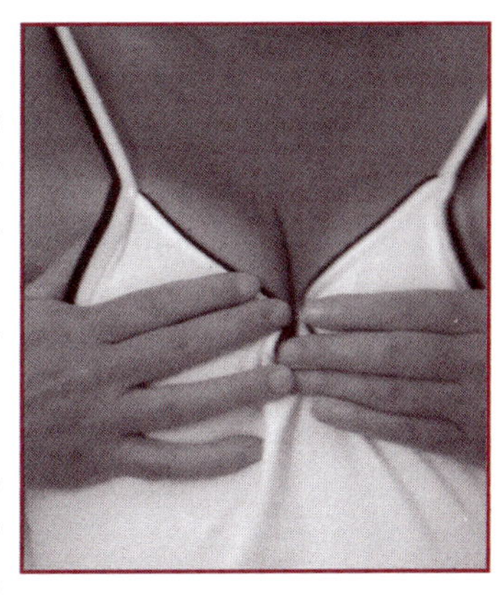

Erdal warf mir zwar von der Seite aufmunternde Blicke zu, aber auch er musste sehen, was ich sah, wenn ich in den Spiegel schaute: Ein scharlachrotes Hängebauchschweinchen trampelte mitten durch eine Ansammlung rosiger Flamingos.

Erdal selbst machte seltsamerweise gar keine schlechte Figur. Trotz seiner eher breiten Statur bewegte er sich so grazil, dass er aussah wie ein echter Go-go-Boy.

Erst jetzt bemerkte ich die Dame, die mich aus der letzten Reihe heraus freundlich anschaute und mir in regelmäßigen Abständen zunickte. Ich drehte mich sofort weg und knetete energisch meine Brüste. Nichts ist entwürdigender, als wenn sich die dickste, älteste und hässlichste Teilnehmerin bei deinem Anblick gleich besser fühlt und dir ständig solidarische Blicke zuwirft.

Mir reichte es. Zu dem Lied «Girl I want to make you sweat» verließ ich hoch erhobenen Hauptes das Studio, deutete mit großer Geste auf meine Armbanduhr und sagte laut: «Sorry, Leute, aber ich habe noch Anschlusstermine.»

Aaaah! Wie herrlich! Ich mag das. Fühlt sich an, als säße man in einem mollig warmen, riesengroßen Champagnerglas. Statt nach Hause zu gehen, um mich dort wieder ausschließlich meiner schlechten Stimmung zu widmen, habe ich beschlossen, noch einen Abstecher in den Whirlpool zu machen. Es ist sehr unterhaltsam, aus der Deckung der bubbelnden Wanne heraus nackte Leute zu betrachten und Männern auf die Geschlechtsteile zu schielen.

Ich habe festgestellt, dass ich mittlerweile die älteren Exemplare eingehender begutachte. Männer meine ich. Ich interessiere mich für Typen, die ich noch vor fünf Jahren keines Blickes gewürdigt hätte. Die, bei denen die Ellenbogen allmählich anfangen, schrumpelig und lappig zu werden. Die, die ein kleines Bäuchlein vor sich herschieben und sich im Dampfbad gerne mal aus Versehen auf deinen Schoß setzen, weil die Sehkraft langsam nachlässt und sie dich für ein fleischfarbenes Muster auf der Sitzbank halten.

Natürlich ist mir klar, dass die Zwanzigjährigen besser aussehen, und ich habe auch bereits in mehreren Frauenzeitschriften gelesen, dass der Trend zum jüngeren Mann geht, aber ich fürchte, dass ich einfach nicht so fortschrittlich bin. Ich war immer der Meinung, ein Mann, der für mich in Frage käme, muss mindestens zehn Jahre älter sein. Als ich Mitte zwanzig war, erschienen mir die Gleichaltrigen zu unreif. Ich fühlte mich geistig viel weiter entwickelt und sehnte mich nach einem erwachsenen Mann, der mir sagte, welche Partei ich bei der Bundestagswahl wählen soll, und der an einem Wein zunächst ausgiebig roch, statt ihn sich sofort und praktisch ohne zu schlucken in den Magen schüttete.

Ich fand mich zu reif für diese großen Jungs, die das Leben nicht ernst nahmen, für die Alkohol ausschließlich ein Mittel darstellte, möglichst schnell betrunken zu werden, und die immer noch probierten, ob es nicht möglich war, sich einen ganzen Big Mäc in den Mund zu stopfen.

Heute fehlen sie mir, die Jungs. Und ich war schon ewig nicht mehr bei McDonald's. Dabei habe ich manchmal richtig schlimme Sehnsucht nach einer Riesenportion Chicken McNuggets mit Barbecue-Soße, zweimal Fritten mit Mayonnaise, einem Hamburger Royal TS und einem Erdbeershake.

Aber dann schaue ich durchs Fenster hinein und sehe bei McDonald's eigentlich immer nur zwei Sorten Menschen: die jungen, denen die Hosen in den Kniekehlen hängen, und Mütter, die versuchen, ihre Kinder satt zu kriegen. Und ich gehöre nun mal zu keiner der beiden Gruppen. Und deswegen gehe ich immer vorbei, um mir dann drei Geschäfte weiter einen Multivitamin-Wrap zu kaufen, diese modischen, maßlos überschätzten, weil absolut geschmacksneutralen Teigrollen, die meist mit Putenbrust und Salat gefüllt sind und irgendwann auch satt machen – aber niemals glücklich.

Mit den Hamburgern Royal TS ist es wie mit den jungen Männern. Wenn man sich ansieht, welcher Typ Frau sich an einen Mitte Zwanzigjährigen ranmacht, dann sind das entweder die naturdünnen Achtzehnjährigen, die glauben ein Mann sei erwachsen, bloß weil er nicht mehr bei den Eltern wohnt. Oder es sind die coolen Frauen Ende dreißig, Anfang vierzig, die sich gerade von ihrem fünfzig Jahre alten Weinkenner getrennt und ihren pubertierenden Sohn für mindestens ein Jahr ins Ausland geschickt haben. Auch hier gehöre ich zu keiner der beiden Gruppen – und so bleiben mir wieder nur der fade Wrap mit Putenbrust, die Männer mit Kniestrümpfen und ersten Falten unterm Hintern.

Ich könnte ja einfach mal probehalber so tun, als hätte ich bereits eine langweilige Ehe hinter mir und dadurch das nötige Selbstbewusstsein, einem Mittzwanziger aufs Gesäß zu glotzen. Ich schaue mich vorsichtig um und sehe einen, der sich gerade auf die Eukalyptussauna zubewegt. Von hinten sieht der sehr knackig aus, breite Schultern, schmale Taille und lange Beine, mit denen er wahrscheinlich einmal die Woche Fußball spielt. Solche Jungs gehen nicht ins Fitnessstudio, um an lächerlichen Kursen wie «Strip and Dance», «Fettverbrennung» oder «Bauch, Beine, Po» teilzunehmen. Nein, solche Jungs spielen Squash und gehen danach kurz in die 95-Grad-Sauna. Alles, was weniger heiß ist, womöglich gar das Dampfbad, erschiene ihnen verweichlicht und memmenhaft. Dann springen sie ohne zu zögern in das Becken mit Eiswasser, legen sich kurz in den Whirlpool, bevor sie zum Abschluss mit ihrem Squashpartner noch ein Bier aus der Flasche trinken gehen.

Der leckere Junge verschwindet in der Sauna. Ich werde die Tür im Auge behalten, damit ich ihn auf jeden Fall auch noch von vorne betrachten kann.

Bin ich eigentlich schon alt? Ab wann ist man alt? Früher habe ich mich gewundert, wie ein Mensch über dreißig überhaupt noch Freude am Leben empfinden kann. Und dann, wenn du selbst so alt bist, findest du es auf einmal selbstverständlich, vernünftig geworden zu sein. Du gehst alle sechs Monate zur Zahnreinigung, schminkst dich jeden Abend ab und trainierst bei einer maximalen Pulsfrequenz von 125. Du machst Rückengymnastik, du bekommst einen Dekanter zum dreißigsten Geburtstag und einen Gutschein für eine regenerierende aryuvedische Mukabhyanga-Massage.

Ehe du dichs versiehst, benutzt du so Erwachsenensachen wie sich selbst bewässernde Balkonblumenkästen. Du nimmst einen hohen Sonnenschutzfaktor, und irgendwann mietest du am Strand eine dieser blauen Plastikliegen, die unter Strohschirmen stehen. Und du schaust dich um, und dir wird klar, dass nur Babys und Greise unter Strohschirmen liegen.

Das Altwerden besorgt dein Körper ganz von allein. Schwieriger ist es, wie ich finde, erwachsen zu werden. Ich fühle mich eigentlich nicht besonders erwachsen. Wie soll das auch gehen, wenn ich die Mode, die jetzt modern ist, schon mit siebzehn getragen habe und ich es bitter bereue, dass ich damals weder meine Folklorebluse aus Ungarn noch meine Sammlung Barbapapa-Radiergummis aufbewahrt habe. Wie sollst du das Gefühl haben, alt geworden zu sein, wenn im Radio die Remix-Versionen der Lieder gespielt werden, bei denen du deine erste

Party gefeiert, dich zum ersten Mal aus Trunkenheitsgründen übergeben und Minuten später deinen ersten Zungenkuss bekommen hast? Wie sollst du dich erwachsen fühlen, wenn sich beim Indoor-Cycling-Kurs auf dem Fighter-Bike neben dir ein Sechzigjähriger den Schritt wund rubbelt?

Früher haben solche Leute gemütlich in ihrem Ohrensessel gesessen, Thomas Mann gelesen und ihren Enkeln ab und zu einen Storck-Riesen zugesteckt. Heute stürzen sich grau melierte Mittvierziger bungeejumpend in die Tiefe, um das Gefühl zu haben, voll jung und voll crazy geblieben zu sein.

Eigentlich versuchen wir alle, uns möglichst lange nicht wie Erwachsene zu benehmen. Und das Jungbleiben ist ja nun wirklich ein mörderischer Stress. Bloß kein Stillstand. Nie darf alles so bleiben, wie es ist. Immer muss schnell ein Erlebnisurlaub gebucht werden, sobald Routine droht. Ich muss ehrlich sagen, ich wäre heilfroh um ein wenig mehr Routine in meinem Leben. Und wenn ich erst den Mann, den ich liebe, zurückgewonnen habe und auf unserer Dachterrasse die ersten von mir gepflanzten Margeriten blühen, dann werde ich sagen: So soll es bleiben! Für immer! Und dann werde ich mich erwachsen fühlen und glücklich sein.

Von meiner derzeitigen Lebenssituation her betrachtet, bin ich ja leider überhaupt nicht erwachsen. In einem Alter, wo andere Frauen sich nach drei Schwangerschaften die Brüste straffen lassen oder ihre zweite Firma gründen, ziehe ich zum ersten Mal in eine Wohngemeinschaft. Es ist ein Trauerspiel. Ich lebe wie eine Neunzehnjährige im Körper einer Zweiunddreißigjährigen. Besser wär's ja andersrum.

Natürlich gibt es auch einige positive Aspekte des Erwachsenwerdens. Ich trinke mittlerweile auch trockenen Wein und habe mir abgewöhnt, Süßstoff in den Champagner zu tun. Ansonsten aber habe ich mein Herz an einen Zweiundvierzigjährigen verschenkt, der mich abserviert hat, obwohl ich zehn Jahre jünger bin, von seiner Warte aus also durchaus noch jung. Da soll noch einer die Welt verstehen.

Gerade überlege ich, mich aufzuraffen und den Whirlpool zu verlassen, als sich die Tür der Eukalyptussauna öffnet. Natürlich schaue ich dem jungen Mann, wie alle anständigen Frauen, als Erstes voll aufs Geschlechtsteil. Schade, er hat sich ein Handtuch um die Hüften gewickelt. Seine Knie sind jedenfalls von makellos straffer Haut umrahmt, sein Bauch ist flach und seine Brust unbehaart. Ganz so, wie ich's gerne mag. Denn wenn ich eines nicht leiden kann, dann ist es, mich von Brust in Richtung Bauch runterzuküssen und dabei ständig Fusseln im Mund zu haben. Wirklich, einen behaarten Mann zu küssen, das ist wie eine von einem Laien selbst gedrehte Zigarette zu rauchen.

Der junge Mann hat ordentlich breite Schultern, sein Hals ist nicht zu dünn, sein Kinn ist relativ markant, und sein Gesicht ist das Gesicht von Super-Nucki.

Auweia!

Ich tauche unter bis zu den Ohren. Bitte, bitte, er darf mich nicht sehen! Nucki springt kurz ins Eiswasserbecken und kommt jetzt auf die drei nebeneinander liegenden Whirlpools zu. Nein, nimm nicht den, in dem ich sitze! Per Fernbeschwörung versuche ich, ihn in eins der beiden anderen Becken zu lotsen. Nucki schaut kurz, blinzelt etwas und steigt dann in den Whirlpool rechts von mir. Puh! Ich wende mich nach links und schaue von nun an ausschließlich in diese Richtung. Ich finde, es gibt nichts Unangenehmeres, als einem Bekannten in der Saunalandschaft zu begegnen. Besonders, wenn es ein Bekannter ist, der nackt und mit nassen Haaren nicht so doof aussieht wie ich.

Dieser verdammte Super-Nucki bleibt geschlagene zwanzig Minuten in seinem Becken hocken. Ich kann natürlich unmöglich aufstehen, während er noch da ist. Zu meinem Handtuch sind es mindestens fünf Meter; bis ich es erreiche, würde er mich bestimmt längst erkannt haben.

Mensch, wäre ich doch wenigstens mal vorher auf die Sonnenbank gegangen. Ich finde, wenn man braun ist, ist alles nur noch halb so schlimm. Auch meine Ohren fallen nicht mehr so auf, wenn sie leicht gebräunt zwischen meinen nassen Haaren hervorkommen. Aber so? Zwischen meinem angeklatschten dunklen Haar ragen sie als appetitverderbende madenweiße Knorpelgnurpel hervor. Vielleicht übertreibe ich ein wenig, aber jeder Mensch, der mit abstehenden Ohren geboren wurde, wird mich verstehen.

Besorgt beobachte ich, wie meine Haut in dem warmen Wasser langsam aufweicht. Meine Finger sehen schon so schrumpelig aus, dass ich gar nicht mehr hinschauen mag. Mist, wenn Super-Nucki nicht bald aus seinem Becken steigt, dann löse ich mich hier in meine Bestandteile auf.

Endlich, er geht! Ich warte sicherheitshalber noch ein paar Minuten, springe aus meinem Whirlpool, schlittere auf mein Handtuch zu und wickele mich so fest hinein wie eine Leiche in einen Orientteppich. Das wäre schon mal geschafft. Jetzt muss ich nur noch die zwanzig Meter bis zu den Damenumkleiden hinter mich bringen, dann bin ich in Sicherheit.

Ich senke den Blick und marschiere los. Ich habe mal in einem Interview mit Til Schweiger gelesen, dass der immer, wenn er auf keinen Fall erkannt werden will, beim Gehen auf den Boden guckt. «Du musst Blickkontakt vermeiden», hat er gesagt, «sobald die Leute dir in die Augen schauen können, trauen sie sich auch, dich anzusprechen.»

Boing!

Ich bin schon fast bei den Kabinen angelangt, als ich frontal mit jemandem zusammenstoße. Na toll, davon hat der werte

Herr Schweiger nichts erzählt, wie man Unfälle vermeidet, wenn man nicht geradeaus guckt. Ehrlich gesagt, bei meinem derzeitigen Pech hätte ich mich fast gewundert, wenn der Typ, gegen den ich gerannt bin, kein Bekannter wäre.

«Hallo, Super-Nucki!»

Ich weiß, ich weiß, genauso steht es auch in allen Büchern: Dann, wenn du nicht mehr hoffst, dann, wenn es dir langsam wieder besser geht und du an etwas ganz anderes denkst, dann geschieht das Wunder, auf das du gewartet hast. Ich starre auf mein Handy, und im ersten Moment kapiere ich gar nicht, was los ist. Was bedeutet das? Mein Traum ist wahr geworden. Welcher Traum nochmal? Der, an den ich in den vergangenen anderthalb Stunden zum ersten Mal seit Tagen nicht mehr gedacht habe. Ich muss mich hinsetzen und tief durchatmen.

Beim Nachhausekommen hatte ich mein Fenster geöffnet, und das blaue Kleid hatte sich im Durchzug bewegt, als würde es bereits ohne mich die ersten Tanzschritte für den Wolkenball üben. Ich hatte es lächelnd angeschaut und noch eine Weile das Gefühl genossen, keine Herzschmerzen zu haben. Ich wusste, es würde nicht lange dauern, bis sie zurückkehrten.

«Ach, hallo, Elli», hatte Nucki gesagt und sich die Schulter gerieben, gegen die ich, Til Schweigers Rat folgend, geradewegs gerannt war. «Bist du schon länger hier? Ich hab meine Linsen nicht drin, und dann erkenne ich die Leute immer erst, wenn ich einen Meter vor ihnen stehe.»

«Klar, ich beobachte dich schon seit einer halben Stunde», sagte ich, erleichtert über seine Sehschwäche. Jetzt fühlte ich mich irgendwie im Vorteil.

«Oh, wie unangenehm. Ich begegne, ehrlich gesagt, nur sehr ungern Bekannten in der Sauna.»

«Das geht mir genauso. Vielleicht sollten wir einfach so tun, als würden wir uns nicht kennen, und diesen Zusammenstoß vergessen.»

«Gute Idee. Lass uns sofort hier verschwinden und für alle Zeiten so tun, als sei nichts gewesen. Ich habe einen Wahnsinnshunger. Hast du Lust, noch was essen zu gehen? Gleich hier um die Ecke ist ein McDonald's.»

«McDonald's?»

«Oh, klar, verstehe, das ist nicht fein genug. Dann vielleicht in ein Sterne-Restaurant deiner Wahl?»

«Quatsch, ich liebe McDonald's!»

Ich muss meinen Royal TS angestrahlt haben wie ein Hungernder am zwölften Fastentag seine erste Möhre. Ich hatte das volle Programm geordert. Mein Tablett quoll über, und Super-Nucki verbrachte die meiste Zeit seines Essens damit, mir erstaunt bei meinem Essen zuzuschauen.

«So glücklich habe ich dich noch nie gesehen.»

«So glücklich bin ich auch schon lange nicht mehr gewesen.»

Und das stimmte. Und das, obwohl ich ungeschminkt war und meine Haare unbeaufsichtigt vor sich hin trockneten.

Na ja gut, als Martin mich gegen Ende unserer ohnehin eher kurzen Beziehung in ein ungeheuer feines italienisches Restaurant ausgeführt hatte, war ich auch sehr, sehr glücklich gewesen. Wobei, wenn ich ehrlich bin, von wohl fühlen da keine Rede gewesen sein konnte. Martin hatte für mich Trüffel-Pasta bestellt, weil es die besten in ganz Hamburg seien. Nun, dazu hatte ich mich nicht geäußert, weil ich auch lieber gar nicht zugeben wollte, dass ich noch nie was mit Trüffeln gegessen hatte und statt Pasta eigentlich den Begriff Nudeln benutzte.

Zunächst hatten die Spaghetti in meinen Augen noch völlig normal ausgesehen, und ich wollte schon erleichtert loslegen, als sich der Kellner mir mit strafendem Blick, einem Hobel und einem dunkelbraunen Trüffel in der Hand näherte. Er raspelte uns wie ein Wilder Scheibchen von der unansehnlichen Kackknolle auf den Teller, weil Martin vorher noch «ruhig reichlich» gesagt hatte. Ich hatte gleich so ein dummes Gefühl bei der Sache, und Martin gab sich auch gar keine Mühe, seine Missachtung zu verbergen, als ich mich nach dem ersten Bissen daranmachte, die für meinen Geschmack ungenießbaren Trüffelscheibchen wieder rauszuklauben und am Tellerrand zu deponieren.

Ich hab's halt einfach nicht so mit der feinen Küche. Von Hummer habe ich mal einen Eiweißschock bekommen. Den Hummer hatte es auf der Hochzeit meines Cousins Walter gegeben, und ich fand, mit ordentlich Mayonnaise drauf war er auch genießbar. Muscheln, Langusten, Kaviar, das alles schmeckt mir viel zu sehr nach Meer. Und das finde ich fies. Ich meine, bei einem Rinderfilet schmeckt man doch auch nicht den Kuhstall raus. Was ich dafür gerne mag, ist eine leckere Blutwurst mit Kartoffelbrei und Zwiebelringen. Aber das soll ja auch nicht jedermanns Sache sein.

Martin hatte dann irgendwann beschlossen, ich glaube, nachdem ich vor Nervosität mein Weinglas umgestoßen hatte, die Angelegenheit von ihren pädagogischen Möglichkeiten her zu betrachten. Hier konnte er jemandem so richtig was beibringen, und er erklärte mir, dass man seine Zunge an die exquisiten Geschmacksnoten nach und nach gewöhnen könne. «Die Haute Cuisine muss man sich erarbeiten», hatte er gesagt. Und ich hatte genickt und gedacht: «Warum sich zu etwas zwingen, was man nicht mag und was tausendmal teurer ist als das, was man mag?»

«Ich hasse Fischmäc, du auch?», fragte mich Super-Nucki, und ich nickte. Fisch, Salat, Obst, alles was bei McDonald's auch nur im entferntesten an gesunde Kost erinnert, ist das Letzte, da waren wir uns einig. Ich erzählte ihm auch gleich noch von meiner Abneigung gegen schwarze Oliven, und dann fragte ich Super-Nucki, warum er eigentlich Super-Nucki heißt, und er sagte, dass hätte ihm sein Vetter Norbert eingebrockt, der einen Klumpfuß hat und deshalb früher beim Fußballspielen immer die Rolle des Kommentators übernommen hatte. Und so sei irgendwann aus dem Mittelstürmer Nick Supinski der Super-Nucki geworden. Darüber sei er nicht glücklich, und es habe auch mal eine Phase gegeben, wo er allen seinen Freunden verboten habe, ihn so zu nennen.

«Aber das hat überhaupt nichts genützt. Wenn sich so ein Name einmal eingeschliffen hat, wirst du den nie wieder los.»

Ich nickte mitfühlend und war heilfroh, dass in Hamburg niemand wusste, dass ein beachtlicher Teil meines Freundeskreises in Hiltrup mich immer noch «Henkelchen» nennt. Warum, das erklärt sich wohl von selbst.

Wir sprachen über Filme und über Musik, und ich konnte, glaube ich, ein bisschen Eindruck schinden, weil ich die «Rambo»-Trilogie mit Sylvester Stallone außerordentlich schätze und die erste Platte, die ich mir mit dreizehn Jahren gekauft hatte, «Highway to Hell» von AC/DC war. Während meiner Pubertät hatte dann sehr zu meinem Erstaunen nicht nur mein Körper, sondern auch mein Musikgeschmack weibliche Formen angenommen. Bis heute, ich war fatalistisch genug, um es Super-Nucki zu gestehen, stammt mein absolutes Lieblingslied von Nena:

«Ich geh mit dir, wohin du willst
Auch bis ans Ende dieser Welt
Am Meer, am Strand, wo Sonne scheint
Will ich mit dir alleine sein.

Denn so wie es ist und so wie du bist
Bin ich immer wieder für dich da
Ich lass dich nie mehr alleine
Das ist dir hoffentlich klar»

Ich sang es ihm einmal komplett vor, hatte aber nicht den Eindruck, damit Super-Nuckis Geschmack hundertprozentig getroffen zu haben. War mir aber auch egal.

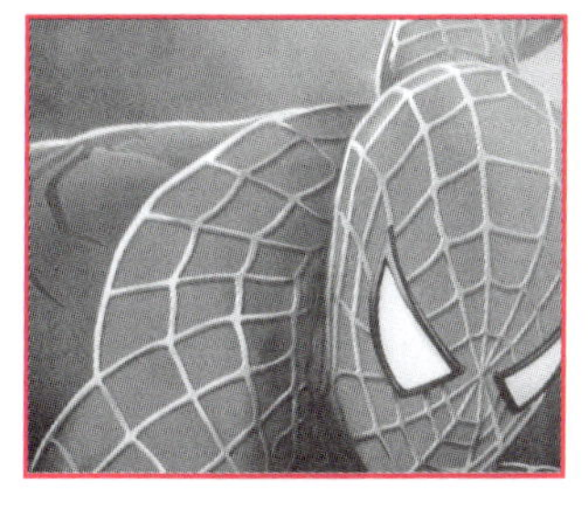

Um kurz vor neun verabschiedeten wir uns, weil Super-Nuckis Schicht in der Videothek anfing. Das tat mir ein bisschen Leid, weil ich überhaupt keine Lust hatte, jetzt heimzugehen und in meinem Zimmer all den Problemen wieder zu begegnen, die ich so erfolgreich verdrängt hatte.

Super-Nucki schien, trotz seiner Jugend, ein recht gutes Gespür für die Stimmungen anderer Leute zu besitzen:

«Magst du ‹Spider-Man›?»

«Machst du Witze? Ich habe den ersten Teil ungefähr zehnmal gesehen.»

«Vielleicht hast du Lust, das hier heute Abend anzuschauen? Ist eine DVD, die jemand bei einer Testvorführung in Amerika heimlich aufgenommen hat.»

Feierlich übergab er mir «Spider-Man 2». Und mit einem Mal konnte ich gar nicht schnell genug zurück in die Wohnung kommen.

Ich öffnete die Fenster, weil es doch immer noch ziemlich unangenehm nach verbranntem Pullover roch, legte die DVD ein und checkte ohne große Erwartungen mein Handy. Vielleicht hatte Erdal mir geschrieben, wann er nach Hause kommen würde. Ich hatte ein kleines schlechtes Gewissen, weil ich ihn im «Strip and Dance»-Kurs einfach hatte stehen lassen. Keine SMS von Erdal.

Aber eine von AMORE MOBIL!

«**Hi, Elli! War ein paar Tage auf Geschäftsreise. Du gehst mir nicht aus dem Kopf. Wollen wir uns sehen? Elbspaziergang am Dienstag? Könnte dich um halb sechs im Reisebüro abholen. Martin.**»

«Sex-Geheimnisse für den ultimativen Lust-Trip»

«Bist du eigentlich gut im Bett?»

«Wie bitte? Was ist denn das für eine Frage?»

«Ist doch ganz klar und einfach formuliert: Bist du gut im Bett?»

«Selbstverständlich bin ich gut im Bett.»

«Und woher willst du das so genau wissen?»

«Na ja, weil … Sag mal, was geht dich das denn überhaupt an?»

«Ich möchte einfach nur, dass du perfekt auf dein Treffen mit Martin vorbereitet bist. Und sollte es zum Äußersten kommen, womit wir ja alle rechnen, wäre es sicher klug, ihn mit einer raffinierten sexuellen Technik zu überraschen. Du darfst nicht unterschätzen, wie leicht man Männer durch überdurchschnittlichen Sex an sich fesseln kann. Und da unser guter Martin mit seiner Astrid ja wohl schon Jahre zusammen ist und sich im Bett garantiert mit ihr langweilt, solltest du genau in diese Bresche springen.»

«Ach, tatsächlich? Und was stellt sich Herr Erdal Küppers da so vor? Lacklederstiefel und Peitsche? Oder doch lieber das Dienstmädchenkostüm?»

«Mach dich nur lustig. Was ich meine, sind die feinen erotischen Nuancen. Die Gewürze der körperlichen Liebe sozusagen, die den Unterschied ausmachen zwischen einem Kantinenessen und einem Gourmet-Menü. Aber bitte schön, wenn Fräulein Dückers der Meinung ist, schon zu den Spitzenköchen zu gehören, ich will meinen Rat ja nicht aufdrängen. Aber eines will ich doch noch sagen: Ich glaube nicht, dass eine Frau, die wirklich spitze im Bett ist, jemals verlassen wurde. Und schon gar nicht wegen einer langjährigen Verlobten mit dem Kosenamen Stumpi. Aber du wirst schon wissen, was du tust.»

«Du bist echt fies.»

«Manche Leute muss man eben zu ihrem Glück zwingen.»

«Na gut, also, was muss ich tun?»

Erdal machte ein gewichtiges Gesicht.

«So einfach ist das natürlich nicht, aber du kannst von Glück sagen, dass ich in dieser Sache schon einiges an Vorarbeit geleistet habe.»

Erdal schichtete einen imposanten Stapel Bücher auf den Küchentisch. Es war Samstagmittag, und wir hatten uns zu einem gemeinsamen Fastenmahl zusammengefunden. Durch Martins SMS war meine Motivation, innerhalb kürzester Zeit möglichst viel abzunehmen, natürlich ins Unermessliche gestiegen. Ich hatte praktisch gleich nachdem ich gestern Abend seine SMS gelesen hatte, das Essen eingestellt. Ich war auch viel zu aufgeregt und zu beschäftigt gewesen, um an die Aufnahme von Nahrung überhaupt denken zu können.

Zunächst hatte ich Petra eine Mail mit Martins SMS nach Indien geschickt mit der Bitte um schnellstmögliche Stellungnahme. Dann hatte ich Erdal angerufen, der mit der «Strip and Dance»-Lehrerin noch bei einem Weinchen saß. Als er hörte, was geschehen war, versprach er innerhalb der nächsten halben Stunde zu Hause zu sein, um das weitere Vorgehen zu besprechen. Tina anzurufen, traute ich mich nicht, weil die sicherlich mit der Klärung ihrer eigenen Probleme beschäftigt war. Und so versuchte ich mich zunächst alleine daran, Martins SMS zu interpretieren und das Maximum in die wenigen Zeilen hineinzudeuten.

«Hi, Elli!» Das klang zunächst natürlich recht emotionslos. Aber es konnte auch gut sein, dass er diese distanzierte Anrede extra gewählt hatte, um möglichst cool zu wirken und mir dadurch zu imponieren. Eine durchaus einleuchtende Erklärung, wie ich fand. Den Satz «Du gehst mir nicht aus dem Kopf» konnte ich gar nicht oft genug lesen. Daran gab es nun wirklich nichts herumzudeuteln: Offenbar hatte ich Martin bei unserem Treffen im «Indochine» schwer beeindruckt. Er hatte gemerkt, wie viel ich ihm bedeute, und war nun bereit, alles zu tun, um mich zurückzugewinnen. Er würde mich im Büro zum Spazierengehen abholen! Ich meine, das war doch schon fast so viel wert wie ein Heiratsantrag. Okay, einfach nur ein «Martin» als Verabschiedung, das klang womöglich ein kleines bisschen nüchtern. Aber ich denke, dass er an dieser Stelle einfach noch nicht zu weit gehen und sich nicht allzu verletzbar machen wollte.

Selbstverständlich hatte ich noch nicht geantwortet.

Martins SMS war um 17.12 Uhr eingegangen, also in etwa als ich beschlossen hatte, meine Stripeinlage zu beenden. Ich wollte mich zunächst mit Erdal besprechen, Petras abschließendes Urteil abwarten und dann in keinem Fall vor morgen Mittag antworten. So würde er den Eindruck gewinnen, dass ich am Freitagabend nicht zu Hause hockte, um auf eingehende Kurznachrichten von Martin Gülpen zu warten.

Ich fühlte mich mächtig, begehrt, erotisch, total Herrin der Situation. Und wahnsinnig glücklich. Um diesen besonderen Anlass würdig zu begehen, öffnete ich eine Flasche Prosecco und stieß mehrfach mit mir selbst an. Auf einmal verstand ich nicht mehr, wie ich jemals annehmen konnte, die Sache mit Martin sei endgültig vorbei. Und vor allem verstand ich nicht mehr, wie ich diese Tage ohne Hoffnung überhaupt hatte überleben können.

Petras Mail war dann nicht ganz so enthusiastisch formuliert, wie ich erwartet hatte. Dieser Aufenthalt in Goa verleitete sie anscheinend dazu, ständig das zu sagen, was sie denkt, ohne Rücksicht auf Verluste.

«Liebe Elli! Das freut mich für dich, ehrlich! Aber trotzdem würde ich mir an deiner Stelle nicht allzu große Hoffnungen machen. Ich finde, Martins Nachricht klingt ziemlich reserviert und auch ein bisschen überheblich. Dass er dir gleich schon Tag, Uhrzeit und Ort nennt, finde ich komisch. Glaubt der, du hättest immer für ihn Zeit? (Womit er ja leider auch noch richtig liegt.) Der Satz ‹Du gehst mir nicht aus dem Kopf› klingt auch nicht gerade so, als würde er von Herzen kommen. Aber vielleicht täusche ich mich. Ich wünsch dir viel Glück. Ach ja, und noch was: Du solltest seine Nachricht nicht sofort beantworten. Lass ihn ruhig bis morgen Mittag warten. Sei umarmt! Petra.»

Meine Stimmung verfinsterte sich schlagartig. Aber zum Glück kam Erdal nach ein paar Minuten hereingestürmt und ließ sich Martins SMS und Petras Mail zeigen.

«Lass dich nicht verunsichern, Elli, vielleicht hat deine Freundin Recht, und du bist drauf und dran, dich von Martin ein zweites Mal verletzen zu lassen. Das Gute aber ist doch, dass Martin sich überhaupt gemeldet hat. Das Spiel geht weiter, und du hast wieder alle Chancen. Also weg mit den trüben Gedanken. Lass uns lieber überlegen, welche Schuhe du am Dienstag trägst, denn es ist eine große Herausforderung für eine Frau, bei einem Elbspaziergang attraktiv auszusehen und dennoch in der Lage zu sein zu gehen.»

Ich zähle beim Kauen bis zwanzig und starre deprimiert auf den Stapel trockene Brötchenscheiben auf meinem Teller und den

Stapel Bücher, den Erdal mir zum Durcharbeiten dagelassen hat. «Das Wichtigste habe ich unterstrichen», hatte er gesagt, bevor er sich zum Walking mit Maurice verabschiedete. Joggen belaste seine hochempfindlichen Kniegelenke zu sehr, hatte Erdal herausgefunden. Seither schlich er einmal die Woche im Schneckentempo um die Alster und legte meist auf halber Strecke noch eine halbstündige Rast in einem Café ein. Heute wollte er es besonders vorsichtig angehen lassen, weil er sich durch die Milch-Semmel-Fastenkur, die wir heute Morgen begonnen hatten, zusätzlich geschwächt fühlte.

«Du darfst nicht vergessen», hatte er beim Frühstück gesagt, «ganz viel zu trinken und den Speisebrei mit Milch runterzuschlucken. Nur so kann es gelingen, die Schlacke aus deinen Darmwindungen herauszuspülen. Du musst dir deinen Körper vorstellen wie ein uraltes Klo, das endlich mal so richtig durchgeputzt wird. Kannst dir ja denken, was da so alles zum Vorschein kommen kann. Also ich sach mal: Tschöchen und Kampf dem Kot!»

Mir wurde ganz schwummerig bei der Vorstellung, ich sei eine Toilette. Andererseits musste ich bei WC natürlich auch sofort an Martin und unsere Verabredung denken. Ich hatte zwei Tage Zeit, um entschlackt und eine Kanone im Bett zu werden. Ich greife mir das oberste Buch und vertiefe mich ganz in die Lektüre.

Ich muss sagen, dass ich mich selbst nie als besonders prüde empfunden habe. Ich rede eigentlich sogar recht gerne über Sex, vermeide dabei jedoch immer, die Dinge beim Namen zu nennen. Ich benutze gerne so unverfängliche Wendungen wie «Ist er, körpermittig betrachtet, gut gebaut?» oder «Ist es im Verlauf des Abends zum Äußersten gekommen?».

In diesen Büchern hier wird allerdings kein Blatt vor den Mund genommen, und ich habe das Gefühl, schon beim Durchblättern klatschmohnrot zu werden. Mit Erdals Unterstreichungen kann ich naturgemäß nicht allzu viel anfangen. Das bemerke ich schnell, als ich «Das Buch vom Sex» aufschlage und auf folgende rot markierte Stelle stoße: «Wie der Penis exakt vermessen wird». Es folgt eine genaue Anleitung, die mit Punkt fünf abschließt: «Säubern Sie das Lineal.»

Ich frage mich wirklich, ob es Erdal nicht mörderisch peinlich war, diese ganzen Bücher zu kaufen. Ich würde mich in Grund und Boden schämen, wenn mir die Verkäuferin an der Kasse eine blickdichte Tüte und den Kassenbeleg reichen würde mit den Worten: «Längere Buchtitel wie ‹Sex-Geheimnisse für den ultimativen Lust-Trip› werden aber nicht komplett ausgedruckt.»

Wobei – so wie ich Erdal kenne, hat er wahrscheinlich alle vorhandenen Verkäuferinnen in seine Entscheidungsfindung mit einbezogen, lebhaft mit ihnen die Vor- und Nachteile des Werkes «Die perfekte Liebhaberin» diskutiert und jede einzelne befragt, ob sie denn nach der Lektüre tatsächlich in der Lage

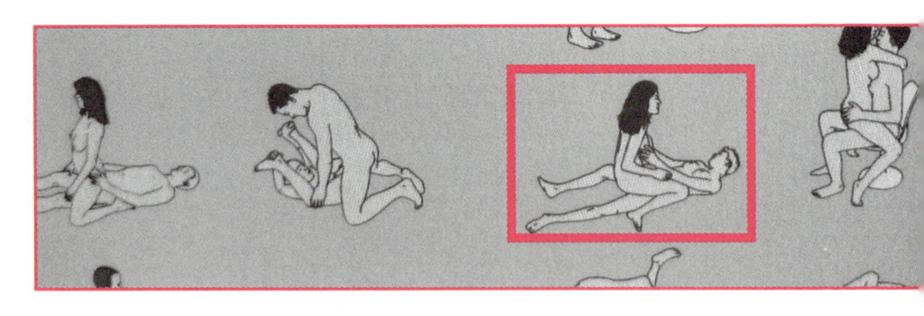

war, den «Penis-Samba» korrekt auszuführen, virtuos «auf dem Vorhautbändchen zu klimpern» und zusätzlich noch «eine halbe Pirouette am Schaft» zu drehen.

Erdal ist, was alles Sexuelle angeht, beschämend schamlos und hat mir schon manches Mal bereits beim Frühstück Unterhaltungen aufgenötigt, die ich sonst nicht einmal in volltrun-

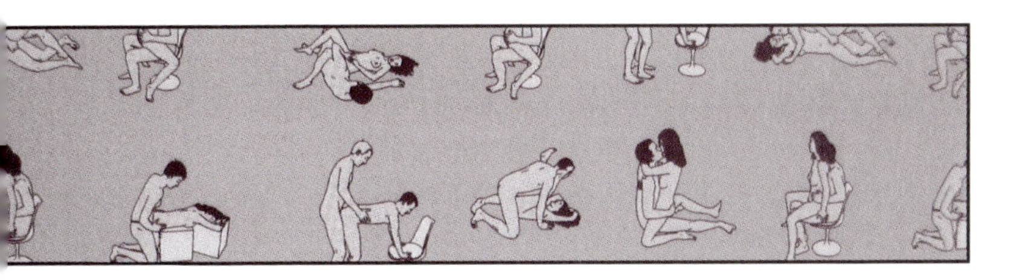

kenem Zustand führen würde. Ich weiß noch gut, wie er mir ungefragt auf leeren Magen von seinem ersten und einzigen Sexualkontakt mit einer Frau erzählt hat:

«Du, Elli, ich sag dir, das war, als würde man versuchen, Büffelmozzarella in ein Schlüsselloch zu stopfen.»

Dann hatte er mir noch seine Meinung über Hoden kundgetan, die nämlich beim Liebesspiel gerne mal vernachlässigt und behandelt würden wie Cousins vom Land, die überraschend zu Besuch gekommen sind.

Und ein ganz, ganz wichtiges Thema für Erdal, das er auch oft beim Essen anschneidet, ist natürlich die Intimrasur. Eigentlich immer, wenn ihm langweilig ist, rasiert Erdal an sich herum. Gerne auch mal die Arme, den Bauch, die Zehen. Als Halbtürke ist er ja recht üppig behaart, sodass es an irgendeiner Stelle seines Körpers eigentlich immer was zu tun gibt. Letzte Woche, das weiß ich noch, da war ihm irgendwann so derartig langweilig gewesen, dass er sich komplett rasiert hatte. Alles weg, ratzeputz, von oben bis unten. Abgesehen von seinen Kopfhaaren, die ihm heilig sind und die er hingebungsvoll mit täglichen Spülungen und wöchentlichen Packungen pflegt.

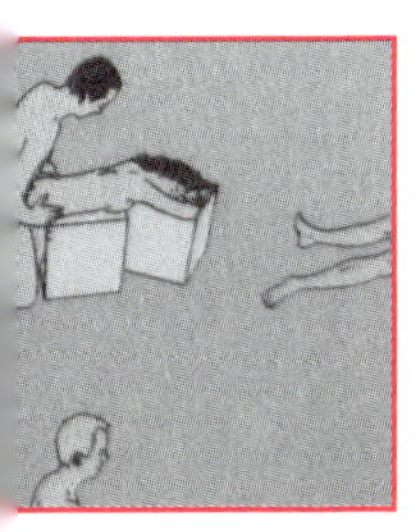

Und was hatte ihm die Aktion gebracht? Die nachwachsenden Haare zwickten ihn derartig, dass er mir beim Frühstück ruckelnd gegenübersaß und mit seinem Gesäß über den Stuhl schubberte wie ein Hund mit Hämorrhoiden. Das war fies und hatte selbst mir den Appetit verdorben.

Ich muss zugeben, dass mich die Lektüre der Sexratgeber doch einigermaßen verunsichert. Bisher hatte ich naiverweise angenommen, keine Probleme in diesem Bereich zu haben. Nun aber fange ich doch an, mich zu schämen, dass ich noch nie einen Brustorgasmus hatte, und ich frage mich, ob ich die Einzige bin, die noch nicht mal was gehört hat von einem Muttermund-, geschweige denn von einem Harnröhrenorgasmus. Auch bin ich bisher noch gar nicht auf die Idee gekommen, mich beim Sex als Bauarbeiterin zu verkleiden und einen Schutzhelm zu tragen, um die Phantasie des Liebespartners anzuheizen. Das mag aber auch daran liegen, dass ich einfach kein Hutgesicht habe.

Nee, also echt, ich gewinne hier immer mehr den Eindruck, dass alle Menschen, außer mir natürlich, nicht nur sehr oft, sondern auch noch ständig total außergewöhnlichen Sex haben. Das ist bedrückend. Wobei ich anmerken will, dass mehr als die Hälfte der abgebildeten Stellungen mit einer auch nur halbwegs normalgewichtigen Frau überhaupt gar nicht zu praktizieren sind. Ich könnte mir gut vorstellen, dass etliche dieser Ratgeber-Bücher verantwortlich sind für Minderwertigkeitskomplexe und unschöne Unfälle im Beischlafzimmer.

Also, jetzt mal aufrichtig gesprochen, Sex im Stehen ist doch nicht wirklich praktikabel, wenn du als Frau mehr als sieben Kilo wiegst. Und beim lustigen Treiben auf dem Teppich oder dem Küchentisch entstehen immer blaue Flecken oder Schürfwunden. Und über den Akt in der Badewanne muss an dieser Stelle auch ein offenes Wort erlaubt sein: In marktübliche Wannen passt man zu zweit sehr schlecht rein, irgendwas hängt immer raus, und noch dazu spült der Badeschaum sämtliche dem reibungslosen Geschlechtsverkehr dienlichen Körperflüssigkeiten fort.

Den einzigen wirklich nützlichen Hinweis finde ich im «Sex-Guide für freche Frauen» auf Seite vier: «Wenn er Ihnen zahlreiche Küsse über das ganze Gesicht haucht, sollten Sie dabei die Augen schließen, denn sonst sieht er aus wie eine Riesenschabe, die über eine Kameralinse kriecht.»

Ich beende meinen Ausflug in die Welt der Haute Cuisine der körperlichen Liebe abrupt, als mir im Buch «Sex-Tipps für ausgeschlafene Mädchen» folgender Rat ins Auge fällt, im Übrigen von Erdal dick unterstrichen: «Sie sollten mal panierte Zwiebelringe braten und über den erigierten Penis ihres Liebhabers werfen.» Und wenn du fünfmal triffst, gewinnst du einen

Plüschbären? Meine Schamgrenze ist an dieser Stelle längst weit überschritten, und ich frage mich, wie ich Erdal demnächst beim Zwiebelschneiden unbefangen gegenübertreten soll, jetzt, wo ich diesen ständigen, quälenden Grundverdacht hege? Ja, selbst Bagels, Tintenfischringe und dänische Mürbeteigplätzchen in Kringelform haben in diesem Moment in meinen Augen für immer ihre Unschuld verloren.

Ich beschließe, Martin weder mit einem Bauarbeiterkostüm noch mit anrüchigen Lebensmitteln zu behelligen. Ich fand unser Liebesleben eigentlich immer ausreichend erfüllt. Wir haben es sogar einmal spontan auf dem Sofa getan! Zugegeben, wir sind nach zehn Minuten dann doch ins Bett umgezogen, trotzdem, ich finde, das muss reichen.

Ich blättere in meinem Tagebuch. Besonders voll ist es ja nicht geworden in der kurzen Zeit. Ich hatte schon befürchtet, unsere Geschichte sei zu Ende, aber jetzt, wer weiß? Vielleicht kann ich am Dienstag ein neues Kapitel beginnen?

Ich lese ein bisschen herum. 25. April. Mensch, das scheint mir ewig her, fast wie in einem anderen Leben. Am 25. April war noch alles in Ordnung, zumindest glaubte ich, es sei alles in Ordnung. Wie hätte ich ahnen können, dass sich eine Frau Arschtritt Crüll da bereits wunderte, warum sie von ihrem Verlobten schon so lange nichts mehr gehört hatte und sich fünf Tage später aufmachen würde, mein Leben zu zerstören?

25. APRIL

Zeit, Wetterlage, Sonstiges:
Samstagnachmittag. Es regnet schon seit Stunden, und ich habe keine Ahnung, ob es draußen warm oder kalt ist, weil ich noch im Schlafanzug bin.
Stimmung: Lust auf Kuchen, aber glücklicherweise zu faul, das Haus zu verlassen. Aufgeregt und ein bisschen ängstlich, liegt am Date heute Abend mit Martin bei seinem Lieblingsitaliener. «Wir werden Trüffel essen!», hatte Martin glücklich am Telefon gesagt. Ich darauf: «Au fein!» Habe aber keine Ahnung, ob mir Nudeln mit Trüffeln schmecken. Ich dachte immer, das seien Pralinen.
Weitere Aussichten: Bin schon auf Seite drei von «Also sprach Zarathustra» und will bis heute Abend noch mindestens zehn Seiten schaffen, zwecks Allgemeinbildung. «Der Mann ohne Eigenschaften» habe ich in der Bücherei immerhin schon mal bestellt. Hat zweitausendeinhundertundsechzig Seiten. Auweia, das ist ja mehr als der dickste Harry Potter!

Ich kenne Martin erst seit neun Tagen. Und ich frage mich schon, wie ich es die ersten zweiunddreißig Jahre meines Lebens ohne ihn aushalten konnte. Wie gut, dass ich nicht wusste, was ich nicht hatte. Es wäre nicht auszuhalten gewesen. Es ist wie mit Vollmilchschokolade: Solange du nicht weißt, wie sie schmeckt, weißt du auch nicht, was dir fehlt. Du lebst so vor dich hin und glaubst, du seist zufrieden, aber wehe, wenn du dein erstes Stückchen gekostet hast. Dann ist alles andere automatisch eine Enttäuschung. Jeder, der mal unglaubliche Lust auf Schokolade hatte und dem dann eine Tafel Zartbitter gereicht wurde, weiß, wovon ich spreche.

Ich hatte mich bisher mit Zartbitter zufrieden gegeben und gedacht, das sei das höchste der Gefühle. Und jetzt, aus heiterem Himmel, hatte ich die Bekanntschaft mit zart schmelzender Sahne-Alpenmilch gemacht. Was für ein Unterschied, da werden Geschmacksnerven wach, von denen du nicht mal wusstest, dass du sie hast.
Und ich habe nicht geahnt, wie verliebt ich sein kann. Durch meinen Vollmilch-Mann bin ich auf unentdeckte Liebesressourcen gestoßen, so wie J. R. Ewing auf immense Ölvorkommen unter einem brachliegenden, unscheinbaren Stück Texas. Ich bin bestimmt der glücklichste Mensch der Welt. Und auch Erdal hat gesagt, dass ich von innen heraus strahle und dass verliebte Frauen sich im Grunde die belebende, regenerierende, feuchtigkeitspendende wöchentliche Gesichtsmaske sparen können. Er selbst ist zurzeit übrigens auch verliebt, in einen Typen namens Karsten, laut Erdal natürlich einer der schönsten Männer, die auf diesem Erdball herumspazieren.
Bei Erdal macht sich das Verliebtsein dadurch bemerkbar, dass er nicht ganz so viel über seine Wehwehchen spricht wie sonst. Das ist recht entspannend, denn wenn Erdal über Schmerzen klagt, muss man wachsam und therapeutisch reagieren. Man sollte ihn tunlichst nicht auslachen und einen durchgedrehten Hypochonder nennen. Dann wird er erst wütend, dann traurig, und schließlich hält er sich für so schlimm geisteskrank, dass er erwägt, sich einen Vormund zu erwählen und für immer in ein Sanatorium einweisen zu lassen. «Um die Menschheit nicht länger zu belasten und zu gefährden», wie er einmal mit brechender Stimme zu mir sagte.
Genauso schlimm ist es aber, Erdals Beschwerden zu ernst zu nehmen. Ich beging in den ersten Tagen unserer Wohngemeinschaft den Fehler, ihm von meiner Oma zu erzählen. Erdal hatte beim Frühstück über ein Ziehen im Unterbauch geklagt, und

da hatte ich beiläufig erwähnt, dass sich bei meiner Omi so ein harmloses Ziehen als üble Darmverschlingung entpuppt hatte, die in einer Notoperation entwirrt werden musste. Konnte ich ahnen, dass Erdal daraufhin sämtliche Termine des Tages absagen würde, um sich viereinhalb Stunden mit stetig stärker werdenden Bauchkrämpfen ins Wartezimmer des Hamburger Innereienspezialisten Dr. Naumann zu setzen?

In den schillerndsten Farben erzählte Erdal mir am Abend von seinen unsäglichen Schmerzen und Ängsten, von den Halbtoten, mit denen er zusammen warten musste, und von der Frau, die neben ihm saß mit Darmblubbern, so laut, dass Erdal sich vorkam, als würde er in einem Whirlpool sitzen.

Mit seiner Diagnose rückte Erdal aber nur unwillig raus. Nachdem Blutgase, Ultraschall und Tastuntersuchungen ausgewertet worden waren, bat der Spezialist Erdal schließlich wieder in sein Sprechzimmer und schaute so betroffen drein, dass Erdal sich auf das Schlimmste gefasst machte.

«Elli, um nicht viele Worte zu machen: Ich habe dem Tod ins Auge geblickt!», wollte Erdal seine Erzählung dramatisch beenden.

«Aber was hast du denn nun?»

«Wollen wir uns vielleicht ein paar Nudeln kochen?»

«Erdal, bitte, jetzt sag schon, was ist es denn?»

Erdal druckste noch eine Weile herum, um schließlich zuzugeben, dass Dr. Naumann ihn irgendwann gefragt hatte, was er am Abend zuvor zu sich genommen habe, und schließlich die um kurz nach Mitternacht hastig verzehrte Tüte Cheese & Onion Chips für Erdals Beschwerden verantwortlich machte: «Herr Küppers, Sie haben ein paar verklemmte Winde im Darm oder, um es ganz klar zu sagen: Ihnen sitzt ein Furz quer.»

Erdal fand die Diagnose renitenter Pups überhaupt nicht komisch und wandelte sie in kürzester Zeit so um, dass er schon nach wenigen Tagen seinen Freunden in meinem Beisein von einer

besonders ausgeprägten Lebensmittelunverträglichkeit zu berichten wusste, die ihn beinahe dahingerafft hätte.
Aber jetzt, im frisch verliebten Zustand, geht es Erdal besser denn je, und beim Frühstück unterhalten wir uns endlich nicht mehr über Gesundheitsprobleme, sondern zum Beispiel darüber, wie schön Hamburg eigentlich auch bei schlechtem Wetter ist.
Woran ich merke, dass ich über alle Maßen verliebt bin? Mich stört nichts. Und sonst stört mich eigentlich immer was. Es hat noch keinen Mann gegeben, bei dem ich nicht von Anfang an gewusst hätte, was mich irgendwann später einmal zur Raserei bringen würde. Zu Anfang findest du es vielleicht noch niedlich, dass er sein Auto mehr liebt als sein Leben. Aber im Grunde deines Herzens weißt du, dass du ihn in ein paar Jahren dafür verachten wirst, dass er die Batterie seines hoch empfindlichen Polos in besonders kalten Winternächten ausbaut und in eurem Kleiderschrank lagert, liebevoll eingewickelt in deine hoch empfindliche Tagesdecke.
O ja, ich weiß, wovon ich spreche. Gregor war auch so ein Autonarr, und im Grunde genommen hätte ich schon vor unserem ersten Date die Reißleine ziehen müssen. Gregor hatte sich gerade ein neues Auto zugelegt, keine Ahnung, was für eines, aber jedenfalls hatte es Ledersitze, und er kam sich mächtig schnieke darin vor. Er holte mich ab, öffnete mir galant die Beifahrertür und starrte dabei unentwegt auf meine Beine. Was verständlich war, denn ich konnte es mir damals noch leisten, kurze Röcke zu tragen.
Er glotzte also ohne Unterlass, und ich fühlte mich so lange geschmeichelt, bis er mich fragte, ob ich mir womöglich gerade eben erst die Beine eingecremt hätte. Wenn ja, dann könne das nämlich zu hässlichen Verfärbungen seiner Ledersitze führen, und er würde mir dann lieber ein Handtuch unterlegen.
Natürlich hatte ich mir die Beine eingecremt, nicht nur das, ich

hatte sie sogar eingeölt, weil ich gelesen hatte, dass das der Haut einen feuchten, sinnlichen Schimmer verleihen würde. Und man weiß ja, dass jede Andeutung von feuchtem Schimmer Männer zu willenlosen Wesen macht. Lipgloss und Wetgel sind zum Beispiel nur zu diesem Zwecke erfunden worden.
So bretterte ich also mit Gregor durchs Münsterland, feucht schimmernd und mit einem Handtuch unterm Po wie eine Inkontinenzpatientin, die ihre Windeln zu Hause liegen gelassen hat. Petra und ich haben später in langen Gesprächen analysiert, dass das tatsächlich der Punkt war, an dem ich die Beziehung mit Gregor getrost hätte beenden können.
Aber bei Martin gibt es nichts, von dem ich jetzt schon sagen könnte, dass ich es irgendwann nicht mehr ertragen werde. Es ist nicht so, als würde ich Martins Makel und Fehler nicht wahrnehmen, aber sie machen mir einfach nichts aus. Zum Beispiel bin ich eigentlich kein Fan von Leberflecken, schon gar nicht auf heller Haut. Und Martin, das muss man objektiv so sagen, hat ein paar flächige, gleichzeitig leicht hubbelige Exemplare auf Unterarmen und Oberschenkeln, die sehen wirklich aus, als hätte er sich mit Pflaumenkompott bekleckert. Ist mir aber völlig egal.
Es gibt noch etwas, worin Martin nicht unbedingt eine Spitzenkraft ist: das Telefonieren. Doch wenn ich ihm das übel nehmen wollte, müsste ich in Zukunft von jedem männlichen Exemplar Mensch die Finger lassen. Ein Großteil von ihnen mutiert mit einem Telefonhörer in der Hand zum Einsilber. Ist es nicht erstaunlich, dass ausgerechnet ein Medium, das der reibungslosen Kommunikation dienen soll, Männer zum Schweigen bringt?
Ja, selbst wenn sie es sind, die einen anrufen, heißt das nicht unbedingt, dass sie auch mit einem sprechen wollen. Sobald es um mehr geht als die Übermittlung von Fakten, werden sie wortkarg und provozieren so unangenehme Schweigezeiten, die am Telefon ja auch nur schwer durch Händchenhalten, freundliches

Lächeln oder vielsagenden Blickkontakt überbrückt werden können. Gespräche mit Martin laufen eigentlich meist nach folgendem Schema ab:
Dingel, Dingel, mein Handydisplay zeigt *ANRUF VON AMORE MOBIL*.
Ich, fröhlich: «Martin, mein liebster Schatz, hallo!»
Martin, förmlich: «Hallo, Elli.»
Schweigen.
Ich: «Wie geht es dir, was machst du gerade?»
Martin: «Bin im Büro.»
Schweigen.
Ich frage mich, kommt da jetzt noch was? Nach mehreren Sekunden Stille gebe ich mir selbst die Antwort: Wohl eher nicht.
Ich: «Liebster, ich bin auch gerade im Büro, und du wirst nicht glauben, was mir gerade passiert ist. Meine Vorgesetzte hat mich völlig unvermittelt zu sich gebeten und gesagt ... (hier folgt eine längere Erzählung über irgendwas, die nur dazu dient, den Mann zu unterhalten, der doch eigentlich mich angerufen hat).
Es ist ein Phänomen, dass alle mir bekannten Frauen sich grundsätzlich für jede auftretende Gesprächspause verantwortlich fühlen. Wahrscheinlich reden Frauen allein aus diesem Grund dreimal so viel wie Männer, weil sie sich immer bemühen, das von Männern geschaffene Schweigen zu brechen. Wie ungerecht ist es unter diesem Gesichtspunkt, dass doch etliche Männer finden, Frauen würden dazu neigen, viel Unsinn zu erzählen. Ja, dazu werden wir doch von euch gezwungen! Die Tausende von Minuten, Stunden, ja Schweigemonaten, die ihr verursacht, kann eine Frau ja schließlich nicht nur mit sinndurchtränkten Monologen über den Verfall der Werte im dritten Jahrtausend füllen.
Aber zurück zu dem typischen Telefongespräch mit Martin.
Fünf Minuten später. Ich habe mein Pulver verschossen.
Schweigen.

Martin, tonlos: «Und sonst so?»
Ich, verzweifelt: «Ich muss mal langsam wieder an die Arbeit.»
Martin, erleichtert: «Alles klar, ich auch.»
Ich, verwirrt: «Martin, warum hast du eigentlich angerufen?»
Martin, ebenso verwirrt: «Wollte bloß mal hören, wie's dir so geht.»

Und ist das nicht irgendwie herzerweichend rührend? Jahrhundertelang haben sich Frauen beschwert, dass Männer zu wenig reden, sich zu selten melden und nie, selbst im frisch verliebten Zustand, «einfach mal so» anrufen. Und was haben wir davon? Jetzt rufen sie uns wie eingefordert mindestens einmal am Tag «einfach mal so» an, haben aber im Gegensatz zu uns keinen blassen Schimmer, worüber sie dann reden sollen. Sie stellen sich ihren Frauen praktisch freiwillig zum Beplaudern zur Verfügung. Nicht mehr und nicht weniger. Und vielleicht werden im Laufe der Evolution in einigen tausend Jahren die ersten Männer bei uns anrufen, die in der Lage sind, in den Hörer zu sprechen.
Aber bei Martin stört mich das alles nicht. Ich liebe ihn, ganz genau so, wie er ist. Selbstverständlich habe ich ihm das noch nicht gesagt. Ich warte lieber, bis er es zuerst sagt. Andererseits: Vielleicht wartet er auch nur darauf, dass ich es sage? Ein Dilemma. Man will den anderen ja auf keinen Fall überfordern, erschrecken oder zugeben, dass man in Sachen Liebe ein Mordstempo draufhat, bei dem der andere nicht mithalten kann. Nichts ist unangenehmer, als auf das erste, mit Herzklopfen gehauchte «Ich liebe dich» die ernüchternde Antwort zu bekommen: «Du, das geht mir alles ein bisschen zu schnell.» Horror! Nur noch dadurch zu toppen, auf die Frage «Willst du mich heiraten?» die Antwort zu bekommen: «Dafür brauche ich etwas Bedenkzeit.»
Nein, ich will in dieser Angelegenheit lieber Vorsicht walten lassen. Dabei war ich mir schon nach unserer ersten gemeinsam

verbrachten Nacht hundertprozentig sicher. Und das lag nicht an dem anregenden Abend, den wir verbracht hatten, und auch nicht an der gelungenen Beischlaf-Premiere, die sich daran angeschlossen hatte. Guten Sex, so jedenfalls meine Meinung, kann man mit vielen haben. Aber gut einschlafen und gut aufwachen, das kann man nur mit jemandem, bei dem man sich wohl und wie zu Hause fühlt.
Ich kann ja sowieso nur einschlafen, wenn ganz spezielle äußere Bedingungen herrschen. Ich schlafe grundsätzlich nur in Betten. Die Leute, die auf Sesseln, Autorückbänken oder gar Barhockern knacken, sind mir seit jeher so fremd wie die Menschen, die dem Physikunterricht inhaltlich folgen konnten. Ich kann auch nur unter einer Bettdecke schlafen, mit mindestens zwei Kopfkissen, bei geöffnetem Fenster und mit nicht ganz geschlossenen Vorhängen. Das Schlimmste ist es für mich aufzuwachen, und es ist kein Unterschied, ob ich die Augen auf- oder zumache, und ich kann nicht mal vorsichtig nachschauen, neben wem ich da eigentlich vergangene Nacht eingeschlafen bin. Und wenn ich dann noch dazu das Gefühl habe, dass die Luft, die ich gerade einatme, schon mindestens zweimal vorher in meinen Lungen gewesen ist, nehme ich Reißaus, selbst wenn Orlando Bloom neben mir ins Plumeau grunzen würde.
Aber als ich neben Martin aufwachte, stimmte alles: Lichtverhältnisse, Sauerstoffverhältnisse, Herzverhältnisse. Und eigentlich hoffe ich seit diesem Morgen darauf, dass Martin mir endlich sagt, dass er mich genauso und auch schon genauso lange liebt wie ich ihn und dass er nur noch auf einen passenden Zeitpunkt wartet, mir seine überbordenden Gefühle zu gestehen.
Aber bloß nicht drängeln, sag ich mir. Dasselbe gilt im Übrigen für die gemeinsame Vergangenheitsbewältigung, auch ein schwieriges Thema in frischen Beziehungen. Natürlich stellt sich irgendwann die Frage, in der Regel wird sie vom weiblichen Teil

des Paares aufgeworfen: «Wie viele Frauen hattest du vor mir, und hast du eine davon auch nur annähernd so geliebt wie mich?» Komisch, wie Männer da immer wieder ins Drucksen geraten und sich letztlich gerne auf ein für den europäischen Raum normiertes Standardverhalten zurückziehen: untertreiben und nicht ins Detail gehen. Eine marktübliche Antwort hört sich folgendermaßen an: «Ich hatte mal die eine oder andere bedeutungslose kurze Affäre und zwei, drei längere Beziehungen, an die ich komischerweise gar keine genauen Erinnerungen mehr habe. Aber ich muss ganz ehrlich sagen, dass mir keine einzige dieser Frauen so viel bedeutet hat wie du.»

Mit diesen Sätzen kann man nichts falsch und nichts richtig machen. Der Ärger, der darauf folgt, hält sich in Grenzen und ist mit Sicherheit kleiner, als wenn man seine Partnerin mit der Wahrheit konfrontiert hätte, die in etwa so lauten könnte: «Ich hatte in meiner Studienzeit mit so vielen Frauen Sex, dass ich dir beim besten Willen keine exakte Zahl nennen kann. Ich weiß allerdings noch sehr genau, dass eine Mikrobiologin aus Ghana dabei war, die einen vollkommenen Körper hatte. Als Monika mich verließ, ist mir fast das Herz zerbrochen, deshalb habe ich aus Rache mit ihrer Schwester geschlafen. Und wenn ich ganz ehrlich bin, denke ich bis heute noch öfters voll Wehmut an Sonja. Sie war meine große Liebe – und im Bett eine Granate. Die konnte einen in den Orbit vögeln.»

So genau will man es nun auch nicht wissen. Komischerweise ist man ja doch immer wieder selbst auf zurückliegende Beziehungen eifersüchtig. Da kann man sich noch so sehr zur Vernunft ermahnen, aber irgendwie ist die Vorstellung, dass da bereits andere Hände an diesen geliebten Oberschenkeln rumgegrabbelt haben, unerträglich. Genauso wenig möchte man allerdings einen Freund haben, vorausgesetzt, er ist über vierzehn Jahre alt, dessen Körper Neuland ist, das noch nie zuvor betreten wurde. Es ist also

eine komplexe und vertrackte Geschichte, und eigentlich sollte man als Frau froh sein, wenn sich der neue Partner an die zwar unbefriedigende, aber letztlich konfliktvermeidende Strategie des Abwiegelns und möglichst zügigen Themawechsels hält.
Auch da hat sich Martin an und für sich vorbildlich verhalten. Einige Affären räumte er ein und sprach auch von zwei längeren Beziehungen, von denen die letzte aufgrund verschiedener Lebensentwürfe vor ein paar Monaten auseinander gegangen sei. «Was waren das für verschiedene Lebensentwürfe?», hatte ich mich noch getraut nachzufragen, in der Hoffnung, dass er an ein karrieregeiles Mannweib geraten war, das keine Lust hatte, in Weiß zu heiraten, eine Familie zu gründen und die Kinder dreimal in der Woche zum Reiten zu fahren – eine Lebensform, auf die ich persönlich mich zum Beispiel durchaus einlassen würde.
Aber leider war Martin da nicht mehr besonders auskunftswillig. Er murrte etwas von wegen, man hätte sich eben auseinander gelebt, und war dann nicht mehr bereit, das Thema zu vertiefen. Ach, will mich jetzt nicht darüber grämen, die Vergangenheit ruhen lassen und mich ganz mit der nahen Zukunft beschäftigen: Muss die Bluse, die ich heute Abend anziehen will, noch trockenföhnen.

26. APRIL

Zeit: Sonntagabend
Stimmung: Ist mir das peinlich!
Weitere Aussichten: keine

Ich hätte es wissen müssen. Ich hatte gleich ein ungutes Gefühl. Ich meine, was soll ich bitte schön auf einer Matinee? «Schostakowitsch, selten gespielte Frühwerke, dirigiert von Zsolt Csikszentmihalyi», hatte Martin gesagt, und ich hatte beeindruckt genickt und gemeint, dass ich mir so eine Gelegenheit natürlich

nicht entgehen lassen würde. Mir bedeutet klassische Musik gar nicht so viel, aber was mir viel bedeutet, ist, mit Martin einen Sonntagvormittag zu verbringen. Und ob das im Schlachthof ist oder in der Musikhalle, ist mir vollkommen egal.
Na ja, gut gefallen hat es mir jedenfalls nicht. Für meinen Geschmack verhält es sich mit moderner klassischer Musik ähnlich wie mit moderner Kunst: Beides ist eine Unverschämtheit. Tut mir Leid, aber ich komme mir einfach komplett dusselig vor, wenn man von mir verlangt, andächtig vor einem Bild zu stehen, das, selbst wenn ich es als Dreijährige gemalt und meiner Mutter zum Muttertag geschenkt hätte, auf direktem Wege in der Tonne gelandet wäre. Ich habe wirklich nichts gegen ein gut gemachtes Gemälde, eine hübsche melodische Sinfonie, aber was ich heute Vormittag in der Musikhalle erleben musste, das sprengte wirklich den Rahmen des Erträglichen. Aber das Schlimmste sollte ja erst noch kommen.
Wir waren auf dem Weg zum Ausgang. Martin hatte mich erst gar nicht gefragt, wie mir das Konzert gefallen hatte, weil mir eine gewisse Abneigung wohl anzusehen war. Plötzlich stockte Martin, sog hörbar Luft ein und drängte mich in eine andere Richtung.
Die Musik hatte an meinen Nerven gezehrt, und dass ich nun auch noch rumgeschubst wurde, behagte mir gar nicht.
«Was ist denn bloß los?», fragte ich gereizt.
«Da ist jemand, dem ich lieber nicht begegnen möchte.»
«Eine Frau?»
«Allerdings.»
Dann brach ein Inferno über uns herein.
«Martin, das ist aber eine Überraschung!»
Martin blieb so abrupt stehen, als sei eine Raubtierfalle um seinen Knöchel zugeschnappt. Wir drehten uns um, und eine schlanke Frau, etwa Anfang sechzig, kam auf uns zu. Sie trug ein creme-farbenes Kostüm, eine Seidenbluse, dezente Ohrringe und diesen

Gesichtsausdruck wohlhabender Damen, die davon ausgehen, dass immer irgendwas nicht ganz zu ihrer Zufriedenheit ist. Sie ließ sich von Martin rechts und links auf die Wangen küssen, dann warf sie mir einen strengen Blick zu.
«Du hattest neulich gar nicht erwähnt, dass du zur Matinee gehen wolltest, Martin.»
«Ich habe mich spontan entschlossen. Außerdem dachte ich, ihr wollt übers Wochenende aufs Land fahren.»
«Ach, du weißt ja, wie dein Vater ist, jetzt hat er doch beschlossen, übers Wochenende den Kostenvoranschlag für die Lagerhalle durchzurechnen. Ich frage mich wirklich, wozu wir so viele Angestellte haben, wenn er dann doch alles selber macht. Ich stelle mich doch auch nicht in die Küche und nehme dem Personal die Arbeit weg.»
Martins Mutter bedachte mich erst mit einem milden Lächeln, dann mit einem langen, fragenden Blick. Martin versuchte so zu tun, als sei ich überhaupt nicht da, und erkundigte sich, ob seine Mutter schon konkrete Pläne für die Pfingsttage habe. Keine angenehme Situation für mich, wie man sich vorstellen kann. Ich stand wie ein Trottel neben Martin, lächelte verlegen in den luftleeren Raum und versuchte, mich nicht allzu sehr von der Eleganz und Strenge von Martins Mutter einschüchtern zu lassen.
Ich muss schon sagen, so eine Mutter hatte ich noch nie gesehen. Sie sah gar nicht aus wie eine Mutter, sondern eher wie die Vorsitzende eines Vereins für den Erhalt von Tafelsilber. Unglaublich, dass diese Frau ein Kind zur Welt gebracht und sich dabei womöglich auch noch bekleckert hatte.
Ich erstarrte, als sie sich schließlich direkt an mich wandte: «Und, wie hat Ihnen das Konzert gefallen, Fräulein ...?»
«Dückers, Elisabeth Dückers», beeilte sich Martin zu sagen, und ich genehmigte mir kurz den Gedanken, dass «Fräulein» genannt zu werden eigentlich noch viel schlimmer ist, als wenn man mit

über dreißig noch geduzt wird. Beides eigentlich ein Akt unzulässiger Herabsetzung, dem man selbstbewusst entgegentreten sollte. Ich allerdings fühlte mich einfach nur herabgesetzt. Ehe ich schüchtern antworten konnte, redete Frau Gülpen einfach weiter. Und zwar in Richtung ihres Sohnes.

«Dückers? Dann ist sie sicherlich verwandt mit diesem Anwalt von der Kanzlei Dückers & von Reiche? Ich muss sagen, außerordentlich fähige Leute, dezent und effizient. Dein Vater hat die mal beauftragt und war hoch zufrieden.»

Ich brachte kein Wort heraus. Das hier war einfach nicht meine Welt, und ich schämte mich dafür, dass ich mich dafür schämte, aus einer ganz anderen Welt zu kommen. Aus einer Welt nämlich, in der die Mütter dicklich sind und meistens Schürzen tragen und in der man dezent und effizient arbeitende Anwälte nur aus den Gerichtsshows im Fernsehen kennt.

Martin sagte irgendwas von wegen Touristikbranche und renommierter Reiseveranstalter, aber ich fühlte mich elend und hätte die nächste Frage seiner Mutter an mich beinahe überhört. Mir schoss das Blut ins Gesicht, ich schnappte nach Luft und stotterte: «Äh, nun ja, eine ungewöhnliche Frage, ich, nun, ich würde mich dazu lieber nicht äußern wollen.»

«Aber das muss Ihnen doch nicht peinlich sein, obschon es heute ja fast eine Selbstverständlichkeit ist.»

Sie verabschiedete sich, und ich war der Ohnmacht nahe. Martin betrachtete mich außerordentlich irritiert: «Was sollte das denn, Elli? Ich finde, da hast du jetzt aber überreagiert. Das war doch eine ganz normale Frage.»

«Eine ganz normale Frage? Sag mal, spinnst du? Was seid ihr denn für eine perverse Familie?»

«Jetzt mach aber mal halblang, nur weil du keinen Universitätsabschluss hast, ist das noch kein Grund, die Frage danach als pervers zu empfinden.»

«Wie, Universitätsabschluss?»
«Es gibt doch keinen Grund, sich aufzuregen, wenn meine Mutter dich fragt: ‹Haben Sie mal studiert?›»
Ich starrte Martin an und wollte am liebsten auf der Stelle und für immer und ewig im Erdboden verschwinden. Was für ein unglaublich beschämendes Missverständnis! Grundgütiger, das kommt davon, wenn man auf Fragen antwortet, die man nur halb gehört hat. Ich fiepte kleinlaut: «Ich hatte was anderes verstanden als: Haben Sie mal studiert?»
«Was denn?»
«Ich dachte», flüsterte ich, «deine Mutter hätte gefragt: ‹Haben Sie masturbiert?›»
Martin brachte mich auf direktem Wege nach Hause.

27. APRIL

Erdal hat sich natürlich kaputtgelacht. Seit zwei Tagen kichert er immer wie Ernie aus der Sesamstraße, wenn er mich sieht. Ich habe verschärft den Eindruck, dass Erdal es auch bereits allen Leuten, die ihm persönlich bekannt sind, weitererzählt hat. Wie anders ist es zu erklären, dass Super-Nucki mich heute mit den Worten begrüßte: «Na, heute schon studiert?»
Martin hat heute nicht angerufen. Was soll ich tun? Mich entschuldigen? Ich schäme mich so fürchterlich, dass ich erwäge, meine Identität zu wechseln und nach Patagonien umzusiedeln.

28. APRIL

Ich bin doch hier geblieben. Zum Glück, denn er hat angerufen und einfach nichts mehr über den Masturbations-Vorfall gesagt. Danke, gnädiges Schicksal. Heute Abend will er mir im Kino seinen

Lieblingsfilm zeigen. Wie süß. Ich finde, wenn einer dir seinen Lieblingsfilm zeigt, dann ist das fast dasselbe, als wenn er dich seinen Eltern vorstellt. Er will, dass du Teil seines Lebens wirst, ganz eindeutig. Hoffentlich ist es kein Western, keine Science-Fiction, kein Kriegsfilm oder was mit Rittern.

29. APRIL

Nun ja, der Abend, ich muss wohl eher sagen: die Nacht war nicht ganz nach meinem Geschmack. Ich hoffe nur, Martin hat nichts davon gemerkt. Ihm schien die ganze Angelegenheit nämlich außerordentlich viel zu bedeuten.
Ich dachte, mich trifft der Schlag, als wir um kurz vor sieben vor dem Kino standen und ich die Ankündigung las: «19.00 Uhr – 3.00 Uhr: ‹Star Wars›, Special Edition, Teil 1–3: ‹Krieg der Sterne›, ‹Das Imperium schlägt zurück›, ‹Die Rückkehr der Jedi Ritter› (Episode IV, V, VI)».
Da waren ja fast alle meine Abneigungen auf einen Schlag vereint: Blöde Ritter bekriegen sich in ferner Zukunft. Fehlte nur noch, dass der ein oder andere von denen auch noch ein Faible für Cowboyhüte hat oder gerne auf Zigarillos rumkauend im Morgengrauen Sachen sagt wie: «Zieh, Fremder!»
Nein, ich war von Anfang an überhaupt nicht begeistert. «‹Star Wars›? Ist das nicht das mit den zwei Robotern?», fragte ich verzagt und outete mich dadurch sofort als absoluter Laie. Martin warf mir einen Blick zu, als hätte ich ihm wehgetan, und begann, mich geduldig aufzuklären. Es war das Verwirrendste und Langweiligste, was ich je gehört habe.
Wir waren in einer so genannten langen Kinonacht gelandet, in der die digital überarbeiteten ersten Folgen gezeigt wurden. Diese ersten Folgen sind allerdings gar nicht die ersten Folgen, sondern die mittleren, und die echten ersten Folgen – dabei handelt es sich

um die letzten Episoden – werden nach und nach später gedreht, bis als letzte dann irgendwann die dritte der neuen Episoden fertig gestellt wird.
So was ist nicht zu begreifen für eine normal und geradlinig denkende Frau, ähnlich wie das Abseits im Fußball und das Handicap beim Golf, sicherlich auch zwei Absurditäten, die sich Männer ausgedacht haben, um Frauen was erklären und ihnen bei Bedarf immer wieder das Gefühl geben zu können, sie seien nicht ganz helle.
Ich kaufte mir im Foyer eine große Tonne Popcorn und sechs Dosen Red Bull. Ich wollte auf keinen Fall bereits nach zehn Minuten wegdösen, mich nach meinem Bettchen sehnen und bei Martin den Eindruck hinterlassen, ich würde mich nicht für die Dinge interessieren, die ihm wichtig sind.
Aber die Dosen Red Bull hätte ich mir sparen können, denn an halbbewusstes Dahindämmern war ohnehin nicht zu denken.
Neben mir hatte ein besonders engagierter «Star Wars»-Fan Platz genommen, und ich erschrak jedes Mal schier zu Tode, wenn er mitten in der Vorstellung aufsprang, mit einem leuchtenden Plastikschwert in der Luft herumstocherte und den Satz mitschrie, der anscheinend von zentraler Bedeutung ist und der leider häufiger mal vorkommt: «Möge die Macht mit dir sein!»

30. APRIL

Ich bin ziemlich gerädert, aber das Durchhalten der langen Kinonacht hat sich gelohnt. Ich glaube, Martin weiß dieses Opfer zu schätzen. Er hat heute Morgen ganz niedlich im Büro angerufen, sich nach meinem Befinden erkundigt und mich für heute Abend auf seine Dachterrasse eingeladen. Ich freue mich! Ich liebe diesen Mann! Auch wenn er einen scheußlichen Filmgeschmack hat. Es gibt nur einen einzigen Science-Fiction-Film auf der Welt, den ich mir freiwillig angeschaut habe: «ET».

«Er liebt weiße Blusen. Und mich stören sie nicht.»

Es ist tatsächlich noch tausendmal schöner, als ich es in Erinnerung hatte. Die Vorhänge lassen ein wenig Licht durch. Statt des üblichen Motorenknatterns und des Getrampels der zwei Kinder über mir höre ich Vogelgezwitscher und das gleichmäßige Atmen des Mannes neben mir. Ich lächle in mein Kissen hinein und bin sicher, dass in diesem Moment in diesem Universum kein einziger Mensch glücklicher ist als ich.

Neben dem Bett liegt mein Schuh, halbhoch, spaziergehtauglich und dennoch elegant genug, um darin nicht wie ein kurzbeiniger Trampel daherzukommen. Die Schuhe sind aus einem Secondhand-Laden geliehen, der einem Exfreund von Erdal gehört. Ich muss sie morgen wieder zurückgeben, aber sie haben ja nun auch ihren Zweck bestens erfüllt.

Der zweite Schuh, ich versuche mich zu erinnern, liegt vermutlich irgendwo im Flur, wo Martin und ich begonnen hatten, uns die Kleider vom Leibe zu entfernen. Kinder, es war wie im Film. Im Kino würde jetzt die ergreifende Schlussmusik einsetzen, und über das Bett mit den glücklichen Liebenden würde der Abspann laufen. Das hier ist mein ganz persönliches Happy End, der glückselige Schluss einer verwirrenden und schmerzhaften Liebesverwirrung und gleichzeitig der glückselige Beginn einer hoffentlich lang dauernden Liebesgeschichte. Ich hab's geschafft!

Da Martin mich um halb sechs abholen wollte, war ich ab eins praktisch zu nichts anderem in der Lage, als alle halbe Stunde zur Toilette zu eilen, den Sitz meines Haars zu überprüfen, vorsichtig meine Foundation mit etwas transparentem Puder zu fixieren und meine nervöse Blase zu entleeren. In Sachen Schminke bin ich mittlerweile ein echter Profi. Erdal war es tatsächlich gelungen, Maurice dazu zu überreden, morgens um sieben mit seinem Plätteisen zu uns zu kommen, um mich rendezvoustauglich zu machen.

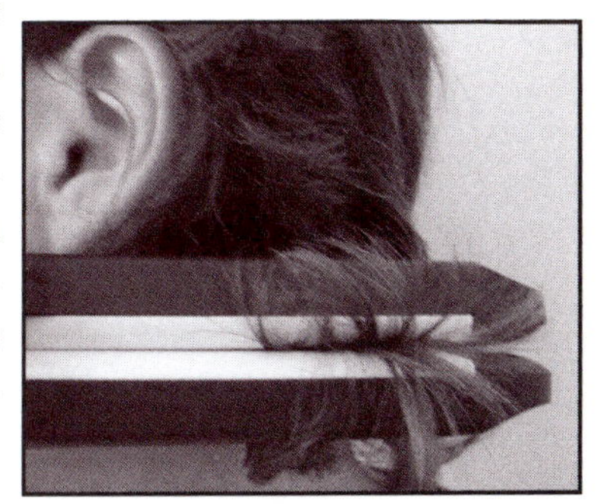

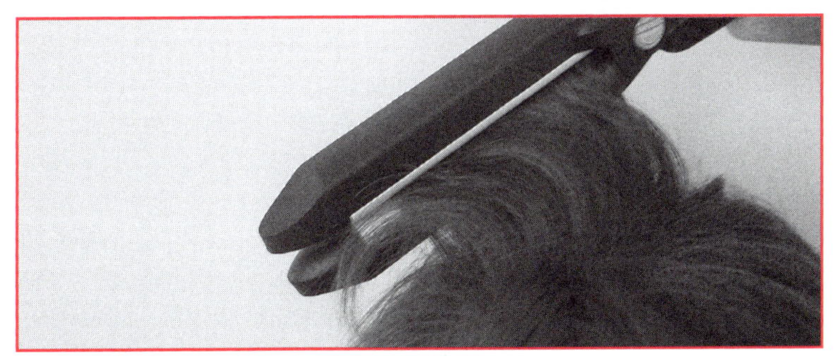

Ab fünf ließ ich meine Uhr keine Sekunde mehr aus den Augen und sagte mir innerlich Petras Rat aus ihrer letzten Mail wie ein indisches Mantra vor: «Du kannst nur gewinnen. Lass ihn das spüren. Er muss dich zurückgewinnen, nicht umgekehrt. Mach es ihm nicht zu leicht.»

Als Martin das Reisebüro betrat, setzte mein Herz zunächst aus, aber eine Sekunde später kam eine ungekannte Ruhe über mich, und ich kam mir ganz indisch vor. Heike Plöger, die gerade ihren Mantel anziehen wollte, wandte sich augenblicklich an Martin und sagte mit der sirupsüßen Stimme, mit der sie sonst unseren Chef fragt, wie es seiner entzückenden Gemahlin gehe, und das, obschon jeder weiß, dass die beiden kurz vor der Scheidung stehen: «Womit kann ich Ihnen dienen?»

Martin schaute sie noch nicht mal an: «Danke, aber ich komme, um Frau Dückers abzuholen.»

Die Plöger sah mich an mit einer Mischung aus Beleidigtsein, Überraschung und Neid. Ich will nicht übertreiben, aber ich denke schon, dass dieser Moment zu einem der befriedigendsten in meinem Leben gehört.

Ich hatte mir fest vorgenommen, Martin nicht auf seine Verlobte oder die Szene auf der Dachterrasse anzusprechen. Den gesamten Themenkomplex Beziehung–Liebe–Zukunft wollte ich kein einziges Mal berühren. Dazu hatte mir auch Erdal geraten: «Der Mann rechnet grundsätzlich damit, dass die Frau darauf aus ist, ihm Probleme zu bereiten, meist in Form von Gesprächen, die er nicht führen will. Martin geht in diesem Moment davon aus, dass du ihm Vorwürfe machst, ihn zur Rede stellst und eine Entscheidung von ihm erwartest. Wenn du das alles sein lässt, wird er zunächst einfach nur dankbar sein. Ein wenig später ist er dann irritiert und schließlich total verunsichert, weil er beginnt zu befürchten, dass du ihn vielleicht gar nicht zurückhaben willst. Frauen, die Männer nicht unter Druck setzen, sind in der Regel nicht sonderlich an ihnen interessiert. Und so wird er irgendwann ganz von selbst auf das Thema kommen, das er eigentlich vermeiden wollte.»

Auf der Fahrt zur Elbe sprachen wir nicht viel, was auch daran lag, dass ich mir demonstrativ im Schminkspiegel die Lippen nachzog. Ich habe immer Frauen bewundert, die das in aller Öffentlichkeit tun, und Martin wollte ich damit nonverbal drei Botschaften übermitteln:

– Ich hatte im Büro weder Zeit noch Interesse, mich zu schminken.

– Küssen ist eher nicht angesagt, es sei denn, du bist bereit, dafür Opfer zu bringen und dir dabei den Mund zu verschmieren. Wenn nicht, dann eben nicht. Ich lege mehr Wert auf rote Lippen als auf einen Kuss von dir.

– Aber natürlich will ich in deiner Gegenwart gut aussehen. Es ist also nicht ausgeschlossen, dass ich dich doch ein klitzekleines bisschen leiden kann.

Die ersten Minuten gingen wir verspannt nebeneinanderher und tauschten uns über die Schönheit der Umgebung aus. Es war wirklich ein herrlicher Abend, schon fast sommerwarm, am Elbstrand wurde gegrillt, und unser Weg war gespickt mit knutschenden Liebespaaren. Ich ergriff Martins Arm, hakte mich bei ihm unter und sagte: «Ich freue mich wirklich, dich wiederzusehen. Jetzt erzähl doch mal von deiner Geschäftsreise und deinen Plänen in Bielefeld.»

Ich konnte geradezu spüren, wie sich Martin entspannte. Und während er von günstigen Massage-Duschköpfen aus Bulgarien schwärmte, nahmen wir fast automatisch allmählich unsere vertraute Pärchenhaltung an. Er legte den Arm um meine Schultern, und ich schlang meinen Arm um seine Hüften. Ich war überhaupt nicht mehr aufgeregt, und es gelang mir, den unproduktiven Gedanken an Astrid zu verdrängen. Ich legte meinen Kopf zaghaft an Martins Schulter, er zog mich etwas näher an sich, und alles wäre total märchenhaft gewesen, wenn nicht etwas geschehen wäre, was mir eigenartigerweise extrem unangenehm war: Ich schloss, wie man das in seligen Momenten üblicherweise tut, kurz die Augen, und als ich sie wieder öffnete, sah ich Super-Nucki.

Er saß am Strand mit ein paar Freunden, darunter Johann, dem ich schon mal vorgestellt worden war. Ich war ganz sicher, dass Super-Nucki uns gesehen hatte, auch wenn er sich jetzt mit dem Grill beschäftigte. Ich wunderte mich selbst, wie recht es mir war, nicht mit ihm reden zu müssen, und ich stellte an mir ein schlechtes Gewissen fest, von dem ich überhaupt nicht wusste, woher es kam.

Wir waren schon fast an Super-Nucki vorbei, als Johann mich entdeckte und rief: «Elli, hallo, kommt doch rüber!»

Was hätte ich tun sollen? Hörschaden vortäuschen und weitergehen?

Ich zog Martin Richtung Grill, nicht ohne vorher seinen Arm von meiner Schulter zu entfernen. Das erschien mir angemessener.

«Hallo», sagte ich mürrisch in die Runde.

Freundliches Kopfnicken. Außer von Super-Nucki. Der schaute unbeteiligt in seine Bierdose.

«Da kriegst du als Neu-Hamburgerin ja mal direkt einen Eins-a-Frühsommer geboten.»

Johann war offensichtlich um Auflockerung der Stimmung bemüht.

«Mmmh.»

Ich wollte das Gespräch erst gar nicht in Gang kommen lassen.

«Ja, das stimmt», schaltete sich leider Martin ein, «der Mai ist in Hamburg immer besonders schön.»

«Wie bitte? Letztes Jahr hat es den ganzen Mai geschifft wie Sau», erwiderte kampflustig Super-Nucki. Alle schauten ihn einigermaßen überrascht an.

«Aber dafür war der Juni wieder schön», stammelte Johann. «Wollt ihr vielleicht ein Bier oder ...»

«Das Bier ist knapp», fuhr Super-Nucki dazwischen.

«Äh, dann vielleicht eine Nackenkarbonade? Die ersten müssten doch gleich durch sein, oder?»

«Das dauert noch, und ich nehme nicht an, dass die beiden hier noch lange rumstehen wollen.»

«Stimmt, wir müssen wirklich weiter», sagte ich verschüchtert.

Was war der Typ denn auf einmal so abweisend zu mir? Gerade hatte ich mich getraut, mir überhaupt vorzustellen, dass einer wie Super-Nucki Gefallen an mir finden könnte, und jetzt das. Mir wurde klar, dass Super-Nucki sich vor seinen Freunden für mich schämte: zu dick, zu alt, zu uncool. Ich schaute betreten an mir herunter. Ich war sicher, dass ich mit meiner Klamottenwahl Martins Geschmack ziemlich genau getroffen hatte. Er liebt weiße Blusen. Und mich stören sie nicht. Gut, die Brosche mit der Perle und dem kleinen Schmetterling hätte ich mir wahrscheinlich nicht freiwillig angeschafft, aber Martin war sie gleich positiv aufgefallen. Schon im Auto hatte er sie lobend erwähnt.

Erdal hatte das Schmuckstück vor ein paar Jahren von seiner türkischen Omi geschenkt bekommen. Nachdem er ihr schonend seine Homosexualität gebeichtet hatte, war sie nach kurzer Bedenkzeit total begeistert gewesen. Sie war offensichtlich der Ansicht, ein schwuler Mann sei im Grunde genommen dasselbe wie eine Frau und solle auch als solche behandelt werden.

Da sie sich schon immer eine Enkelin gewünscht hatte, freute sie sich sehr und schenkte Erdal seither Schmuck zu den Festtagen und brachte ihm das Sticken bei. Wenn er sie besuchte, saßen die beiden nebeneinander auf dem Sofa, stickten Pferdeköpfe auf Nackenrollen und tauschten sich über ihre Krankheiten aus.

«Solange sie mir keine Still-BHs aufdrängt, ist mir das recht», hatte Erdal gesagt, «und die Bernstein-Ohrklips in Delphin-Form trage ich ab und zu tatsächlich ganz gerne. Wobei ich da ein bisschen aufpassen muss, weil meine Ohrläppchen sehr sensibel sind und zu schlimmen Rötungen neigen, wenn ich die Klips zu lange trage. An Ohrlöcher ist bei mir natürlich überhaupt nicht zu denken. Dafür bräuchte ich eine Vollnarkose im Krankenhaus mit anschließender Reha.»

Ich hatte den Eindruck, dass Super-Nucki ständig angewidert auf die Schmetterlingsbrosche starrte. Ich kam mir ja selbst jetzt damit extrem verkleidet vor. Ich musste zwischen Super-Nuckis lässigen, Bier trinkenden Freunden aussehen wie die Schulsprecherin eines wertkonservativen Mädcheninternats. Und Martin im mittelbraunen Anzug – meine Güte, er kam halt direkt von der Arbeit! – passte natürlich perfekt in das Bild.

Jetzt sagte Martin auch noch, auf das Karbonaden-Angebot zurückkommend, etwas säuerlich und von oben herab an Super-Nucki gewandt: «Das ist sehr freundlich, aber ich esse schon seit Jahren kein Schweinefleisch mehr.»

«Habt noch einen schönen Abend», sagte ich eilig in die Runde, machte eine rasante Kehrtwendung und ließ Martin keine andere Wahl, als mir im Laufschritt zu folgen.

«Na, da hat es aber einen ganz schön erwischt», sagte er, als er mich eingeholt hatte.

«Ich verstehe kein Wort.»

«Der Typ ist doch total verknallt.»

«Quatsch, Johann wollte bloß nett sein.»

«Ich meine den anderen, der mich angeschaut hat, als wolle er mich am liebsten mit grillen.»

«Das bildest du dir ein. Super-Nucki findet mich einfach nur spießig und peinlich. Ist mir aber auch egal. Der ist nun echt nicht mein Typ.»

«Glaub mir, ich erkenne einen verliebten Mann – schließlich bin ich selber einer.»

Ich schwieg und lächelte damenhaft, aber meine Innereien tanzten Polka, und mein Gehirn verwandelte sich in ein Sinfonieorchester. Jipiiiiieh! Gewonnen!

Keine zehn Minuten später lagen Martin und ich knutschend im Sand. Martin hatte, ganz die alte Schule, sein Sakko ausgebreitet, und ich hatte mich, ganz die neue Schule, direkt daneben in den Sand gesetzt, um meine Unkompliziertheit und lebendige Mädchenhaftigkeit zu betonen.

Wir sprachen fast nichts. Und schon gar nicht über uns. Aber das war auch nicht notwendig. Wir schauten der Sonne beim Untergehen zu, fummelten hier und da aneinander rum und genossen die ruhige Gewissheit, zusammenzugehören. Ich betrachtete den dunkler werdenden Himmel und richtete in Gedanken unser Apartment in Bielefeld ein.

Martin hatte von drei Zimmern und neunzig Quadratmetern erzählt, also durchaus eine Fläche, auf der man gut zu zweit leben konnte, natürlich nur so lange, bis die Kinder kommen würden. Seine Hamburger Wohnung wollte er zunächst untervermieten und sie erst aufgeben, wenn sein Geschäft gut laufen würde. Ich stellte mir vor, dass ich die erste Zeit mithelfen würde, schließlich verstehe ich ja auch ein bisschen was von Buchhaltung. Wir würden uns praktisch gemeinsam eine Existenz aufbauen. Was für Aussichten. Ich lächelte verträumt.

«Woran denkst du? Du siehst so glücklich aus.»

Mir war klar, dass ich mich jetzt nicht hinreißen lassen durfte.

«An nichts. Ich genieße einfach nur den Moment.»

Martin nahm meinen Kopf in seine Hände.

«Du bist eine ganz besondere Frau.»

Ich fand, da hatte er irgendwie Recht.

Den Abend verbrachten wir in einem italienischen Restaurant, tranken Wein, aßen Spaghetti, und ich sparte nicht am Käse und bestellte einen Nachtisch und kam mir sinnlich und nicht dicklich vor. Alles war wieder gut. Kurz überlegte ich, ob ich mich ärgern sollte, als Martin für uns beide eine Extraportion schwarze Oliven bestellte. Hatte ich ihm nicht ungefähr zehnmal gesagt, dass ich die schwarzen nicht mag? Ach, egal, wir hatten ja nun wieder alle Zeit der Welt, uns besser kennen zu lernen, unsere Marotten zu studieren und unsere Abneigungen und Vorlieben herauszufinden.

Ich liebe es, wenn jemand weiß, was ich gerne mag und was nicht. Um diese Vertrautheit beneide ich Paare, die lange zusammen sind und aufmerksam miteinander umgehen. Das blöde an langen Beziehungen ist ja oft, dass zu dem Zeitpunkt, wo man die Eigenarten des anderen gut genug kennen gelernt hat, man schon gar nicht mehr bereit ist, auf sie Rücksicht zu nehmen, und sie eben auch gar nicht mehr so niedlich findet wie in der Phase der ersten Verliebtheit.

Na ja, und viele Männer sind auch einfach nicht besonders aufmerksam, das muss man ganz deutlich sagen. Gregor hat mir bis zum Ende unserer Beziehung zu jedem Nikolaustag Marzipankartoffeln in die Pantoffeln gesteckt. Ich hasse Marzipan, übrigens die einzige Süßigkeit, der ich nichts abgewinnen kann. Aber Gregor konnte sich das einfach nicht merken, und abgesehen davon, hielt er es schon für so irre aufmerksam, dass er mir überhaupt zu Nikolaus etwas schenkte, dass er es kleinlich fand, dass ich auch noch was haben wollte, was mir gefiel. Hätte nur noch gefehlt, dass er mir im nächsten Jahr ein paar schwarze Oliven in die Schluppen gestopft hätte.

Ich hätte diesmal gerne einen aufmerksamen Partner. Als ich vor ein paar Tagen mit Erdal und Karsten Lasagne machte, haben die beiden mich fast zu Tränen gerührt. Wir hatten uns aufgegeben, Karsten und ich legten los, nur Erdal zögerte, wartete, bis Karsten seinen ersten Bissen runtergeschluckt hatte, und fragte dann:

«Karsten, muss ich nachsalzen?»

«Ja, dir wird es etwas zu fade sein. Und du brauchst auch noch ein bisschen Pfeffer.»

Das ist ja so unglaublich liebevoll und vertraut, wenn der eine dem anderen das Essen vorkostet und dann genau sagen kann, welche Gewürze ihm fehlen werden. Ich war komplett ergriffen, und während Erdal nachwürzte, pries ich die Liebe der beiden in den höchsten Tönen.

Als Martin kurz vor Mitternacht die Rechnung bestellte, war uns beiden klar, dass der Abend noch nicht zu Ende sein würde. Als wir uns dem Abendrothsweg näherten, sagte Martin: «Ich würde dir natürlich anbieten, dich nach Hause zu fahren, aber erstens weiß ich immer noch nicht genau, wo du wohnst, und zweitens möchte ich dich eigentlich noch nicht nach Hause fahren.»

«Ich möchte auch noch gar nicht nach Hause», sagte ich und dankte im Stillen Erdal, der mich gezwungen hatte, mir zu diesem bedeutsamen Anlass einen Satz neuer und ungeheuerlich teurer Unterwäsche zu kaufen. «Außergewöhnlicher Sex beginnt bei außergewöhnlichen Dessous», hatte er altklug erklärt, und ich habe lieber gar nicht gefragt, woher er das so genau weiß. Die Sache mit den Zwiebelringen hatte mich diesbezüglich vorsichtig werden lassen.

Meine außergewöhnlichen Dessous – Erdal hatte mir zu dem Farbton «Mauve» geraten, wie sich herausstellte das Angeberwort für Lila – liegen jetzt jedenfalls achtlos neben der Schlafzimmertür. Ich will nicht unnötig ins Detail gehen, aber ich denke, ich verrate nicht zu viel, indem ich sage, dass ich im Eifer des Gefechtes durchaus auch eine graue Frotteeunterhose hätte tragen können, ohne dass es Martin aufgefallen wäre. Es war eine verzauberte Nacht. Und eine kurze.

Ein Blick auf die Uhr zeigt mir, dass Martins Wecker in wenigen Minuten klingeln wird. Er hatte mich schon vorgewarnt, dass er um kurz nach sechs aufstehen müsse, weil er mit einem Lieferanten verabredet war. Ich stehe leise auf, ziehe meine schnieke Wäsche an und krieche zurück ins Bett. So rechnet sich die kostenintensive Anschaffung vielleicht doch noch. Als der Wecker klingelt, tue ich so, als sei ich aus allertiefstem Schlaf erwacht. Ich persönlich vermute nämlich, dass blinzelnde, sich räkelnde Frauen auf Männer beschützenswert, anrührend und anregend wirken.

Ich blinzle also, was das Zeug hält, aber leider hat Martin anscheinend gar keine Zeit, meinem anrührenden Wesen in mauvefarbener Verpackung ausgiebig Beachtung zu schenken. Er gibt mir einen kurzen Kuss auf die Schulter und steigt aus dem Bett.

«Bleib ruhig so lange liegen, wie du magst. Ich spring kurz unter die Dusche und bin gleich wieder bei dir.»

Ich blinzle verstärkt und antworte mit einem seligen Seufzen. Das klingt doch gut. Mensch, bin ich glücklich. Ich kuschle mich zurück ins Kissen und singe leise vor mich hin:

***Ich geh mit dir, wohin du willst,
auch bis ans Ende dieser Welt … sogar bis nach Bielefeld.***

Zehn Minuten später steht Martin, bereits komplett angezogen, in der Tür des Schlafzimmers. Ich richte mich etwas verwirrt auf. Ich hatte mit einer etwas, nun ja, körperbezogeneren Verabschiedung gerechnet.

«Musst du schon los?», frage ich zaghaft.

«Ja, ich habe dir doch gesagt, dass ich einen frühen Termin habe. Aber mach dir keinen Stress. Du weißt ja, wo der Kaffee steht, und wenn du gehst, zieh einfach die Tür hinter dir zu.»

Martin macht eine Pause und schaut mich so eindringlich an, dass ich schon fürchte, er hat womöglich eine Allergie gegen Mauve.

«Elli, das war eine wunderschöne Nacht.»

«Das finde ich auch.»

«Der Spaziergang, der Abend, das war so entspannt und schön, dass ich alles andere vergessen habe.»

«Mmmh.»

«Ich dachte bis gestern, ich hätte die richtige Entscheidung getroffen. Aber jetzt bin ich mir da überhaupt nicht mehr sicher. Du hast mich einfach umgehauen, Elli. Damit hatte ich nicht gerechnet.»

«Mmmh?»

«Die Umstände sind so wahnsinnig ungünstig.»

«Was für Umstände?», höre ich mich krächzen. Ich bin ja noch gar nicht ganz wach, muss zudem eine ungünstige Haarkonstellation befürchten und bin mit der Gesamtsituation überfordert.

«Na ja, du weißt schon, die Sache mit Astrid. Ich gebe der Beziehung, ehrlich gesagt, keine große Chance mehr, aber ich bin ihr schuldig, es wenigstens nochmal zu versuchen. Astrid will in Bielefeld eine Art Neuanfang machen. Aber jetzt nach dieser Nacht und nachdem du mir die letzten zwei Wochen nicht aus dem Kopf gegangen bist ...»

«Du gehst mit Astrid nach Bielefeld?»

«Na ja, nicht sofort. Sie will in zwei Monaten nachkommen und zunächst bei mir die Buchhaltung machen. Sie versteht ja ein bisschen was davon. Ich wollte es dir eigentlich schon gestern sagen, aber ich hatte den Eindruck, dass dich das gar nicht interessiert. Du warst so gelassen und souverän, ich wollte die Stimmung nicht zerstören. Und jetzt weiß ich nicht mehr, wo mir der Kopf steht.»

«Du willst mir sagen, dass du dich nicht entscheiden kannst zwischen mir und deiner Verlobten und dass du uns gerne beide noch eine Weile ausprobieren möchtest, bevor du deine Wahl triffst?»

«Also, so hart würde ich es nicht ausdrücken.»

«Wie würdest du es denn ausdrücken?»

Ich bin selber verwundert, wie kühl und sachlich ich bleibe. Mein Kopf arbeitet mit den Informationen, die mein Herz glücklicherweise noch nicht erreicht haben.

«Ich will dich nicht verlieren, aber Astrid hat es nicht verdient, dass ich sie so verletze. Es ist für mich nicht leicht, herauszufinden, ob ich sie noch liebe oder mich einfach nur in all den Jahren an sie gewöhnt habe. Ich brauche etwas mehr Zeit.»

«Ich verstehe.»

Meine Stimme klingt so kalt und blechern, als hätte ich mich innerhalb von Sekunden in eine Dose Eistee verwandelt.

«Elli, darf ich dich bitten, mir noch bis Sonntag Zeit zu lassen? Bin ich dir das wert? Ich verspreche, ich verlasse Hamburg nicht, ohne eine klare Entscheidung zu treffen. Gibst du mir, gibst du uns diese Chance?»

«Das ist verdammt viel verlangt.»

«Ich weiß.»

«Also gut. Bis Sonntag.»

Martin macht ein paar unsichere Schritte auf mich zu und gibt mir einen zaghaften Kuss auf die Stirn.

«Danke, Elli, du bist eine großartige Frau.»

Drei Sekunden später fällt die Tür ins Schloss, und ich bin allein.

Herzfrequenz: 128
Verbrauchte Kalorien: 740
Zeit: 32 Minuten 12 Sekunden

Das Gute an so einer Gemütsverfassung ist ja, dass die Zeit wie im Überschallflug vergeht und die Kalorien so rückstandslos und schnell verbrennen wie Blattläuse in einem Osterfeuer. Ich kann mich nicht erinnern, jemals länger als fünfundzwanzig Minuten am Stück auf dem Cross-Trainer zugebracht zu haben. Das hat zum einen natürlich mit mangelnder Kondition zu tun, zum anderen aber auch damit, dass ich mich bereits nach anderthalb Minuten so derartig langweile, dass ich wahrscheinlich einschlafen und schnarchend vom Trainingsgerät kippen würde, wenn das biologisch gesehen möglich wäre.

Üblicherweise versuche ich dann, mich in irgendwas reinzusteigern, um mich abzulenken. Es ist tatsächlich so, dass bei mir die Empfehlung «Mach erst mal 'ne Runde Sport, um dich abzureagieren» immer voll nach hinten losgeht und das komplette Gegenteil bewirkt. Viele Streits, zum Beispiel mit Gregor, sind nach meinem Besuch

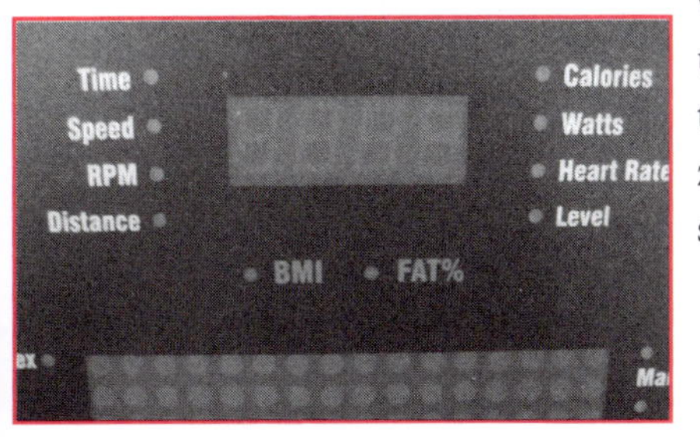

in der Hiltruper «Fitness Oase» erst so richtig eskaliert, weil ich auf dem Trimmrad die Gelegenheit fand, mich bei ohnehin schon hoher Herzfrequenz nochmal so richtig über die Angelegenheit aufzuregen. Die kurzweiligsten Aufenthalte auf dem Laufband hatte ich zum Beispiel immer dann, wenn ich mir ausmalte, wie es wäre, wenn Gregor mich betrügen würde. Spätestens nach sechs Minuten bei einer Geschwindigkeit von 9,5 Kilometern pro Stunde hatte ich mir eine schlüssige Beweiskette ausgedacht, nach zwölf Minuten war Gregor so gut wie überführt, und aus meinem vagen, durch Langeweile in Kombination mit Herzrasen ausgelösten Anfangsverdacht war eine Tatsache geworden. Meist brach ich das Training dann frühzeitig nach etwa sechzehn Minuten ab, um nach Hause zu eilen und Gregor zur Rede zu stellen.

Na ja, was soll ich sagen, in der Regel ist mein Leben eben nicht aufregend genug, als dass es, sozusagen im unbearbeiteten Zustand, für genug Ablenkung auf dem Cross-Trainer reichen würde. Da muss man eben ein bisschen nachhelfen, wenn man sich mal richtig aufregen möchte. Ich meine, man muss halt ab und zu aus einer Mücke einen Elefanten machen, wenn man es in seinem Dasein nicht nur mit popeligen Krisen im Insektenformat zu tun haben will.

Dieser Tage allerdings stellt sich die Sachlage ganz anders dar, und mein Ruhepuls morgens beim Aufstehen ist bereits höher als der, den ich normalerweise beim Joggen habe. Ich lebe praktisch im Fettverbrennungsmodus. Und allein der Gedanke an meine derzeitige Lebenssituation reicht, um vier Kalorien pro Minute den Garaus zu machen. Übermorgen ist Wolkenball!

Herzfrequenz: 130

Natürlich bin ich mir nicht sicher, ob ich das Richtige tue. Aber ich bin sicher, dass ich nicht anders kann. Karsten ist davon überzeugt, dass ich den größten Fehler meines Lebens mache und unglücklich werde, und zwar egal, wie die Sache ausgeht. Erdal ist sich nicht ganz sicher, findet aber, dass ich, egal, was ich tue, in jedem Fall hervorragend dabei aussehen muss. Und Petra wiegt in Goa zweifelnd ihr weises Haupt hin und her und erwägt mal den einen, mal den anderen Standpunkt. Am Sonntag nach dem Wolkenball landet sie in Hamburg und bleibt eine Nacht, bevor sie nach Münster weiterfährt. Sie ist schon sehr gespannt, in welchem Zustand sie dann mich und meine Existenz vorfinden wird.

Hier die Positionen im Einzelnen.

Karsten:

«Wenn ein Mann wirklich liebt, braucht er keine Zeit, um sich zu entscheiden. Und wenn eine Frau auch nur einen Funken Würde im Leib hat, lässt sie es nicht zu, dass über sie entschieden wird. Der eierlose Waschlappen mit Klo-Kennzeichen (damit meint er bedrückenderweise meinen Martin) ist zu feige, sich die Wahrheit einzugestehen. Und die ist, dass er keine der beiden genug liebt. Diese Pfeife soll auf eine Frau warten, bei der er nicht erst lange überlegen muss. Vergiss ihn, schick das blaue Kleid zurück und geh am Samstagabend ins Kino. Warum willst du dich unglücklich machen mit einem Kerl, der von Anfang an an seiner Liebe zu dir zweifelt? Hör auf, dich zum Narren zu machen.»

Erdal:

«Herrlich, endlich mal was los hier! Das ist ja original so wie in ‹Vom Winde verweht›, mit vertauschten Rollen natürlich. Martin ist wie Scarlett: Kann sich nicht entscheiden zwischen dem hübschen Langweiler Ashley Wilkes und dem leidenschaftlichen Rhett Butler. Elli, du bist natürlich Rhett, daran kann es gar keinen Zweifel geben, und ich finde unbedingt, dass du um deine Liebe kämpfen solltest, und zwar mit allen Mitteln.

Erst mal würde ich dafür sorgen, dass Arschtritt Stumpi Crüll nicht auf dem Wolkenball erscheinen kann. Da wir ja immer noch nicht wissen, wie Martins Verlobte aussieht, sollten wir lieber den schlimmsten Fall annehmen und davon ausgehen, dass sie besser aussieht als du. Sie muss also kampfunfähig gemacht werden: Abführmittel in den Morgenkaffee oder ein kleiner Unfall. Vielleicht sollten wir uns auch mit dem ungarischen Supermodel zusammentun. Die könnte Stumpi am Abend des Balls total aus Versehen im Badezimmer einsperren. Wir könnten auch versuchen herauszufinden, wo Fräulein Arschtritt ihr Kleid schneidern lässt. So eine kauft bestimmt nicht von der Stange, und schon gar nicht für so einen Anlass. Dann lassen wir der Schneiderin die Nachricht zukommen, Frau Crüll habe in den letzten Tagen erfreulicherweise abgenommen und brauche nun eine Kleidergröße weniger. Kinder, stellt euch diesen erbaulichen Moment vor, wie die alte Nebelkrähe auf halber Strecke in ihrer Abendrobe stecken bleibt!

Und du, Elli, musst dich ganz auf deinen großen Auftritt konzentrieren. Hör nicht auf Karsten. Nicht jede Liebe kann mit einem großen Knall beginnen. Wobei ich ehrlicherweise sehr froh bin, dass es bei Karsten und mir in der Anfangsphase nicht so ein entwürdigendes Hickhack gegeben hat. Gesehen, gepoppt, verliebt – und das alles zackizacki innerhalb einer Woche. Da hat es nicht eine Sekunde Zweifel gegeben, oder Karstenbärchen?

Na ja, Elli, bei dir geht es eben nicht ganz so reibungslos. Und in unserem Alter muss man einfach darauf gefasst sein, dass man zu Beginn einer Beziehung erst mal einige Steine aus dem Weg schaffen muss: in Form von Ehefrauen, Verlobten oder gar, igitt, Kindern. Ich habe nichts gegen Kinder, wenn sie still sind, aber stell dir vor, du verliebst dich in einen Mann, der jedes zweite Wochenende mit zwei Kleinkindern anrückt, mit kreischenden Blagen, die ihre Schokoladenfinger an deinem hellen Sofa abputzen und zu denen du trotzdem immer nett sein musst, und die du nicht mal schlagen darfst. Für mich wäre das nichts.

So gesehen, hast du eigentlich richtig Glück gehabt, Elli. Der Mann ist kinderlos und zumindest in der Hinsicht ein Top-Angebot auf dem Markt der heiratsfähigen Männer. Sieh zu, dass du am Samstag in dein blaues Kleid passt, und zeig dem Typen, was er verpasst, wenn er sich gegen dich entscheidet. Nach bewährtem Rezept wirst du dich schlank und lebensfroh präsentieren. Und wenn du ihn erst mal für dich gewonnen hast, kommt das mit der Liebe bei ihm schon ganz von alleine. Hoffentlich.»

Petra:

«Namaste! Mensch, Schweinebacke, was machst du jetzt wieder für Sachen? Ich weiß nicht, aber das klingt alles nicht besonders vielversprechend. Einerseits muss man wohl Verständnis dafür haben, wenn sich jemand nicht von heute auf morgen von seiner langjährigen Verlobten trennen will, sondern erst mal in Ruhe überlegt. Andererseits kann man auch den Standpunkt vertreten, dass echte Liebe keinen Zweifel kennt und alle Fragen beantwortet, statt welche zu stellen. Habe heute eine Extrarunde meditiert, trotzdem bin ich unsicher, was ich dir raten soll. Aber wenn du es aushalten kannst, seine Entscheidung abzuwarten, wenn er dir das wirklich wert ist, dann musst du da wohl durch.

Bist du dir ganz sicher, dass du wirklich in ihn verliebt bist? Oder ist es gekränkter Stolz, und du willst ihn nur deshalb haben, weil du ihn nicht haben kannst? Das wäre dann das gleiche Phänomen wie mit deinen Handschuhen. Weißt du noch, diese peinlichen Dinger aus Strick, wo jeder Finger eine andere Farbe hatte? Sie haben dir selbst nicht besonders gut gefallen, bis zu dem Moment, wo du sie im Bus hast liegen lassen. Wahrscheinlich hättest du sie wenig später freiwillig weggeworfen, aber so mutierten sie auf einmal zu deinen absoluten Lieblingshandschuhen, die massiv betrauert wurden und von denen du wahrscheinlich heute noch glaubst, du würdest nie wieder so schöne Exemplare bekommen.

Kann einer der Richtige sein, der an dir zweifelt, der dir noch nie gesagt hat, dass er dich liebt, der sich nicht merken kann, dass du keine schwarzen Oliven magst und der dich offensichtlich nicht seinen Eltern vorstellen will? Du hast dir immer einen Mann gewünscht, der keinen Hehl aus seinen Gefühlen macht und der dir zur zweiten Verabredung eine Nena-Single mitbringt, weil er sich bei der ersten gleich dein Lieblingslied gemerkt hat. Aber vielleicht sind das nur naive Kleinmädchen-Wunschträume. Ich weiß es ja selber nicht.

Verdammt, geh halt zu diesem Ball und

zeig dem Typen, wie du wirklich bist: verletzlich, verliebt, manchmal unsicher, manchmal traurig, selten so gelassen, wie du es dir wünschst, und immer mit deinem Gewicht hadernd. Und wenn er dann nicht seine blöde Verlobte stehen lässt, sich vor dich hinkniet und um einen schnellstmöglichen Termin beim Standesamt bittet, dann ist er definitiv nicht der richtige Mann für dich.

Die Kekse im obersten Regal sehen meistens leckerer aus als die auf Augenhöhe. Sie sind es aber oft nicht. Nicht dass du beim Kampf um den falschen Mann den richtigen verpasst. Und das, mein Liebelein, ist nicht von einem indischen Guru, sondern von mir. Namaste!»

Herzfrequenz: 138
Verbrauchte Kalorien: 832
Zeit: 44 Minuten 35 Sekunden

Ich hasse Montage, aber diesen ganz besonders. Hamburg, Hiltrup oder Bielefeld? Liebe oder nicht? Mein Chef hat mir gesagt, er will mich gerne behalten. Ich soll ihm bis Montag verbindlich Bescheid geben, ob ich einen festen Vertrag will. Und auch Erdal wüsste bis dahin gern, ob er sich eine neue Mitbewohnerin suchen muss. Er findet es toll, wenn ich bleibe, vorausgesetzt, ich beteilige mich an den Kosten für eine Putzfrau oder besuche einen Abendkurs in Hauswirtschaft.

Herzfrequenz: 143

Aber ich kann mich nicht entscheiden, solange er sich nicht entschieden hat. Ist das nicht unglaublich, dass mein Schicksal in den Händen eines Mannes liegt, in dessen Schreibtischschublade ein Miniaturmodell des Kampfraumschiffes der imperialen Truppen aus «Krieg der Sterne» liegt? Und dessen Zahnbürste ihr Zuhause hat in einem C3PO-Becher?

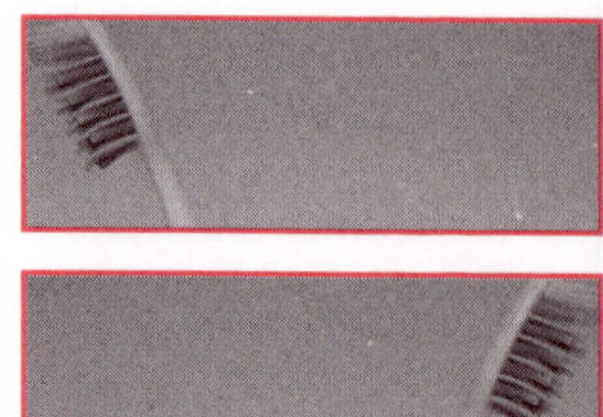

Ich habe diese beiden Devotionalien rein zufällig entdeckt, ehrlich. Ich war, nachdem Martin mich in seiner Wohnung allein gelassen hatte, auf der Suche nach Stift und Papier, weil ich ursprünglich vorhatte, einen Brief zu hinterlassen. Na ja, und was liegt da näher, als einen kurzen Blick in den Schmutzwäschekorb, die Schubladen und den Badezimmerschrank zu werfen. Eine winzige Rolle mag auch gespielt haben, dass ich auf der Suche gewesen bin nach einem Hinweis auf sie. Verdammt, wer war diese Frau?

Herzfrequenz: 145

Aber ich konnte nichts finden. Kein Lebenszeichen von Astrid Crüll. Keine BHs zwischen seinen hellblauen Boxershorts, keine Tampons in seinem Badezimmerschränkchen, keine fettlosen Cornflakes in der Küche. Ist das nicht merkwürdig: Da bist du seit Jahren mit einer Frau zusammen, und sie hinterlässt keinerlei Spuren in deinem Leben? Spricht das gegen die Frau oder gegen dein Leben?

Herzfrequenz: 150

Und während ich so Martins Wohnung unter die Lupe nahm und mich langsam mit dem Gedanken vertraut machte, eine von derzeit zwei Alternativen seines Beziehungslebens zu sein, hatte ich eine gute Idee. Nun, zu diesem Zeitpunkt erschien sie mir jedenfalls gut. Mittlerweile hat sich der ein oder andere Zweifel bei mir eingeschlichen. Okay, vielleicht hätte ich es lieber nicht tun sollen, aber für Reue ist es jetzt ohnehin zu spät.

Erzählt habe ich aber niemandem davon, denn ich möchte unter keinen Umständen, dass meine Freunde den Eindruck gewinnen, ich hätte einen schlechten Charakter.

Meine Güte, es war eben eine absolute Ausnahmesituation. Dafür sollte es mildernde Umstände geben. Wenn Stumpi Crüll nicht in der Lage ist, Spuren zu hinterlassen, war das ihr Problem. Elisabeth Dückers jedenfalls würde nicht gehen, ohne ein Zeichen zu hinterlassen. So wie man auf dem Mond seine Flagge hisst, nämlich in erster Linie, um denjenigen zu ärgern, der nach einem kommt.

Ich musste einen Ort wählen, der Martin nicht auffiel und den eine misstrauische Frau inspizieren würde. Sollte sich Martin gegen mich entscheiden, wollte ich auf diese Weise wenigstens noch einen richtig schlechten Einfluss auf seine Beziehung mit meiner Nachfolgerin nehmen.

Das ist gemein, kleinherzig, ekelhaft, hinterhältig, verwerflich und total unindisch? Ja, das stimmt. Aber ich konnte nicht anders. Ich fühlte mich gedemütigt und fand die Vorstellung unerträglich, dass meine Rivalin niemals erfahren sollte, dass sie überhaupt eine Rivalin hatte. Es wäre schreiend ungerecht, würde sie in aller Seelenruhe auf dem Wolkenball erscheinen, mit Martin nach Bielefeld gehen und ihm dort, schluchz, die Buchhaltung machen.

Und das alles, ohne zu wissen, dass es mich gibt und dass ich die Grundfesten ihrer Beziehung erschüttert hatte. Sie würde glauben, sie sei glücklich, dabei hatte sie einen Partner, der sich erst nach reichhaltiger Überlegung für sie entschieden hatte. Nicht mit mir.

Ich zog meine mauvefarbene Unterhose aus und sagte leise vor mich hin: «Auge um Auge!»

Herzfrequenz: 169

Ich wusste, was ich zu tun hatte. Eine Unterhose unter dem Sofakissen war ein eindeutiges Zeichen. Zumindest so eine Unterhose, die man in der Fachsprache ein Dessous nennt und die jede Frau nur aus einem einzigen Grund anzieht: um sie ausgezogen zu bekommen. Dieser Slip würde der Frau, die ihn findet, folgende Geschichte erzählen:

Hier spielten sich leidenschaftliche Szenen ab. Hier fiel der Besitzer dieses Sofas in wildem Verlangen über eine modebewusste und sexy Frau mit Slipgröße 38 bis 40 her. Also eine richtige Frau, die von Martin nicht wegen ihrer filigranen Figur, sondern wegen ihres unwiderstehlichen Wesens geschätzt wurde. Eine echte Bedrohung also. Offenbar hatten die beiden zunächst vor, auf dem Sofa noch ein alkoholisches Getränk zu sich zu nehmen, aber die körperliche Anziehung war wohl derartig stark, dass sie es nicht mehr bis ins Bett schafften, sondern noch auf dem Sofa übereinander herfielen. Hier war es ganz eindeutig zum Äußersten gekommen!

Ich erwog kurzzeitig sogar, auf der Unterseite des Kissens einen Mix aus Hühnereiweiß und Naturjoghurt zu verteilen, aber das war dann selbst mir zu eklig – was mich beruhigte, weil es mir den Eindruck vermittelte, dass ich mich im Großen und Ganzen noch im gesellschaftlich akzeptierten Rahmen bewegte.

Ich hob das Sofakissen hoch, nahm meine ganz persönliche Flagge – meine Unterhose – und fiel fast vor Schreck um.

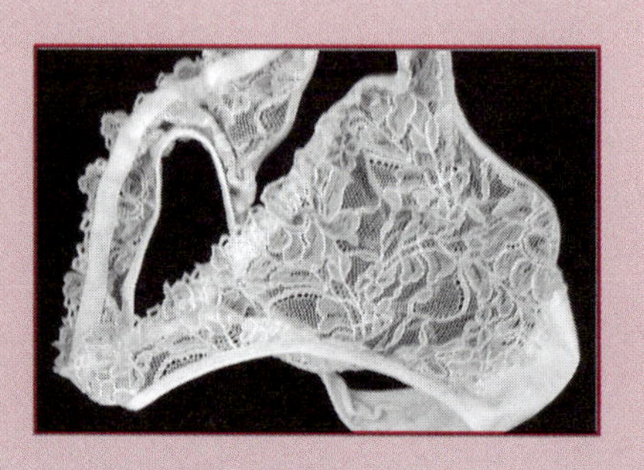

Herzfrequenz: 175

Unter dem Kissen lag ein apricotfarbener Büstenhalter. Kreisch! Apricot ist neben Mauve die Modefarbe dieses Frühjahrs. Halbdurchsichtig, mit Spitze, ganz klar ein Kleidungsstück, das jede Frau nur aus einem Grund anzieht: um es ausgezogen zu bekommen. Größe 65C. Schmaler Rücken, großer Busen – eine Traumkombination.

War es hier erst kürzlich zum Äußersten gekommen? Oder hatte hier jemand ein Zeichen gesetzt? Verdammt, wer immer hier seinen BH deponiert hatte, war eine gewiefte und zu allem bereite Frau. Pfui, was für eine bösartige Kreatur! Astrid? Oder war noch eine dritte Person im Spiel?

Ich rührte den BH nicht an und rückte das Sofakissen wieder zurecht. Mit dieser unschönen Wendung hatte ich natürlich nicht gerechnet. Verflucht. Ich war extrem verwirrt, beschloss aber instinktiv, das Feld nicht kampflos zu räumen. Eine Unbekannte hatte mich zum Duell aufgefordert und mir den Fehdehandschuh beziehungsweise den Fehdebüstenhalter vor die Füße geworfen. Elisabeth Dückers würde die Herausforderung annehmen. Ich versuchte es also unter dem nächsten Kissen und war fast ein wenig erleichtert, dass dort noch ein freies Plätzchen für meine Unterhose war.

«Ich denke, von den Linsenbratlingen mit Banane-Curry-Dip kann ich ruhig etwas naschen. So eine Linse hat so genannte

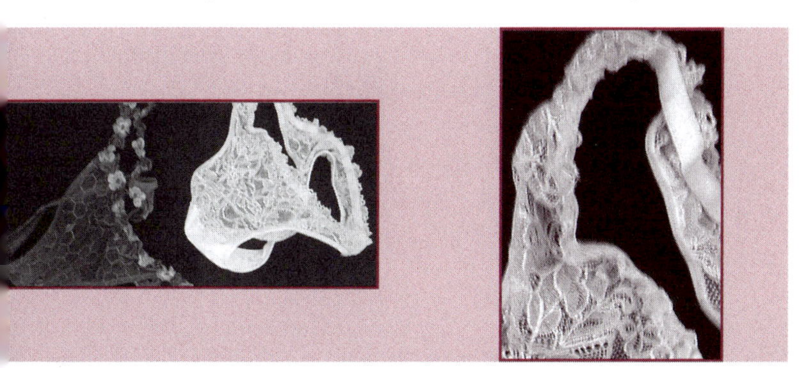

Minuskalorien, das hab ich mal gelesen. Linsen sind praktisch wie Sport von innen. Elli, jetzt mach doch nicht so ein Gesicht.»

Erdal steht in der «Bar Viaux» vor dem Büffet und löffelt sich einen gewaltigen Haufen Linsenbratlinge auf den Teller. Sollte das mit den Minuskalorien stimmen, wird er nach dem Verzehr keine zwei Kilo mehr wiegen.

Ich selber nehme von dem Büffet bloß eine Loseblattsammlung Salate, selbstverständlich ohne Dressing, dazu trinke ich literweise stilles Wasser. Jetzt wünsche ich mir, ich hätte doch die Appetitzügler-Tablette angenommen, die Erdal mir angeboten hatte, bevor wir aufbrachen. Aber ich muss sagen, dass Erdal mir das Mittel nicht wirklich schmackhaft gemacht hatte.

Doch, doch, hatte er beteuert, er habe es bereits persönlich vor einigen Monaten ausprobiert und es habe auch hervorragend gewirkt. Den ganzen Abend habe er tatsächlich nichts gegessen und keinen Moment Hunger verspürt.

Was allerdings auch damit zu tun hatte, dass er bis spät in die Nacht würgend über der Kloschüssel gehangen und das Schicksal um einen schnellen Tod angefleht hatte. «Ich habe nun mal eine außergewöhnlich reizbare Magenschleimhaut», erklärte er den Vorfall.

Und jetzt stehe ich trübsinnig vor diesem wunderbaren Büffet und versuche vergeblich die Anwesenheit von Kartoffel-Speck-Salat und Frikadellen zu verdrängen. Ich werfe Erdal einen vernichtenden Blick zu, weil der sich jetzt bar jeder Hemmung auf die frittierten Chicken Wings stürzt. «Geflügel hat ja so gut wie kein Fett», nuschelt er mir zwischen zwei Hähnchenflügeln zu. Ich drehe mich angewidert um und wünsche, die Zeit des Verzichts wäre endlich vorbei.

Noch zwanzig Stunden bis zum Wolkenball. Morgen muss ich in das blaue Kleid passen. Ansonsten bleibt mir nur der schwarze lange, langweilige Rock mit Stretchbund, mit dem ich schon die Taufe meines Patenkindes und die silberne Hochzeit meiner Eltern bestritten habe.

«Ich gehe jetzt, Erdal, sonst habe ich morgen Augenringe.»

«Es ist erst zehn. Du bleibst. Wie du morgen aussiehst, ist doch völlig egal. Maurice kommt um sechs, und ich habe noch keinen Augenring gesehen, den er nicht repariert hätte. Lenk dich ab und trink noch ein Wässerchen. Tina wäre bestimmt beleidigt, wenn du so früh schon wieder abhaust.»

«Was, glaubst du, wird das für eine Überraschung? Oder weißt du, worum es geht?»

«Ich weiß auch nur, was heute in der Rundmail stand: ‹Spontane Party in der Bar Viaux. Große Überraschung gegen 23 Uhr. Eure Tina.› Es hat bestimmt was mit ihrem geplanten ‹Bild›-Interview zu tun. Vielleicht erscheint es morgen, und sie feiert mit uns ihre offizielle Rückkehr in den Kreis der Heterosexuellen. Pffhh, wenn die wüssten. Ich finde es schon ziemlich unverschämt, dass Tina ihre Liebesgeschichte mit Carolin selbst vor mir geheim gehalten hat. Ich bin nun wirklich für meine Diskretion bekannt, und außerdem habe ich ihr immer alles von mir erzählt, wirklich alles. Sogar als sich Karsten bei unserem ersten Mal die Vorhaut eingerissen hat. Dabei hatte er mich so gebeten, es niemandem zu sagen. Aber Tina ist eine so enge Freundin von mir, da wollte ich ihr gegenüber einfach nicht illoyal sein, indem ich ihr etwas so Wesentliches verschweige. Und was habe ich davon? Ich muss von dir erfahren, dass die Frau, vor der ich kein Geheimnis habe, ohne mein Wissen zu einer Lesbe geworden ist. Das ist bitter, Elli, einfach nur bitter. Ich denke, ich gönne mir jetzt eine Messerspitze Mascarponecreme. Zucker beruhigt die Nerven.»

Erdal lässt mich stehen, und ich betrachte missgelaunt die anderen Gäste. Ich kenne hier mal wieder keine Sau. Außer Super-Nucki, aber der hat mich mit einem so derartig abfälligen

Kopfnicken begrüßt, dass ich mich jetzt schon gar nicht mehr traue, überhaupt in seine Richtung zu schauen. Vielleicht ist er ja auch schon gegangen. So wie ich ihn kenne, ist das hier keine Party nach seinem Geschmack. Zu viele Fernsehnasen, zu viel Make-up, zu viel Bussi rechts und Bussi links. Gerade überlege ich, ob ich vor lauter Langeweile vielleicht doch etwas Gehaltvolleres zu mir nehmen soll, als Super-Nucki wie unabsichtlich auf mich zuschlendert.

Ich bekomme Herzklopfen. Wie albern. Jetzt noch ’ne fiese Bemerkung von dem, und ich renne heulend raus, verbrenne mein blaues Kleid und verlängere meine Mitgliedschaft in der Hiltruper «Fitness Oase» bis ins Jahr 2044. Ich habe genug durchgemacht. Ich straffe die Schultern und versuche, unbeteiligt auszusehen.

«Wie geht’s?»

Schon allein das klingt aus seinem Mund so gemein, dass ich mich zusammennehmen muss, um nicht auf der Stelle in die Knie zu gehen und um Gnade zu betteln.

«Danke, sehr gut.»

«Schön für dich.»

Die Sprechpause, die darauf folgt, ist mit «ungemütlich» noch freundlich umschrieben.

«Musst du heute noch in der Videothek arbeiten?»

«Meine Schicht beginnt um elf. Ich hau gleich ab.»

«Mmmh.»

«Hast du dir ‹Spider-Man 2› angeschaut?»

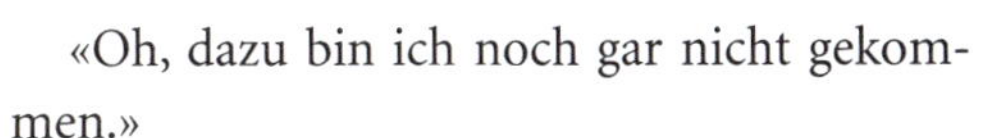

«Oh, dazu bin ich noch gar nicht gekommen.»

«Klar, hatte ich mir schon gedacht.»

«Ich wollte unbedingt, aber mir ist da was Wichtiges dazwischengekommen. Dieses Wochenende schaffe ich es aber ganz bestimmt.»

«Klar, eilt ja nicht. War das da neulich an der Elbe eigentlich dein Freund?»

«Also weißt du, ich ...»

«Das klingt ja nicht nach der großen Liebe.»

«Doch, oder nein, es ist etwas kompliziert, weißt du.»

«Nee, weiß ich nicht. Liebe ist nicht kompliziert. Man muss einfach nur sagen, was man fühlt, mehr nicht.»

«Ach, mehr nicht? Du findest das einfach, und dir gelingt es ständig? Toll, Glückwunsch, Mister Loverman!»

«Nein, Entschuldigung, du hast Recht. Mir selber gelingt das leider auch ...»

In diesem Moment geht das Licht aus, und Yvonne Catterfield plärrt mit ohrenschmer-

zender Lautstärke aus den Boxen. Die meisten Gäste verdrehen kollektiv entrüstet die Augen und halten sich die Ohren zu – um dann beim Refrain doch verschämt mitzusingen:

«Für dich schiebe ich die Wolken weiter
Sonst siehst du den Sternenhimmel nicht
Für dich dreh ich so lang an der Erde
Bis du wieder bei mir bist

Auch mir ist dieser dusselige Text eigenartigerweise bekannt, aber um mich nicht zu verraten, presse ich fest meine Lippen zusammen. Ich möchte in Super-Nuckis Ansehen nicht noch weiter nach unten sinken, nachdem ich ihn schon in trunkenem Zustand mit meiner Interpretation von Nenas «Leuchtturm» belästigt habe. Ich stehe stocksteif da, während um mich herum die Leute die Wunderkerzen anzünden, die Tina am Eingang verteilt hat. Ich schiele zu Super-Nucki rüber, auch er bleibt völlig regungslos.

«Ich hör dich ganz ohne Worte
ich fühle wo du bist
auch wenn es noch so dunkel ist»

Leider fühle ich mich plötzlich aufs unzulässigste romantisiert. Ich spüre Super-Nucki in der Dunkelheit neben mir stehen, er bewegt sich jetzt ein wenig, und ich bemerke ganz deutlich diese intensive Spannung, die plötzlich zwischen uns entsteht. Ich überlasse mich ganz dem Moment, schließe die Augen und lehne mich vorsichtig an ihn.

Wahnsinn!

Ich muss schon sagen, an einen so jungen Mann habe ich mich schon lange nicht mehr gelehnt. Lange Sekunden stehen wir so da, die Wunderkerzen um uns verglimmen, Yvonne singt die letzten Takte, und ich wünsche mir, dass das hier nie endet.

Als das Licht wieder angeht, schaue ich schüchtern in Super-Nuckis Augen – und gehe ohne Umwege zur Bar, um in möglichst kurzer Zeit möglichst viel Alkohol zu mir zu nehmen. Nüchternheit ist jetzt keine Option mehr. Dagmar Berghoff, an die ich mich im Dunkeln versehentlich gelehnt habe, schaut mir etwas überrascht nach. Super-Nucki war längst gegangen.

«Liebe Freunde, Kollegen, Bruderherz, liebe Mama und Papa!»

Tina ist mit einem Mikrofon auf den Bartresen geklettert.

«Ich habe euch heute Abend hierher eingeladen, weil ich möchte, dass ihr als Erste erfahrt, was morgen alle wissen werden. Ihr habt ja in der Zeitung die Spekulationen gelesen, ob ich lesbisch sei und mit wem ich da so spätnachts nach Hause kam. In einem Interview, das morgen erscheint, stelle ich das alles klar.»

Tina macht eine Pause. Niemand rührt sich.

«Um zwei Dinge zu klären: Die Frau an meiner Seite war Elli. Sie steht da rechts am Büffet. Ich bin sehr glücklich und dankbar, dass Elli meine Freundin ist, aber sie ist definitiv nicht lesbisch. Leider.»

Alle drehen sich zu mir hin und prosten mir zu. Unnötig zu erwähnen, dass ich zu diesem Zeitpunkt aussehe wie eine Bloody Mary mit besonders viel Tabasco und am liebsten im Boden versinken möchte. Es ist nicht so, dass ich grundsätzlich ungerne im Mittelpunkt stehe. Aber ich werde lieber vorgewarnt. Und zwar rechtzeitig genug, um vorher ein deckendes Make-up aufzulegen.

Gott sei Dank spricht Tina weiter.

«So, und jetzt muss ich euch noch was sagen. Ich weiß nicht, ob ich lesbisch bin, aber eins weiß ich hundertprozentig: Ich liebe eine Frau. Diese Frau! Carolin, kommst du bitte zu mir hoch?»

Eine zierliche Frau mit langen dunklen Haaren klettert neben Tina auf den Tresen. Erschüttertes Schweigen. Eine ältere Dame schluchzt leise. Sicherlich Tinas Mutter, die sich im Geiste von ihren ungeborenen Enkelkindern verabschiedet.

Irgendwie weiß hier keiner so recht, wie er auf dieses Outing reagieren soll. Es ist Erdal, der die Situation rettet. Er klatscht und ruft: «Freunde, es lebe die Liebe!» Und das löst endlich die Spannung. Alle klatschen. Selbst Tinas Mutter wischt sich die Tränen aus dem Gesicht, schüttelt Carolin vorsichtig die Hand und sagt, es habe sicherlich auch Vorteile, statt des erwarteten Schwiegersohnes nun eine Schwiegertochter zu bekommen. Mädchen seien von ihrem Wesen her ja einfach viel lieblicher und familienorientierter, und das gelte doch hoffentlich auch für schwule Mädchen, oder?

Ich muss selbstverständlich vor lauter Rührung weinen. Und es ist Erdal, der mich freundschaftlich darauf aufmerksam macht, dass die Wimperntusche, die ich benutze, ganz offensichtlich keine wasserfeste ist. Ich beschließe, zu Fuß nach Hause zu gehen. Es ist eine warme Nacht, und schlafen kann ich jetzt sowieso nicht.

Ob morgen alles wieder von vorne anfängt: der Kummer, das Nicht-wahrhaben-Wollen, der Hass, die Rachepläne und das ganz langsame Sichfügen ins Unvermeidliche? Oder lässt sich der Schmerz der vergangenen Wochen anrechnen auf den Schmerz, der mir vielleicht erneut bevorsteht? Ich will Martin nicht wieder verlieren. Oder will ich einfach nur nicht verlieren?

Ich habe mir auf dem Rückweg einen Royal TS gekauft, und jetzt sitze ich mitten in der Nacht auf dem Spielplatz bei mir um die Ecke, kauend, schaukelnd, nachdenkend.

Ich will mich ein bisschen jung fühlen, deswegen habe ich

diesen Platz gewählt. Einen Burger auf der Schaukel essen, das tut man doch nur, wenn man von innen noch nicht erwachsen ist, oder? Ich bin betrunken und sentimental und davon überzeugt, dass mein Leben hinfort einer besonders öden Ödnis gleichen wird. Keiner will mich. Martin lässt sich von der bösartigen Schlampe in apricotfarbener Wäsche in Bielefeld die Buchhaltung machen. Super-Nucki wird unfreundlich, sobald er mich nur zu Gesicht bekommt, und verwandelt sich in Dagmar Berghoff, wenn ich mich an ihn lehnen will.

Und Gregor hat gerade sein zweites Kind bekommen. Ein Mädchen. So entzückend. Die kleine Gwendolyn. Das hat mir meine Mutter gestern vorwurfsvoll am Telefon berichtet.

Warum bleibe ich bloß immer übrig? Die absurdesten Leute finden auf dieser Welt einen Partner. Leute, die dicker sind als ich, kleiner, dümmer. Sogar Männer, die Socken in ihren Adiletten tragen, finden heutzutage eine adäquate Lebensgefährtin. Und zeugen Kinder, denen sie dann absurde Namen geben.

Gwendolyn. Ich muss doch wirklich sehr bitten. Ich bin

sicher, dass Gregors Frau daran schuld ist. Das kommt nämlich dabei raus, wenn sich Leute vom Dorf im Grunde ihres Herzens für verhinderte Kosmopoliten halten. Die verpassen ihren Kindern Namen, die im Münsterland garantiert noch keine Sau gehört hat und die kein Mensch aussprechen kann. Hauptsache, was Besonderes. Und wenn's nur besonders doof ist.

Am schlimmsten hat es in Hiltrup ja die Tochter von Theo und Stefanie Grube getroffen. Steffi kam sich schon immer ungeheuer damenhaft vor, und seit sie in Französisch eine Zwei minus bekommen hatte, die beste Note der Klasse, behauptete sie von sich selbst immer, sie sei wahnsinnig frankophil. Zum Beweis kaufte sie sich eine Langspielplatte von Charles Aznavour und machte zweimal hintereinander in der Bretagne Urlaub. Und natürlich bestand sie darauf, ihrer Tochter einen französischen Vornamen zu geben. Ein folgenschwerer Fehler, der erst auffiel, als der Pfarrer bei der Taufe den Vor- und Zunamen des armen Säuglings zum ersten Mal komplett sagte: «Ich taufe dich auf den Namen Claire Grube.»

Ja, ja, damals habe ich mir auch die Schadenfreude nicht verkneifen können. Und heute? Heute wäre ich froh, ich hätte überhaupt einen Mann, um mit dem eine Tochter zu zeugen, die ich dann mit einem ambitionierten Vornamen verschandeln könnte. Stattdessen schaukle ich unbemannt und kinderlos durch mein Dasein. Wenn das so weitergeht, werde ich wohl Karriere machen müssen.

«Ich will kein lebensnahes Leben leben. Ich will mehr!»

Ich drücke auf G, Tiefgarage Plaza Hotel.

24. Stock. Die Lifttüren schließen sich. Ich weiß nicht, wie ich mich fühlen soll. Also fühle ich erst einmal nichts. Ein Pärchen kommt noch schnell herein. Sie kichert und lehnt sich an ihn. Er lockert seine Krawatte. Es ist kurz nach Mitternacht.

Das war er also, der Wolkenball. Die Nacht der Entscheidung. Ich schließe die Augen. Ich bin nicht müde.

«Jetzt mal tief ausatmen und den Bauch einziehen», hatte Erdal gerufen und mit roher Gewalt an meinem Reißverschluss gezerrt.

«Und was ist, wenn ich heute im Laufe des Abends auch mal wieder einatmen möchte?», hatte ich vorsichtig eingewandt.

«Nix da, entweder atmen oder Größe 38!»

Die Knöpfe am Rücken des blauen Kleides hatten Erdal und Maurice bereits mit vereinten Kräften schließen und dahinter

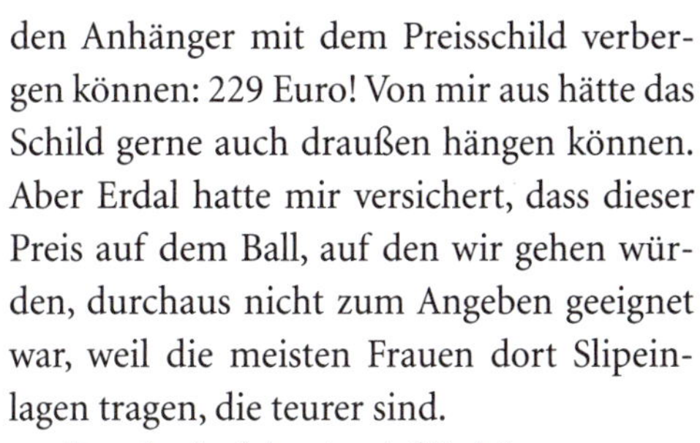

den Anhänger mit dem Preisschild verbergen können: 229 Euro! Von mir aus hätte das Schild gerne auch draußen hängen können. Aber Erdal hatte mir versichert, dass dieser Preis auf dem Ball, auf den wir gehen würden, durchaus nicht zum Angeben geeignet war, weil die meisten Frauen dort Slipeinlagen tragen, die teurer sind.

«Bauch einziehen!», rief Erdal erneut.

«Es gibt eben Bäuche, die kann man nicht einziehen», sagte Maurice wenig schmeichelhaft.

Der Reißverschluss über der Hüfte bereitete uns echte Schwierigkeiten.

«Ich hab's gleich», keuchte Erdal. Er erinnerte mich an einen Gynäkologen, der das Baby mit der Saugglocke holen musste.

«Mach's bloß nicht kaputt», warnte ich, «sonst können wir das Teil am Montag nicht zurückschicken.»

«Geschafft.» Erdal trat ein paar Schritte zurück und bewunderte sein Werk. «Na bitte, Elli, das passt doch wie angegossen. Ich bin stolz auf dich.»

Ich betrachtete mich wohlwollend im Spiegel.

«Und was ist mit deinem Anzug, Erdal?», fragte ich vorsichtig. Ich wollte Erdal ja nicht beschämen, aber ich hatte irgendwie nicht den Eindruck, dass er in den vergangenen Wochen die nötigen Kilos abgenommen hatte, um in seine Traumgröße 48 zu passen.

«Un momento, erst gehe ich mich kurz duschen, und dann werde ich euch das Prachtstück an meinem Prachtkörper vorführen. Maurice, kümmere dich in der Zeit doch noch etwas um Ellis Teint. Ich finde, sie glänzt immer noch zu sehr auf der Stirn.»

«Tatatata!»

Erdal betrat das Wohnzimmer wie Heidi Klum den Laufsteg. Ich war überrascht. Nun gut, über die Farbe, ein dunkles Blau durchwirkt mit Goldfäden, ließe sich sicher streiten, aber der Anzug sah wirklich nicht zu eng aus.

«So werden wir schließlich doch noch belohnt für unsere ganze Mühe, was, Elli?»

Erdal schaute zufrieden an sich herunter. Dann fing er plötzlich an, sich die Augen zu reiben.

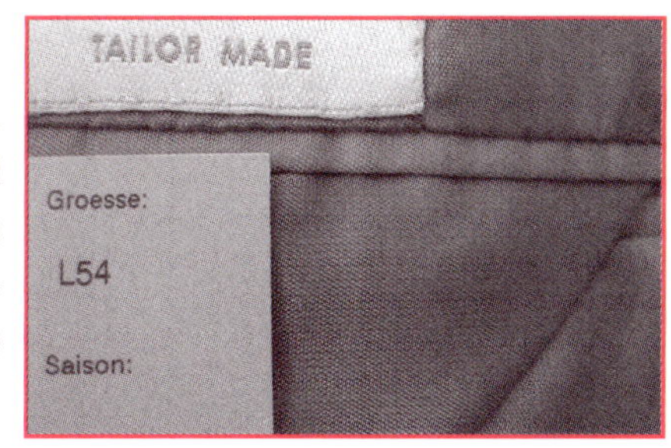

«Irgendwas stimmt nicht. Aua, meine Augen! Und mein Gesicht brennt auch wie Feuer. Verdammt, anscheinend vertrage ich deine Gesichtscreme nicht, Elli.»

«Welche Gesichtscreme?»

«Na, die in der gelben Tube neben deinem Zahnputzbecher.»

«Du benutzt meine Cremes?»

«Ach, nur manchmal. Aber die kannte ich noch nicht, und Vichy ist ja auch eine gute Marke.»

«Das ist keine Gesichtscreme. Das ist ein Gel gegen Orangenhaut. Das heizt die Haut auf und fördert die Durchblutung in den oberen Hautschichten.»

«Hargh, meine Augen, ich erblinde!», schrie Erdal, riss sich sein Sakko vom Leib und rannte Richtung Bad. Ich hängte sein Jackett vorsichtig über einen Küchenstuhl. Es war purer Zufall, dass mir dabei das Schild mit der Größe ins Auge fiel. Ich beschloss, für immer darüber zu schweigen.

19. Stock

Die Türen öffnen sich. Das Pärchen steigt aus.

«Und jetzt noch einen Schampus aus der Minibar», flüstert er ihr ins Ohr. Sie schwankt ein bisschen und legt ihre Hand auf seinen Po.

Es war klar, dass Erdal mich in seinem Zustand nicht begleiten konnte. Seine Augen tränten fürchterlich und waren feuerrot.

«Es ist wohl besser, ihr sagt Karsten nichts davon», schniefte er. «Ich möchte nicht, dass er in Panik gerät. Außerdem ist er heute Abend mit seinem Exfreund verabredet, und ich will ihm unter keinen Umständen den Abend verderben.»

Als ich eine Dreiviertelstunde später das Haus verließ, ich war natürlich viel zu spät dran, traf ich Karsten im Treppenhaus.

«Ist es wirklich so schlimm?», fragte er im Hinauflaufen, drei Stufen auf einmal nehmend.

«Ich glaube nicht, aber gönn ihm ruhig den Triumph, diesmal wirklich was zu haben.»

Um Zeit zu sparen, hatte mir Erdal sein Auto überlassen. Ich düste also mit dem klapprigsten Fiat Panda, den man sich vorstellen kann, durch die Stadt, parkte in der Tiefgarage des Plaza Hotels und fuhr mit angehaltenem Atem und eingezogenem Bauch in den 24. Stock. Wolkenball!

«Ach, das Fräulein Dückers. Wie apart, Sie haben ein wenig abgenommen.»

Na, das war ja klar, dass ich bei meinem Glück als Erstes Martins Mutter über den Weg laufen würde. Aber diesmal war ich nicht bereit, mich von der alten WC-Ente erneut herabwürdigen zu lassen. Auch wenn ich dereinst womöglich ein Teil ihrer Familie sein würde. Hier und jetzt mussten die Fronten geklärt werden! Ich lächelte Frau Gülpen freundlichst an.

«Guten Abend. Kennen wir uns?»

War mir das ein Vergnügen! Frau Gülpen war einen Moment lang sprachlos. Dann streckte sie mir ruckartig ihre Hand entgegen.

«Henriette Gülpen, von Bäder-Gülpen in Hamburg-Lokstedt. Mein Sohn war mal ganz kurz mit Ihnen bekannt, wenn ich mich recht entsinne.»

«Da täuscht Sie Ihre Erinnerung, Frau Gülpen, ich bin immer noch mit Ihrem Sohn befreundet. Würden Sie mich jetzt bitte entschuldigen, ich muss dahinten einige Bekannte begrüßen.»

Ich schenkte ihr ein vom kalten Herzen kommendes Lächeln und ging. Na bitte, das hatte ja prächtig funktioniert. Meine zukünftige Schwiegermutter hatte ich schon mal gekonnt vergrault. Aber ich kam mir wahnsinnig authentisch dabei vor.

«Verstell dich nicht», hatte die weise Petra mir geraten, «wer dich nicht mag, wie du bist, hat selber Schuld.» Der oberschlaue Erdal war da allerdings wieder mal anderer Meinung. Verstellung sei schließlich das halbe Leben, und man könne gar nicht genug daran arbeiten, auf möglichst natürliche Weise unnatürlich zu sein, dozierte er. Ich solle mir bitte mal ganz kurz vorstellen, was auf dieser Welt passieren würde, wenn wir alle nur noch über die Witze lachen, die wir wirklich gut finden, und uns jedem Kontrolleur gegenüber, der uns beim Schwarzfahren erwischt, absolut authentisch verhalten. Natürlich sein bedeute, sich so perfekt zu verstellen, dass man es selber kaum noch merke.

Aber ich beschloss, diesmal nicht auf ihn zu hören. Ich war perfekt geschminkt, aber meinen Charakter würde ich heute Abend ohne Make-up und ohne Rouge auf die Menschheit loslassen.

Die meisten Ballgäste hatten noch nicht Platz genommen. Ich

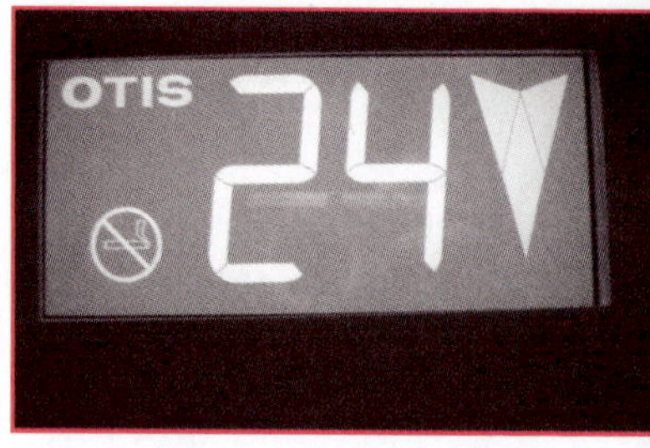

schaute mir die Namenskärtchen auf den Tischen an auf der Suche nach den Plätzen von Martin und Astrid. Nach meinem Platz brauchte ich erst gar nicht Ausschau zu halten. Erdal hatte zwar gute Kontakte, aber diesmal hatten sie nicht gereicht, uns Tischkarten zu besorgen. Ich hatte eine so genannte Flanierkarte, das heißt, du darfst dich am Büffet bedienen, an Stehtischen essen und dabei den Gästen erster Klasse auf den Teller glotzen.

Mir war's recht. In einem Kleid, in dem man kein Gramm Luft zu viel holen durfte, war an Essen ja sowieso nicht zu denken. Ich wollte lieber aus sicherer Entfernung Martin und Astrid beobachten, um dann in einem strategisch klugen Moment einen beeindruckenden Auftritt hinzulegen.

«Martin G. Gülpen». Ich hatte seinen Platz gefunden. Er saß zwischen seinen Eltern. Am ganzen Tisch keine Spur von Arschtritt Stumpi Crüll. Seltsam. Ich zog mich in eine Ecke des Foyers zurück.

15. Stock

Ein dicker Typ steigt zu, tritt mir auf den Fuß und entschuldigt sich nicht. Ich bemerke entsetzt, wie sich ein großer Kloß in meinem Hals bildet und literweise Tränenflüssigkeit Richtung Augenränder schwappt. Gleicht läuft's über. Verdammt, was soll der Scheiß? Ich habe doch überhaupt keinen Grund zum Heulen. Es ist alles genau so gelaufen, wie ich wollte.

Ich näherte mich Martin von hinten. Er stand schon eine ganze Weile etwas verloren am Rand der Tanzfläche und nickte ab und zu seinen vorbeitanzenden Eltern zu. Ich hatte scharf aufgepasst, aber nicht ein einziges Mal war eine Frau an Martins Seite aufgetaucht, die seine Verlobte hätte sein können. Mist, wo war die doofe Kuh? Ich fühlte mich irgendwie betrogen, schließlich hatte ich mich in allererster Linie für sie schön gemacht. Ich wollte sie beeindrucken. Ich wollte ihr zeigen, dass sie gegen mich keine Chance hatte. Für sie hatte ich abgenommen. Für sie hatte ich mir von Maurice die Mitesser entfernen lassen. Für sie hatte ich gestern auf der Schaukel die Hälfte meines Burgers weggeschmissen. Für sie hatte ich mir die Wimpern viermal hintereinander getuscht.

Ich wollte ihr Angst einjagen. Und ich wollte ihren Respekt.

Und jetzt?

Ich kam mir vor wie jemand, der sich nach allen Regeln der Kunst an eine Blockhütte anschleicht, die Tür aufreißt, laut «Buh!» ruft und feststellen muss, dass sich keiner erschrocken hat, weil gar keiner da ist. Übereifer ohne entsprechendes Ergebnis. Ein blödes Gefühl.

Also versuchte ich mich auf meine eigentliche Mission zu besinnen: den Mann, den ich über alles liebte, für mich zu gewinnen.

«Hallo, Martin», sagte ich superlässig und stellte mich neben ihn.

«Elli! Was machst du denn hier?»

«Ich bin eingeladen. Stell dir vor.»

«Das ist ja eine Überraschung. Du siehst phantastisch aus, umwerfend!»

«Danke.»

«Bist du allein hier?»

«Ja. Und du? So ganz ohne Stumpi?»

«Äh, ja nun, sie hat eben diese Höhenangst, wie du vielleicht noch weißt, und da ist der 24. Stock für sie natürlich nicht ganz das Richtige.»

«Verdammt. Das hatte ich völlig vergessen.»

«Wieso verdammt?»

«Na ja, ich hätte deine Verlobte wahnsinnig gerne mal kennen gelernt.»

«Nun, sie ist eigentlich nicht mehr meine Verlobte.»

«Was?!»

«Ich habe es Astrid noch nicht gesagt, aber ich werde mich von ihr trennen. Morgen mache ich reinen Tisch.»

Martin schaute mich abwartend an und legte mir langsam einen Arm um die Hüfte. Ich sagte nichts. Ich wartete auf die Glückswelle, die mich in wenigen Sekunden überfluten würde. Das war's also. Martin hatte sich entschieden. Für mich.

«Elisabeth, was sagst du dazu?»

«Ich bin sprachlos», krächzte ich.

«Dann lass uns tanzen.»

Ein unglaublich schlechter Sänger intonierte das schon in der Originalversion unglaublich schlechte «Jenseits von Eden» von Nino de Angelo. Das war natürlich selbst für jemanden mit einem eher unterdurchschnittlichen Musikgeschmack wie mich nur ganz schwer zu ertragen. Ich dachte, dass man das in der Nachbearbeitung eventuell korrigieren müsste. Ich finde es durchaus in Ordnung, Erinnerungen posthum ein wenig aufzurüschen.

Wahrscheinlich lügen doch die meisten Menschen, wenn sie von dem Moment berichten, in dem sie unwiderruflich ein Paar geworden sind. Es ist schon auffällig, dass da angeblich immer die Nacht sternenklar war oder wahlweise die Sonne durch die Wolken brach oder ein romantisches Gewitter tobte. Oft spielen sie im Radio ausgerechnet in den Sekunden vor dem entscheidenden Kuss «Just the two of us» von Bill Whithers oder, auch gerne genommen, etwas von Verdi. Und dann schmiegen sich Mann und Frau aneinander, der Blitz der Liebe fährt durch sie hindurch, und sie wissen, dass sie füreinander bestimmt sind.

«Es war perfekt», erzählen sie dann später und lächeln einander zu. Weil beide wissen, dass es anders war. Oder weil beide verdrängt haben, dass es anders war. Vielleicht hat er bei diesem Kuss an die Frau gedacht, die er eigentlich lieber küssen würde, die ihn aber nicht haben will. Vielleicht hat sie sich gefragt, ob er diesen säuerlichen Mundgeruch wohl immer hat oder ob es sich nur um eine vorübergehende Erscheinung handelt. Vielleicht ist ihm unter dem sternenklaren Himmel beim Knutschen am Strand Sand unter die Vorhaut geraten. Aber das erzählt sich halt so schlecht.

Und irgendwie möchte doch jeder eine glanzvolle Erinnerung an den Beginn einer Liebe bewahren, die dann womöglich nicht ganz so glanzvoll weitergegangen ist. Wie viele Paare bekommen nur dann strahlende Augen, wenn sie vom Beginn ihrer Liebe berichten, die dann sofort wieder erlöschen, wenn es um das vorvergangene Wochenende geht. Das ist schon tragisch, wenn die beste Zeit deiner Beziehung gleich nach dem Kennenlernen vorbei ist.

Nun, diese Sorgen brauchten Martin und ich uns jedenfalls nicht zu machen. Unsere holprige Anfangssequenz wurde nun auch noch durch Nino de Angelos einzigen Hit überschattet. Es konnte nur besser werden.

Ich schmiegte mich an Martin, legte meine Wange an seinen Hals und hoffte eindringlich auf das ganz große Gefühl, das Gefühl, dass einzig er der Richtige für mich war.

«Du siehst wirklich wunderschön aus», flüsterte mir Martin ins Ohr. «Dass du hier bist, erleichtert mir die Entscheidung unglaublich.»

Ich löste mich von ihm und schaute direkt in seine Augen.

«Du hast dich also für mich entschieden, Martin?»

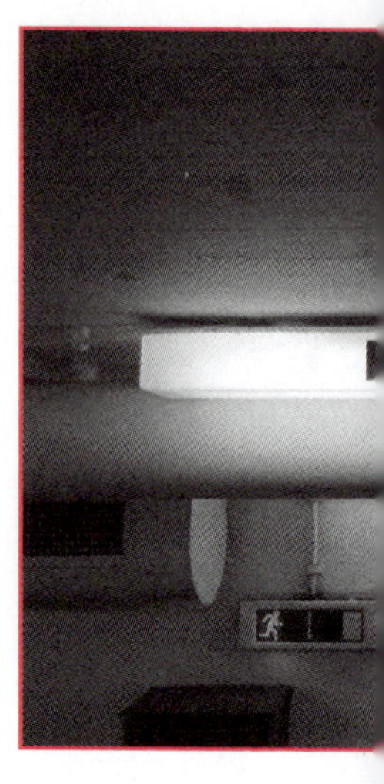

«Ja, mein Engel. Ohne Wenn und Aber.»

Es hätte ein großer Moment sein können. Warum spürte ich ihn nicht?

«Ich habe mich auch entschieden.»

«Wie schön. Dann ist ja jetzt alles perfekt.»

«Gegen dich.»

Ich starrte Martin ebenso überrascht an wie er mich. Wir konnten beide nicht glauben, was ich da gesagt hatte. Wir hörten auf zu tanzen und standen uns jetzt mitten auf der Tanzfläche gegenüber.

«Es tut mir Leid, aber du bist nicht der Richtige für mich», hörte ich eine Stimme sagen. Es war tatsächlich meine.

«Elisabeth, was redest du denn da? Komm, lass uns eine ruhige Ecke suchen und in Ruhe darüber reden.»

Martin griff meinen Arm und wollte mich von der Tanzfläche ziehen.

«Glaub mir, Martin, es gibt nichts zu reden.»

Im selben Moment riss mein Kleid am Rücken, und zwei blaue Knöpfe kullerten über das Parkett. Bedauerlicherweise hatte der Nino-de-Angelo-Imitator gerade eine kurze Pause eingelegt. Die Leute um uns herum versuchten so zu tun, als hätten sie nichts mitbekommen, wollten aber auch kein Wort der Darbietung verpassen – die hanseatische Art von Diskretion eben.

Martin bückte sich nach den Knöpfen und drückte sie mir in die Hand.

«Was ist bloß in dich gefahren, Elisabeth?»

«Es tut mir Leid, Martin, aber ich bin wohl einfach noch nicht bereit für eine neue feste Beziehung.»

Ich drehte mich um und ging gemessenen Schrittes Richtung Ausgang – wohl wissend, dass mein Kleid am Rücken sperrangelweit aufstand und die Sicht freigab auf das Preisschild und den Bund meines nur beinahe hautfarbenen, oberschenkelformenden Miederhöschens. Ich warf stolz den Kopf in den Nacken. So wie ich es im «Strip and Dance»-Kurs gelernt hatte.

Nach ein paar Schritten drehte ich mich nochmal um.

«Ach und noch was, Martin, du solltest den Müll unter deinen Sofakissen entsorgen.»

8. Stock

Der Dicke steigt aus. Die Türen schließen sich, und ich bin allein. Ein Glück. Ich hätte mich keine drei Sekunden mehr zusammennehmen können. Ich heule auf der Stelle los.

Was habe ich mir da bloß freiwillig angetan? Wie konnte ich nur? Heute sollte das Happy End meines Lebens stattfinden. Und jetzt?

Ich bin eine über dreißigjährige Singlefrau, die Größe 38 sprengt. So enden trübselige, lebensnahe Dokumentationen mit einem nicht messbaren Zuschaueranteil auf 3Sat. Und keine Blockbuster, die innerhalb eines Wochenendes hundert Millionen Dollar einspielen.

Ich will kein lebensnahes Leben leben. Ich will mehr.

«Wer immer mehr will, der bekommt am Ende gar nichts», höre ich förmlich meine Mutter meckern. «Ein wenig Bescheidenheit würde dir gut stehen, Elisabeth Dückers, dann wärest du bestimmt zufriedener.»

Aber ich will nicht zufrieden sein, so lauwarm, so halb gar, so mittelmäßig, so kompromissbereit. Ich will glücklich sein.

Ist unglücklich sein besser als zufrieden sein? Da bin ich mir, ehrlich gesagt, nicht hundertprozentig sicher. Soll ich zurück in den 24. Stock fahren? Vielleicht ist es noch nicht zu spät.

Ich bin, das muss man so sagen, auf dem Weg nach ganz unten.

5. Stock

Er hat sich für mich entschieden. Das habe ich doch gewollt.

4. Stock

Schöner wäre allerdings gewesen, er hätte nicht so lange überlegen müssen.

3. Stock

Ich war so sehr damit beschäftigt, dafür zu sorgen, dass er mich will, dass ich ganz vergessen habe, mich zu fragen, ob ich ihn will. Aber warum sollte ich ihn nicht wollen? Es war doch alles perfekt. Der Mann hat Geschmack, Manieren, Geld und einen ordentlichen Hintern. Bis gestern habe ich mich noch gewundert, warum sich so einer überhaupt für mich interessiert. Und heute ist er mir plötzlich nicht mehr gut genug?

2. Stock

Vielleicht ist es wie mit Trüffeln und Designer-Mode: Bloß weil etwas teuer ist, muss es nicht das Richtige sein. Aber man lässt sich leicht blenden. Ich weiß noch, wie ich mir zu Gregors Hochzeit was besonders Schickes gönnen wollte, um die Braut in den Schatten zu stellen. Ich fuhr nach Düsseldorf auf die Kö zum Einkaufen. Allein schon für diesen Zweck hatte ich vorher in Münster eine hochwertige Markenbluse erstanden, mit dem Logo vorne auf der Brusttasche.

Ich weiß nicht, ob es anderen auch so geht, aber ich finde, in teuren Boutiquen fühlt man sich nur teuer gekleidet als vollwertiger Mensch. Es ist wie mit Banken: Willst du Geld, musst du so tun, als hättest du Geld. Brauchst du einen Kleinkredit für einen Polo, fährst du am besten mit einem Mercedes vor.

Ich klapperte also mit gut sichtbarem Markenzeichen die Läden ab. Man muss sagen, dass die ja ab Konfektionsgröße 40 nicht mehr sehr gut sortiert sind. Fast war ich so weit, statt: «Ich suche ein auffälliges Kostüm für eine Hochzeit», zu sagen: «Ich suche einfach nur was, in das ich reinpasse.» Aber schließlich wurde mir ein Kleid in die Kabine gereicht, das nicht nur widerstandslos über meinen Körper glitt, nein, ich konnte mich darin sogar frei bewegen. Und es war bereits heruntergesetzt! Euphorisch trat ich vor den Spiegel.

«Es sitzt perfekt», sagte die Verkäuferin.

«Aber es steht mir nicht, oder?», fragte ich verzagt.

«Natürlich steht es Ihnen. Es ist schließlich von Issey Miyake.»

«Ach so, ja dann.»

Nach einer Weile gelang es mir, mich einigermaßen an meinen Anblick zu gewöhnen. Ich kaufte das Kleid zu einem Preis, über den ich bis heute mit niemandem spreche.

Ich habe es übrigens kein einziges Mal getragen. Petra, der ich das Kleid glücklicherweise vor der Hochzeit zeigte, hatte mir verboten, damit das Haus zu verlassen: «Du siehst aus wie ein Lampenschirm in einem

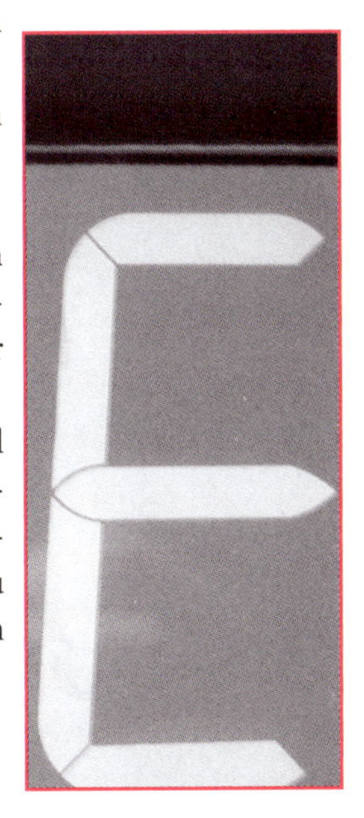

chinesischen Schnellimbiss.» Ich habe das Kleid dann bei E-Bay verkauft, für neun Euro fünfzig.

1. Stock

Wie war ich jetzt darauf gekommen? Ach ja, richtig. Martin ist zwar ein Marken-Mann, aber er steht mir trotzdem nicht. So einfach ist das. Und so traurig. Aber nicht zu ändern. Ich habe die richtige Entscheidung getroffen.

Was hatte Petra gesagt: «Die Kekse im obersten Regal sehen meistens leckerer aus als die auf Augenhöhe. Sie sind es aber oft nicht. Nicht, dass du beim Kampf um den falschen Mann den richtigen verpasst.»

Und genau das ist mir leider passiert. Ich habe nicht richtig aufgepasst. Ich habe die Sache komplett vermasselt.

Erdgeschoss

Schluchz! Oder vielleicht doch lieber wieder nach oben? Auch an Trüffel kann man sich schließlich gewöhnen, wenn man sich ordentlich Mühe gibt. Und jetzt mal ehrlich: Wenn man sich anschaut, mit was für Volltrotteln es manche Frauen aushalten müssen, kann man sich doch nur an den Kopf fassen, wenn sich eine wie ich einen wie den durch die Lappen gehen lässt. Er kann sich nicht merken, dass ich keine schwarzen Oliven mag? Hach, Gottchen, Prinzessin, andere Typen merken erst nach fünfzig Kilometern, dass sie ihre Frau an der Raststätte vergessen haben.

Tiefgarage

Wie es mir geht? Unterirdisch natürlich! Harr, harr, harr, kleiner, verbitterter Scherz auf meine Kosten.

Ich schlurfe zu Erdals Wagen, setze mich hinein und hole tief Luft. Es ist nicht gut, so wie es ist. Aber es ist richtig. Ich starte den Motor und schalte die Scheinwerfer an.

«Die Geschichte ist noch nicht zu Ende.»

«Sei nicht traurig, Elli, auch andere Mütter haben schöne Söhne.»

Erdal wischt sich über die Augen. Ich weiß nicht, ob es noch an meiner Cellulitis-Creme liegt oder ob ihm tatsächlich meine Erzählung die Tränen in die Augen getrieben hat.

«Hör auf mit diesem Quatsch, Erdal, es ist besser, keinen Mann zu haben als irgendeinen.»

Ich nicke Petra dankbar zu. Ganz meine Meinung.

Es ist Sonntagmittag, und ich habe Petra vor zwei Stunden vom Flughafen abgeholt. Sie sieht unglaublich toll aus, braun, schlank und abartig entspannt. Mir hingegen sieht man die vergangene Nacht noch deutlich an.

«Bei allem Respekt, Petra, aber findest du nicht auch, dass man sich die Zeit, in der man auf den Richtigen wartet, sehr angenehm mit dem Falschen vertreiben kann?» Erdal freut sich über sein Wortspielchen und belegt sein viertes Brötchen. «Nur weil du gerade vier Wochen in Indien warst, solltest du uns nicht gleich wegen unserer westlichen Gepflogenheiten verurteilen.»

«Ich will ja auch nur sagen, dass ich Ellis Entscheidung, lieber allein zu bleiben, gut finde. Sie ist zwar jetzt wieder Single, aber meiner Meinung nach hat ihre Geschichte trotzdem ein Happy End.»

Petras Stimme hat genau den Tonfall, den ich an meinem letzten Geburtstag hatte. Ich hatte für zwölf Leute gekocht und dummerweise beim Einkaufen die eine oder andere Zutat vergessen. Es war rührend, wie mir alle heftig zustimmten, als ich beim Essen versuchte, mir selbst und allen anderen weiszumachen, dass ein gutes Hühnerfrikassee im Grunde genommen auf das Hühnchen gar nicht angewiesen ist.

Erdal schweigt und tauscht vielsagende Blicke mit seinem Camembertbrötchen. Es ist völlig klar, dass er mich für eine arme Irre hält, die ihre letzte Chance verspielt und dabei auch noch ein teures Kleid kaputtgemacht hat.

«Komm, Elli», sagt Petra bemüht, «ich hab dir indischen Sekt mitgebracht. Mach die Pulle auf und lass uns auf glücklichere Zeiten anstoßen.»

Ich räuspere mich.

«Darf ich erst mal weitererzählen? Die Geschichte ist noch nicht zu Ende.»

Ich starte den Motor und schalte die Scheinwerfer an. Was ist das für Lärm? Kracht das Parkhaus über mir zusammen? Und was ist das da für eine Gestalt vor meinem Auto? Ein Überfall?

Hysterisch will ich das Gaspedal durchtreten, um sowohl den Verbrecher als auch das einstürzende Gebäude möglichst schnell hinter mir zu lassen.

Das kann doch nicht wahr sein …

In meinem Scheinwerferlicht steht: Super-Nucki. Neben ihm ein Ghettoblaster, aus dem mein Lieblingslied dröhnt:

«Ich geh mit dir, wohin du willst
Auch bis ans Ende dieser Welt»

Super-Nucki bückt sich und hebt etwas vom Boden auf. Sein ernstes, angespanntes Gesicht verschwindet hinter großen Papptafeln.

Auf der ersten steht:

ICH HASSE DIESES LIED!

Auf der zweiten:

ICH LIEBE SCHWARZE OLIVEN!

Auf der dritten:

RAMBO IST ECHT DAS LETZTE!

Auf der vierten:

**... UND ICH KANN
NICHT GLAUBEN, WAS ICH
HIER TUE!**

Ich umkralle das Lenkrad. Ich komme mir vor, als würde ich in einer Achterbahn ohne Sicherheitsbügel sitzen.

Mit dem nächsten Schild lässt sich Super-Nucki ein wenig Zeit. Nena setzt zu ihrem letzten Refrain an:

> ***«So wie es ist und so wie du bist***
> ***Bin ich immer wieder für dich da***
> ***Ich lass dich nie mehr alleine***
> ***Das ist dir hoffentlich klar»***

Ich steige aus und gehe langsam auf Super-Nucki zu. Dabei verabschieden sich zwei weitere Knöpfe von meinem blauen Kleid.

Wieder hält Super-Nucki ein Schild hoch.

Na, denke ich, das ist doch endlich mal ein ordentliches Happy End.

Perfekt.

Nein, noch viel besser: fast perfekt!

Vielen, vielen Dank ...

liebste Tine, für ein herrliches zweites Zuhause!

Ole, Biggi, Antonio und Purzel, die mich tatsächlich beflügelt haben!

liebe Katja, Literatin und Expertin für Goa und Liebesszenen aller Art!

meinen wunderbaren Herzensfreunden David und Kerstin!

dem Hilfsarbeiter Señor Broszehl, der eine große Hilfe war!

meinem Freund Philipp, fürs Reden und fürs Zuhören, stundenlang!

Ihnen, Señora Crespo, für den täglichen Luxus!

meinem Freund Arthur, der meine Welt größer macht!

dir, liebster Kalle, Exnachbar und Für-immer-Freund!

Do und Jo, für die rosige Zukunft in Nr. 7!

wie immer und für immer dir, Britta!

Guido, meiner Schwester!

natürlich meiner Tante Hilde für alles!

Ildikó von Kürthy

«Mit ihren Romanen trifft Ildikó von Kürthy den Nerv von Hunderttausenden Frauen.» Der Tagesspiegel

Freizeichen
Roman
3-499-23614-1
Sie hat seit Jahren denselben Mann und dieselbe Frisur. Und was noch schlimmer ist: Sie ist gerade einunddreißig geworden und glaubt, dass in ihrem Leben niemals wieder etwas Aufregendes passieren wird. Solche Frauen sind zu allem fähig ...

Herzsprung
Roman
3-499-23287-1
Vielleicht hätte sie erst mit ihm reden müssen, bevor sie seine Anzüge mit teurem Rotwein übergießt. Aber weil er ihr das Herz gebrochen hat, setzt sie sich ins Auto und haut ab. Sie will Rache. Vielleicht Sex.

Karl Zwerglein
Eine Geschichte für Zauberinnen und Zauberer
3-499-21235-8
Ildikó von Kürthys erstes Kinderbuch ist eine liebevolle Hommage an die Kinder und ihre grenzenlose Phantasie.

Mondscheintarif
Roman
Cora wartet auf seinen Anruf. Stundenlang. Bis sich ihr Leben verändert.

3-499-22637-5

Weitere Informationen in der Rowohlt Revue oder unter www.rororo.de